VERWRONGEN

DE VERWRONGEN-TRILOGIE: BOEK 1

ANNA ZAIRES

Vertaling

TEXTSTRESS

♠ MOZAIKA PUBLICATIONS ♠

PROLOOG

Bloed. Het zit overal. De poel rode vloeistof op de vloer verspreidt zich, vermenigvuldigt zich. Het sijpelt over mijn voeten, mijn huid en mijn haar... Ik proef het, ruik het en voel hoe het me helemaal bedekt. Ik verdrink in bloed, stik erin.

Nee! Stop! Ik wil schreeuwen, maar daar heb ik niet genoeg zuurstof voor. Ik wil bewegen, maar ik zit vastgebonden. De touwen snijden in mijn huid als ik me probeer los te worstelen.

Maar háár hoor ik wel schreeuwen. Het zijn onmenselijke schreeuwen vol pijn en smart die door me heen snijden, mijn geest even bruut openrijten als haar vlees.

Nog eenmaal tilt hij het mes op. De poel bloed verandert in een oceaan en de maalstroom voert me mee...

Ik schreeuw zijn naam als ik wakker schrik in een

bed dat doordrenkt is van het zweet. Heel even ben ik gedesoriënteerd, maar dan herinner ik het me: hij komt nooit meer achter me aan.

HOOFDSTUK 1

ANDERHALF JAAR GELEDEN

IK BEN ZEVENTIEN ALS IK HEM VOOR HET EERST ONTMOET. Zeventien en smoorverliefd op Jake.

'Nora, kom mee. Dit is saai,' zegt Leah terwijl we op de tribune naar de wedstrijd American football zitten te kijken.

Ik weet er niets van af, maar doe net alsof ik het een geweldige sport vind, want zo kan ik hem zien. Daar op dat veld traint hij, iedere dag.

Natuurlijk ben ik niet het enige meisje dat naar Jake zit te kijken. Hij is de quarterback en de knapste jongen van de hele aardbol – of toch in ieder geval van Oak Lawn, Illinois, een buitenwijk van Chicago. 'Het is helemaal niet saai,' antwoord ik. 'Football is hartstikke leuk.'

Leah rolt met haar ogen. 'Ja, ja. Praat gewoon eens met hem. Je bent niet bepaald op je mondje gevallen, dus waarom zorg je er niet gewoon voor dat hij je ziet staan?'

Ik haal mijn schouders op. Jake en ik bewegen ons niet in dezelfde kringen. Hij moet de cheerleaders van zich afslaan. Daarbij houd ik hem al lang genoeg in de gaten om te weten dat hij van lange blondjes houdt en niet van kleine brunettes.

Trouwens, het is ook wel leuk om gewoon van de aantrekkingskracht te genieten. Ik weet wel wat dit is. Lust. Simpelweg een kwestie van hormonen. Ik heb geen idee of Jake een goed mens is, maar de manier waarop hij eruitziet zonder shirt bevalt me uitstekend. Mijn hart begint sneller te kloppen van opwinding als hij langsloopt en ik krijg het warm vanbinnen, vooral tussen mijn benen.

Ik droom ook over hem. Het zijn sexy dromen, sensuele dromen waarin hij mijn hand vasthoudt, mijn gezicht streelt of me kust. Onze lichamen raken elkaar, wrijven langs elkaar. Onze kleren gaan uit. Ik probeer me vaak voor te stellen hoe het zou zijn om met Jake te vrijen.

Vorig jaar had ik iets met Rob. We zouden met elkaar naar bed gaan, maar toen kwam ik erachter dat hij het op een feestje, toen hij dronken was, met een ander meisje had gedaan. Hij ging diep door het stof toen ik hem ermee confronteerde, maar het vertrouwen was weg en ik maakte het uit. Tegenwoordig ben ik een stuk voorzichtiger met wie ik date, hoewel ik heus wel weet dat niet alle jongens zoals Rob zijn.

Jake doet dat soort dingen misschien ook wel. Hij is te populair om geen player te zijn. Maar goed, als ik iemand moet noemen met wie ik mijn eerste keer wil beleven, dan is dat Jake.

'Laten we vanavond gaan dansen,' zegt Leah. 'Gewoon met zijn tweetjes. We kunnen naar Chicago gaan om je verjaardag te vieren.'

'Ik ben pas over een week jarig,' breng ik haar in herinnering, hoewel ik heus wel weet dat het in haar agenda staat.

'Nou en? Dan nemen we vast een voorproefje.'

Ik moet lachen. Ze is dol op dansen. 'Ik weet het niet, hoor. Stel dat ze ons er weer uitgooien? Die ID's zijn niet zo heel erg overtuigend...'

'Laten we dan ergens anders heen gaan. We hoeven niet naar Aristotle.'

Aristotle is de hipste club van de stad, maar natuurlijk zijn er nog veel meer. 'Prima,' zeg ik. 'Laten we dat doen. Laten we vast een voorproefje nemen.'

OM NEGEN UUR 'S AVONDS HAALT LEAH ME OP. ZE IS gekleed op een avondje uit: een donkere, nauwsluitende spijkerbroek, een glinsterende, zwarte bandeautop en hooggehakte zwarte laarzen tot over de knie. Haar blonde haren zijn glad en steil. Ze vormen een waterval van highlights, die langs haar rug naar beneden stroomt.

Ik daarentegen draag nog steeds mijn gympen. Mijn nette schoenen zitten in de rugtas die ik straks in Leahs auto laat liggen. Een dikke trui verhult de sexy top die eronder zit. Ik heb geen make-up op en mijn lange bruine haren zijn bijeengebonden in een paardenstaart.

De reden dat ik zo wegga, is om verdenking te voorkomen. Ik zeg tegen mijn ouders dat ik met Leah naar een vriendin van ons ga. Mijn moeder zwaait ons uit en wenst ons veel plezier.

Nu ik ben bijna achttien ben, hoef ik niet meer op tijd thuis te zijn. Nou ja, waarschijnlijk wel, maar we hebben geen tijd afgesproken. Als ik maar thuis ben voor mijn ouders ongerust worden – of als ik laat weten waar ik ben – is het goed.

Zodra we in Leahs auto zitten, begin ik aan mijn transformatie. Mijn trui gaat uit. Daaronder draag ik een nauwsluitende top waarin, met hulp van een push-upbeha, mijn ietwat bescheiden voorgevel goed uitkomt. De behabandjes zijn decoratief, waardoor het niet erg is dat je ze ziet. Ik heb niet van die gave laarzen zoals Leah, maar ik heb wel mijn mooiste paar zwarte hakken mee kunnen smokkelen. Daarmee lijkt ik toch zo'n tien centimeter langer. Aangezien ik elke centimeter kan gebruiken, trek ik ze aan. Dan pak ik mijn make-uptasje en klap ik de zonneklep naar beneden om in het spiegeltje te kunnen kijken.

Even bestudeer ik mijn zo bekende trekken. Grote bruine ogen en scherp afgetekende zwarte wenkbrauwen domineren mijn kleine gezicht. Rob zei weleens dat ik er exotisch uitzie en ik begrijp wel wat hij bedoelde. Ik ben slechts voor een kwart Latijns-Amerikaans, maar mijn huid is altijd wat getint en ik heb ongewoon lange wimpers. Leah zegt vaak dat het nepwimpers zijn, maar ze zijn echt.

Ik ben tevreden met hoe ik eruitzie, al zou ik wel graag wat langer willen zijn. Het zijn mijn Mexicaanse genen. Mijn *abuela* was fijntjes gebouwd en dat ben ik ook, hoewel allebei mijn ouders van gemiddelde grootte zijn. Als Jake niet van lange meisjes had gehouden, had mijn lengte me niks uitgemaakt. Volgens mij ziet hij me letterlijk niet staan; ik bevind me onder zijn blikveld.

Met een zucht breng ik wat oogschaduw aan en smeer ik wat lipgloss op mijn lippen. Ik hoef me niet uit te leven met mijn make-up; eenvoudig werkt voor mij het beste.

Als Leah de radio harder zet, vullen de tonen van de nieuwste popnummers de auto. Met een grijns begin ik mee te zingen met Rihanna. Leah valt me bij en samen blèren we mee met 'S&M'.

Korte tijd later zijn we bij de club. Met een houding alsof we dit al talloze keren gedaan hebben, lopen we naar binnen. Leah werpt de uitsmijter een brede glimlach toe. Daarna laten we hem even onze ID's zien. Zonder problemen mogen we doorlopen.

We zijn hier nog nooit eerder geweest. De club bevindt zich in een wat ouder, aftandser deel van Chicago. 'Hoe heb je deze club gevonden?' Ik moet tegen Leah schreeuwen om boven de muziek uit te komen.

'Ralph kende het hier,' schreeuwt ze terug.

Ik kan de neiging niet weerstaan met mijn ogen te

rollen. Ralph is Leahs ex-vriendje. Ze gingen uit elkaar toen hij zich een beetje vreemd begon te gedragen, maar om de een of andere reden hebben ze wel contact gehouden. Volgens mij gebruikt hij drugs of zo. Ik heb geen idee en Leah wil er niets over kwijt vanwege een soort misplaatst gevoel van loyaliteit. Hij is in elk geval behoorlijk vreemd. Het feit dat hij ons deze plek heeft aangeraden vind ik dan ook niet echt geruststellend.

Maar ach, wat maakt het uit. De omgeving mag niet al te best zijn, maar de muziek is goed en het publiek is heel gemengd.

We zijn hier om te dansen, dus dat is precies wat we het volgende uur doen. Leah weet een paar jongens te overtuigen om shotjes voor ons te kopen, al nemen we allebei maar één drankje. Leah omdat ze nog moet rijden; ik omdat ik niet zo goed tegen alcohol kan. We zijn misschien wel jong, maar niet achterlijk.

Na de shotjes gaan we dansen. De jongens die de drankjes voor ons gehaald hebben, dansen met ons, maar langzaamaan bewegen we ons van hen weg. Zo leuk zijn ze nou ook weer niet. Leah ziet een groep met leuke, wat oudere jongens en we besluiten hun kant op te gaan. Als ze met een van hen in gesprek raakt, kijk ik glimlachend toe hoe ze tot actie overgaat. Ze is echt goed in flirten.

Maar ik merk dat ik moet plassen, dus draai ik me om en ga op zoek naar het toilet.

Op de terugweg stop ik bij de bar voor een glas water. Van al dat dansen heb ik dorst gekregen. Ik drink het glas gretig leeg, waarna ik het op de bar zet en om me heen kijk, recht in een paar doordringende, blauwe ogen.

Hij zit aan de andere kant van de bar, zo'n drie meter verderop, en kijkt naar me.

Ik kijk terug. Ik kan er niets aan doen. Waarschijnlijk is hij de knapste man die ik ooit heb gezien.

Zijn haar is donker en krult lichtjes. Zijn gezicht is hard en mannelijk, volledig symmetrisch in ieder detail. Rechte, donkere wenkbrauwen boven opvallend lichtblauwe ogen. En zijn mond kan zo die van een engel zijn – een gevallen engel.

Ik krijg het warm als ik denk aan hoe die mond zou voelen op mijn huid, op mijn lippen. Als ik gevoelig zou zijn voor blozen, zou ik nu knalrood zijn.

Hij staat op en loopt op me af. Zijn blik houdt de mijne nog altijd vast. Hij loopt ontspannen. Rustig. Volkomen zelfverzekerd. Waarom ook niet? Hij is waanzinnig knap en dat weet hij zelf ook.

Als hij dichterbij komt, besef ik dat hij lang is. Lang en goedgebouwd. Ik weet niet hoe oud hij is, maar mijn gok is dat hij qua leeftijd dichter bij de dertig dan bij de twintig zit. Een man, geen jongen meer. Als hij naast me komt staan, kost het me moeite om adem te halen.

'Hoe heet je?' vraagt hij zacht. Op de een of andere manier komt zijn stem boven de muziek uit. De diepe klank is zelfs in dit rumoer verstaanbaar.

'Nora,' zeg ik zachtjes. Als ik naar hem opkijk, zie ik dat hij weet welke betoverende uitwerking hij op me heeft.

Als hij glimlacht, wijken zijn lippen iets van elkaar en worden gelijkmatige, witte tanden zichtbaar. 'Nora. Dat bevalt me.'

Hij stelt zichzelf niet voor. Daarom verzamel ik mijn moed, en vraag: 'Hoe heet je?'

'Jij mag me Julian noemen.'

Ik staar naar zijn lippen terwijl hij praat. Nog nooit heeft de mond van een man me zo gefascineerd.

'Hoe oud ben je, Nora?' vraagt hij dan.

Ik knipper even met mijn ogen. 'Eenentwintig,' zeg ik dan snel.

Hij werpt me een duistere blik toe. 'Waag het niet tegen me te liegen.'

'Bijna achttien,' geef ik dan met tegenzin toe. Ik hoop maar dat hij dat niet tegen de barman vertelt, want dan vlieg ik eruit.

Hij knikt; blijkbaar heb ik bevestigd wat hij al vermoedde. Dan legt hij een hand tegen mijn gezicht. Het is een zachte, lichte aanraking. Zijn duim glijdt over mijn onderlip alsof hij de textuur ervan wil doorgronden.

Ik ben zo in shock dat ik gewoon blijf staan. Nog nooit heeft iemand me zo zacht en tegelijkertijd zo bezitterig aangeraakt. Mijn lichaam voelt heet en koud tegelijk; een huivering van angst glijdt langs mijn ruggengraat.

Er is geen enkele aarzeling in die handeling te bespeuren. Hij vraagt niet om toestemming, hij wacht niet af of ik zijn aanraking wel toesta. Hij raakt me gewoonweg aan alsof hij daar het recht toe heeft. Alsof ik de zijne ben.

Met een beverige zucht stap ik achteruit. 'Ik moet gaan,' fluister ik.

Hij knikt opnieuw, een onleesbare uitdrukking op zijn beeldschone gezicht.

Ik weet dat hij me laat gaan en dat geeft me een bizar dankbaar gevoel. Het is alsof iets in mij weet dat hij zo verder had kunnen gaan, dat hij het spelletje niet volgens de regels speelt. Dat hij waarschijnlijk het gevaarlijkste wezen is dat ik ooit heb ontmoet.

Ik draai me om en wring me door de menigte. Mijn handen trillen en mijn hart klopt in mijn keel. Ik wil hier weg.

Zodra ik Leah heb gevonden, vraag ik haar me naar huis te brengen. Bij de deur van de club draai ik me nog een keer om.

Daar staat hij. Hij kijkt me na. In zijn blik ligt een duistere belofte – een belofte die een huivering door me heen laat gaan.

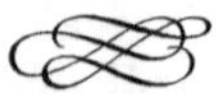

HOOFDSTUK 2

DE DRIE WEKEN DIE VOLGEN, VLIEGEN VOORBIJ. IK VIER mijn achttiende verjaardag, blok voor de examens, doe leuke dingen met Leah en mijn andere vriendin Jennie, ga naar footballwedstrijden om Jake te zien en ik bereid me in het algemeen voor op het behalen van mijn diploma.

Het incident in de club probeer ik vergeten. Als ik er wel aan denk, voel ik me namelijk een enorme lafaard. Waarom vluchtte ik? Julian raakte me nauwelijks aan.

Ik begrijp gewoon niet waar mijn ongewone reactie vandaan kwam. Ja, zijn aanraking wond me op, maar tegelijkertijd was ik er doodsbang voor.

En sindsdien heb ik rusteloze nachten. Ik droom niet meer over Jake, maar word ongemakkelijk wakker omdat ik zo opgewonden ben dat ik het tussen mijn benen voel pulseren. Duistere seksuele handelingen vullen mijn dromen, allemaal dingen waar ik zelfs nog nooit aan heb gedacht. In veel van die dromen is Julian degene die ze me aandoet. Ik ben dan hulpeloos, kan me niet bewegen. Eerlijk gezegd vraag ik me af of ik gek aan het worden ben.

Vandaag is mijn diploma-uitreiking en daarom wil ik niet meer aan mijn vreemde dromen denken. In plaats daarvan concentreer ik me op mijn outfit. Ik kleed me graag goed voor zo'n belangrijke dag.

Leah, Jennie en ik hebben grote plannen voor na de diploma-uitreiking. Jake geeft namelijk een afstudeerfeest bij hem thuis en dat is de perfecte gelegenheid om eindelijk een praatje met hem te maken.

Onder mijn blauwe afstudeertoga draag ik een zwart jurkje. Het is een eenvoudig model, maar omdat het goed past, toont het al mijn bescheiden rondingen. Ik heb ook mijn hoge hakken weer aan. Ze zijn een beetje overdreven voor de diploma-uitreiking, maar ik kan de extra lengte daarna goed gebruiken.

Mijn ouders brengen me naar school. Ik hoop dat ik deze zomer genoeg kan werken om mijn eigen auto te kunnen kopen als ik ga studeren. Mijn plan is om naar de plaatselijke hogeschool te gaan; dat is goedkoper omdat ik thuis kan blijven wonen.

Ik heb er geen moeite mee om nog een tijdje thuis te wonen. Mijn ouders zijn heel aardig en we kunnen prima met elkaar overweg. Ik krijg veel vrijheid van ze, waarschijnlijk omdat ze denken dat ik een braaf meisje ben en geen gekke dingen doe. Meestal hebben ze gelijk. Op de valse identiteitskaart en sporadische stapavondjes na is mijn leven best tam. Ik drink niet te veel, ik rook niet, ik gebruik geen drugs – hoewel ik op een feestje een keer wiet heb gerookt. Maar dat bleef bij één keertje.

Als we op school aangekomen zijn, ga ik Leah zoeken. We sluiten netjes aan in de rij van geslaagden en wachten tot ze onze namen roepen. Het is een zalige junidag, niet te warm en niet te koud.

Leah wordt eerder naar voren geroepen dan ik. Haar achternaam begint met een A, dus ze heeft geluk. Omdat ik Leston heet, moet ik nog een halfuur wachten. Gelukkig zitten er maar honderd mensen in de eindexamenklassen dit jaar. Dat is het voordeel van in een klein stadje wonen.

Als ze mijn naam roepen, stap ik naar voren om mijn diploma in ontvangst te nemen. In de menigte toekijkers zoek ik mijn ouders. Ik zwaai en lach even naar ze. Ze zien er trots uit en dat doet me goed. Nadat ik de rector de hand heb geschud, draai ik me om en wil ik naar mijn ouders lopen om bij hen te gaan zitten.

Op dat moment zie ik hem. Mijn bloed lijkt in mijn aderen te bevriezen. Hij zit achterin en hij kijkt naar me. Zelfs van een afstand kan ik zijn blik op mijn lichaam voelen.

Het lukt me om van het podium af te komen zonder te vallen. Ik heb geen idee hoe, want mijn benen trillen en ik ben bijna aan het hyperventileren.

Als ik naast mijn ouders ga zitten, hoop ik maar dat

ze mijn onrust niet opmerken. Wat doet Julian hier? Wat wil hij van me?

Ik dwing mezelf diep in te ademen en even te kalmeren. Hij is hier ongetwijfeld voor iemand anders. Misschien heeft hij een broer of zus in de eindexamenklas, of een ander familielid.

Maar ik weet dat het niet waar is. Hij is nog niet klaar met me, dat kon ik toen al uit zijn bezitterige gebaar opmaken. Hij wil me voor zichzelf.

TOT MIJN GROTE OPLUCHTING ZIE IK HEM NA DE CEREMONIE NIET MEER. We rijden met Leah mee naar Jakes huis. Jennie en zij zitten de hele weg te kletsen over wat ze gaan doen nu de middelbare school is afgerond en ze aan de volgende fase van hun leven gaan beginnen.

Normaal gesproken zou ik net zo enthousiast meepraten. Ik ben echter nog steeds van slag omdat ik Julian heb gezien, dus ik zit er maar een beetje bij.

Ik heb Leah niets over hem verteld en eigenlijk weet ik niet waarom. Ik heb die avond alleen maar gezegd dat ik hoofdpijn had en naar huis wilde. Waarom voelt het niet goed om het met Leah over Julian te hebben? Ik bedoel, ik blijf maar praten over Jake. Misschien is het wel dat ik niet goed onder woorden kan brengen wat Julian met me doet. Leah zou niet begrijpen waarom hij me angst aanjaagt. Ik begrijp het zelf nog niet eens.

Het feestje bij Jake is al in volle gang als we aankomen. Ondanks dat ik Julians aanwezigheid bij de ceremonie niet mijn hoofd kan zetten, wil ik dolgraag met Jake praten. Daar heb ik echter wel een dosis vloeibare moed voor nodig.

Ik laat de meiden even staan en loop naar het vat met punch. Na even ruiken weet ik zeker dat er alcohol in zit en ik sla het hele bekertje achterover. Vrijwel meteen wordt alles een beetje wazig. De afgelopen jaren heb ik al ontdekt dat ik gewoon niet tegen alcohol kan. Eén drankje is het maximale wat ik moet drinken.

Als ik zie dat Jake naar de keuken gaat, besluit ik hem te volgen. In de keuken is hij vieze papieren bordjes en drankbekertjes aan het opruimen. 'Kan ik je misschien helpen?' vraag ik.

Als hij glimlacht, verschijnen er lachrimpeltjes bij zijn bruine ogen. 'Graag, bedankt. Een beetje hulp zou heerlijk zijn.'

Zijn zongebleekte haar valt slordig over zijn voorhoofd. Het is eigenlijk een beetje lang, maar dat staat hem juist extra goed. De aanblik laat mijn hart een beetje smelten. Wat is hij toch knap! Niet op een verwarrende manier, zoals Julian, maar op een fijne, aangename manier.

Jake is lang en gespierd, hoewel hij voor een quarterback niet bijzonder breed of groot is. Hij schijnt niet sterk genoeg te zijn om een beurs te krijgen voor een universiteit – tenminste, dat zei Jennie een keer.

Ik help hem met opruimen: kruimels van het

aanrecht, wat gemorste punch van de vloer. De hele tijd bonst mijn hart van opwinding.

'Nora heet je toch?' vraagt Jake. Hij kijkt me aan.

Hij weet hoe ik heet! Meteen schenk ik hem een brede grijns. 'Klopt.'

'Het is heel tof dat je me wilt helpen, Nora,' zegt hij oprecht. 'Ik houd van een feestje, maar dat opruimen de volgende dag is altijd zo vervelend. Als ik nu vast opruim, stapelt het zich uiteindelijk niet zo op.'

De grijns om mijn mond verbreedt zich en ik knik. 'Precies.' Ik vind het niet meer dan logisch. Wat geweldig dat hij zo aardig en bedachtzaam is; zoveel meer dan alleen een stoere sporter.

We kletsen daarna verder. Hij vertelt over zijn plannen voor volgend jaar. In tegenstelling tot wat ik van plan ben, gaat hij wel naar een universiteit ver weg. Ik leg uit dat ik de komende twee jaar eerst lokaal een opleiding ga volgen om geld te besparen. Daarna wil ik ook naar een echte universiteit.

Hij knikt goedkeurend en vertelt me dat hij dat een heel slim plan vindt. Het blijkt dat hij ook zoiets in gedachten had, maar hij had geluk: hij kreeg een volledige beurs voor de University of Michigan.

Met een brede glimlach feliciteer ik hem met zijn beurs. Vanbinnen doe ik echter rondedansjes. Het klikt! Het klikt echt tussen ons! Ik merk gewoon dat hij me leuk vindt. Waarom ben ik nou niet eerder op hem afgestapt?

We praten nog zo'n twintig minuten verder, tot er iemand binnenkomt die iets van Jake wil.

'Hé, Nora,' zegt Jake voor hij teruggaat naar het feest, 'heb je morgen iets te doen?'

Met ingehouden adem schud ik mijn hoofd.

'Zullen we een filmpje pakken?' stelt Jake voor. 'En daarvoor iets eten bij dat kleine restaurantje met die goede vis?'

Ik begin te grijnzen als een idioot en knik heftig. Maar ik houd wel mijn mond – ik wil het niet verpesten door iets stoms te zeggen.

'Tof,' zegt Jake. Hij grijnst ook. 'Ik haal je om zes uur op.'

Hij gaat terug naar het feestje en ik zoek mijn vriendinnen weer op. We blijven nog een paar uur hangen, al spreek ik Jake verder niet meer. Hij wordt omringd door zijn footballvrienden en ik wil ze niet storen. Toch merk ik dat hij af en toe mijn richting op kijkt en dan naar me lacht.

IN DE VIERENTWINTIG UUR DIE VOLGEN, LOOP IK OP wolkjes. Natuurlijk vertel ik Leah en Jennie alles. Ze zijn blij voor me en dat maakt mij nog gelukkiger.

Ter voorbereiding op de date trek ik een lief blauw jurkje en een paar hooggehakte bruine laarzen aan. De laarzen zijn een mengeling van cowboylaarzen en iets chiquers; ze staan me geweldig.

Om zes uur precies staat Jake voor de deur. We gaan naar Fish-of-the-Sea, een populair restaurantje niet ver van de bioscoop. Het is een leuk, informeel tentje: perfect voor een eerste date.

Het is heel gezellig. Ik kom meer te weten over Jake en zijn familie, ik vertel hem over mijn hobby's en het blijkt dat we van hetzelfde type films houden. Om de een of andere reden heb ik een hekel aan meidenfilms; geef mij maar een dramatisch verhaal over het vergaan van de wereld met heel veel special effects. Tot mijn plezier deelt Jake die mening.

Na het eten gaan we naar de bioscoop. Helaas draait er niets apocalyptisch, maar de vrij goede actiefilm die draait, is ook leuk. Als Jake tijdens de film zijn arm om mijn schouders laat glijden, kan ik mijn opwinding nauwelijks bedwingen. Ik hoop zo dat hij me vanavond gaat kussen.

Na de film gaan we een stukje wandelen in het park. Het is wel laat, maar ik voel me volkomen veilig. Er is nauwelijks criminaliteit in ons stadje. Daarbij worden we omringd door straatverlichting.

Tijdens het lopen pakt Jake mijn hand. We hebben het over de film, maar dan staat hij stil en kijkt hij me aan.

Ik weet wat hij wil, want dat wil ik ook. Daarom kijk ik hem met een glimlach aan.

Hij lacht terug. Dan legt hij zijn handen op mijn schouders en buigt zich voorover om me te kussen.

Zijn lippen voelen zacht aan en zijn adem ruikt fris, naar kauwgom. De kus is zacht en prettig, precies zoals ik al hoopte.

Maar dan, in een oogwenk, verandert alles.

Ik weet niet wat er gebeurt en ik weet niet hoe het gebeurt. Het ene moment sta ik Jake te zoenen, het volgende moment ligt hij bewusteloos op de grond.

Een grote gedaante buigt zich over hem heen.

Ik wil schreeuwen, maar voor ik geluid kan maken, vouwt een grote hand zich over mijn neus en mond. Er prikt iets in mijn nek en dan wordt de wereld zwart.

HOOFDSTUK 3

I K WORD WAKKER MET EEN BONKEND HOOFD EN EEN
MISSELIJK GEVOEL. Het is zo donker dat ik geen hand
voor ogen zie. Heel even kan ik me niet herinneren wat
er gebeurd is. Heb ik op een feestje te veel gedronken?

Maar als mijn geest helder wordt, stromen de
herinneringen als een vloedgolf door me heen. Ik weet
nog dat Jake me kuste en toen... Jake! O god, wat is er
met Jake gebeurd? Trouwens, wat is er met míj
gebeurd?

Bevend blijf ik liggen waar ik lig, te bang om me te
verroeren. Ik lig op iets zachts. Het voelt een beetje als
een goede matras en er ligt een deken over me heen.
Zacht katoen strijkt over mijn huid en ik besef ineens
dat ik geen kleren aan heb. Ik voel even en ja, ik ben
hartstikke naakt.

Het beven verhevigt. Voorzichtig betast ik het
gebied tussen mijn benen. Tot mijn immense
opluchting voelt het daar niet anders dan normaal.

Niet vochtig, niet pijnlijk. Er is geen enkel teken dat op een schending van mijn intimiteit wijst.

Nog niet.

Tranen branden achter mijn ogen, maar ik weiger te huilen. Dat gaat me echt niet helpen. Ik moet er eerst achter zien te komen wat er aan de hand is. Gaan ze me vermoorden? Verkrachten? Me eerst verkrachten en dan vermoorden? Als het ze om losgeld gaat, kan ik het wel schudden. Papa raakte tijdens de recessie zijn baan kwijt, dus mijn ouders hebben moeite de eindjes aan elkaar te knopen.

Niet hysterisch worden kost me moeite, maar ik wil niet gaan schreeuwen. Dan trek ik alleen maar de aandacht.

Daarom blijf ik doodstil in het donker liggen. Ieder gruwelijk nieuwsbeeld dat ik ooit heb gezien, trekt als een film aan me voorbij.

Dan denk ik aan Jake met zijn warme glimlach. Ik denk aan mijn ouders en hoe afschuwelijk het voor hen moet zijn als de politie bevestigt dat ik vermist ben. Ik denk aan al mijn plannen. Waarschijnlijk zal ik nu nooit meer naar een echte universiteit gaan.

En die dingen maken me boos. Waarom hebben ze dit gedaan? Wie zijn 'ze' eigenlijk? Ik neem aan dat het om meerdere mensen gaat omdat ik me vaag kan herinneren dat een donkere gedaante zich over Jake heen boog. Iemand anders moet mij van achteren hebben gegrepen.

Die woede houdt de paniek op afstand en even kan ik weer helder denken. Misschien zie ik niets in het donker, maar ik kan wel voelen. Stilletjes verken ik mijn directe omgeving.

Eerst wordt duidelijk dat ik inderdaad op een bed lig. Het lijkt een groot bed te zijn, waarschijnlijk 1.80 meter breed. Er liggen kussens op, evenals een deken. Alles voelt zacht en comfortabel aan, luxe zelfs. Op de een of andere manier beangstigt dat me nog meer. Dit zijn criminelen die al geld hebben.

Ik rol naar de rand van het bed en ga zitten. Het laken wikkel ik strak om me heen. Mijn blote voeten komen net bij de grond. De vloer voelt koel en glad, als gelakt hardhout. Met het laken nog altijd om me heen geslagen sta ik op, klaar voor verdere ontdekkingen.

Op dat moment klinkt het geluid van een openzwaaiende deur. Een zacht licht valt de kamer binnen.

Het zwakke schijnsel verblindt me na al die tijd in het pikkedonker. Na een paar keer knipperen zijn mijn ogen aan het licht gewend. En dan zie ik hem. Julian.

Hij verschijnt in de deuropening als een duistere engel. Zijn haren krullen rond zijn gezicht, wat de harde perfectie van zijn trekken verzacht. Als hij zijn blik op me richt, verschijnt er een lichte glimlach om zijn lippen.

Wat is hij knap. En tegelijkertijd ben ik doodsbang voor hem. Ik weet gewoon dat mijn instinct het bij het rechte eind had: deze man is tot alles in staat.

'Hallo, Nora,' zegt hij op zachte toon als hij de kamer binnenstapt.

Wanhopig gluur ik in het rond, maar ik zie niets dat dienst zou kunnen doen als wapen.

Mijn mond voelt aan alsof ik een hap zand heb genomen: te droog om te praten. Daarom kijk ik muisstil toe terwijl hij op me afkomt als een hongerige tijger die zijn prooi besluipt. Als hij me aanraakt, doe ik hem wat.

Langzaam deins ik achteruit terwijl hij almaar dichterbij komt. Nog een stap, nog een... En dan sta ik letterlijk met mijn rug tegen de muur. Het laken klem ik wanhopig tegen me aan. Als hij zijn hand richting mijn gezicht beweegt, spannen mijn spieren zich, klaar om terug te slaan.

Maar hij houdt me slechts een flesje water voor. 'Hier,' zegt hij, 'je zult wel dorst hebben.'

Achterdochtig kijk ik van het flesje naar hem. Ik sterf van de dorst, maar het laatste wat ik wil, is opnieuw gedrogeerd worden.

Hij lijkt mijn aarzeling te begrijpen. 'Geen zorgen, poesje. Het is gewoon water. Ik wil dat je wakker en bij zinnen bent.'

Wat moet ik daar nou op zeggen? Een misselijkmakende angst overspoelt me en mijn hart begint zo hard te bonzen dat ik zeker weet dat hij het kan horen.

Maar hij blijft geduldig staan wachten.

Met één hand omklem ik het laken; met de ander pak ik voorzichtig het flesje water aan. Ik ben te dorstig om te weigeren. Omdat mijn hand trilt, raak ik zijn vingers als ik het flesje pak. Een golf van warmte rolt door me heen, al is die reactie zo vreemd en onverwacht dat ik hem negeer.

Maar als ik de dop van het flesje wil draaien, moet ik het laken loslaten. Julian observeert mijn dilemma met onverholen amusement en een zweem van interesse in zijn blik. Godzijdank raakt hij me verder niet aan. Hij blijft gewoon op een halve meter afstand staan en kijkt toe terwijl ik mijn armen tegen mijn lichaam druk om het laken op zijn plek te houden. Zo kan ik met een hand de dop van het flesje draaien, voor ik het laken weer met een hand vastklem en het flesje naar mijn mond kan brengen.

Het koele vocht voelt verrukkelijk aan in mijn droge mond en ik drink het flesje in één keer leeg. Ik kan me niet herinneren dat water ooit zo lekker heeft gesmaakt. Wat hij me ook heeft gegeven, een droge mond is duidelijk een van de neveneffecten.

Eindelijk kan ik weer praten. 'Waarom?' begin ik. Tot mijn verbazing klinkt mijn stem haast normaal.

Hij heft opnieuw zijn arm.

Ditmaal raakt hij mijn gezicht aan. Het is hetzelfde gebaar als in de club. En opnieuw sta ik het toe. Zijn vingers strijken lichtjes langs mijn huid in een aanraking die haast teder te noemen is. Die tederheid vormt zo'n verschil met de situatie dat ze totaal vervreemdend werkt.

'Het beviel me niet dat je met hem omging,' antwoordt Julian. De woede in zijn stem is onmiskenbaar. 'Hij raakte je aan, hij zat aan je.'

Mijn hersenen hebben moeite een samenhangende

gedachte te formuleren. 'Wie?' fluister ik. Heel even begrijp ik niet waar hij het over heeft. Maar dan dringt het tot me door. 'Jake?'

'Ja, Nora,' zegt hij op een onheilspellende toon. 'Jake.'

'Heb je...' Ik durf het niet te zeggen. 'Leeft hij nog?'

'Voorlopig wel.' Julians blikt boort zich in me. 'Hij ligt in het ziekenhuis met een lichte hersenschudding.'

Opgelucht laat ik me tegen de muur zakken, tot de precieze betekenis van zijn woorden tot me doordringt. 'Hoezo: voorlopig wel?'

Julian haalt zijn schouders op. 'Zijn gezondheid en welbevinden hangen volledig van jou af.'

Ineens voelt mijn keel weer kurkdroog aan. 'Van mij?'

Opnieuw zo'n tedere aanraking, nu om een haarlok achter mijn oor te strijken. De warmte van zijn vingers lijkt zich in mijn klamme, koude huid te branden.

'Ja, poesje, van jou. Als jij je gedraagt, gebeurt hem niets. Zo niet...'

Ik lijk geen adem meer te kunnen krijgen. 'Dan?'

Julian glimlacht. 'Dan is hij met een week dood.'

Die glimlach is het mooiste en het griezeligste wat ik ooit heb gezien. 'Wie ben jij?' Het is niet meer dan een gefluister. 'Wat wil je van me?'

Hij geeft geen antwoord. In plaats daarvan streelt hij mijn haren, om vervolgens een dikke, donkere lok naar zijn gezicht te brengen. Hij haalt diep adem, alsof hij de geur van mijn haar in zich wil opnemen.

Doodstil blijf ik staan. Ik kan alleen maar toekijken.

Ik weet niet wat ik moet doen. Moet ik nu toeslaan? Maar wat levert dat me op? Hij heeft me nog niets gedaan – en dat wil ik vooral zo houden. Trouwens, hij is veel groter en sterker dan ik. Zijn spieren tekenen zich duidelijk af onder zijn strakke, zwarte T-shirt. Zonder hakken kom ik maar tot zijn schouder.

Terwijl ik overweeg of het zin heeft om het op te nemen tegen iemand die waarschijnlijk twee keer zo zwaar is als ik, wordt de beslissing me uit handen genomen.

Hij laat mijn haren los en trekt aan het laken, dat nog altijd strak om me heen geklemd zit.

Maar ik weiger los te laten. In plaats daarvan grijp ik het nog wat steviger vast. En tot mijn schande begin ik te smeken. 'Alsjeblieft,' zeg ik wanhopig, 'alsjeblieft niet.'

Opnieuw glimlacht hij. 'Waarom niet?' Zijn hand blijft onverzettelijk aan het laken trekken, dat langzaam uit mijn grip glijdt.

Ik weet dat hij het doet om het moment te rekken. Met één ruk zou hij het laken uit mijn handen kunnen trekken. 'Ik wil dit niet.' Maar mijn stem klinkt zwakjes. Er lijkt een band om mijn borst te zitten waardoor ik nauwelijks adem kan halen.

In zijn ogen verschijnt naast amusement nu een zweem van iets anders. 'O nee? Denk je dat ik in de club niet merkte hoe je op me reageerde?'

Ontkennend schud ik mijn hoofd. 'Ik reageerde helemaal niet. Je hebt het mis.' Mijn stem slaat over van de ingehouden tranen. 'Ik wil alleen Jake.'

Razendsnel schiet zijn hand om mijn keel. Hij knijpt niet, maar de dreiging is er wel degelijk. Ik voel zijn drang naar geweld en die beangstigt me enorm.

Als hij naar voren leunt, bijt hij me toe: 'Je wilt dat knulletje helemaal niet. Hij zal je nooit kunnen geven wat ik je te bieden heb. Begrepen?'

Ik kan alleen maar knikken, doodsbang.

Dan laat hij mijn keel los. 'Mooi,' zegt hij op een wat kalmere toon. 'Laat nu dat laken maar los. Ik wil je nog een keer naakt zien.'

Nog een keer? Is hij degene die me heeft uitgekleed? Met mijn handen nog altijd om het laken geklemd, pers ik mezelf nog wat dichter tegen de muur.

Hij zucht en twee seconden later ligt het laken op de vloer.

Ik maak inderdaad geen schijn van kans qua kracht. Daarom kies ik voor de enige vorm van verzet die me nog rest: in plaats van te blijven staan en hem mijn naakte lichaam te tonen, zak ik langs de muur naar beneden tot ik op de grond zit. Ik trek mijn knieën op en sla mijn armen eromheen. Zo blijf ik zitten, bevend als een rietje. Gelukkig bedekken mijn lange haren mijn rug en armen voor een deel.

Mijn gezicht druk ik tegen mijn knieën. Nu kan ik de tranen niet langer tegenhouden. De gedachte aan wat hij met me gaat doen is ondraaglijk.

'Nora.' Het klikt bars. 'Opstaan. Nu.'

Zwijgend schud ik mijn hoofd.

'Nora, dit kan een fijne ervaring voor je worden of een pijnlijke. Jij beslist.'

Een fijne ervaring? Is hij nou gek geworden? Mijn hele lichaam schokt inmiddels van het huilen.

'Nora,' zegt hij. Het klinkt nog steeds ongeduldig. 'Je krijgt vijf seconden om te doen wat ik van je vraag.'

Als hij zwijgt, kan ik hem bijna horen tellen. Ik tel mee en bij vier sta ik op. Alles is nat van de tranen en ik vind mezelf een enorme lafaard, maar ik ben zo bang dat hij me pijn zal doen. Ik wil niet dat hij me pijn doet. Om precies te zijn wil ik niet eens dat hij aan me zit, maar dat is niet langer aan mij.

'Brave meid,' zegt hij zacht. Hij strijkt langs mijn wang en veegt mijn haren weer over mijn schouders.

Er gaat een rilling door me heen en ik kan het niet opbrengen hem aan te kijken. In plaats daarvan staar ik naar de grond.

Blijkbaar bevalt dat hem niet. Een harde hand dwingt mijn kin omhoog tot ik zijn blik ontmoet.

In dit licht lijken zijn ogen donkerblauw. Hij staat nu zo dichtbij dat ik zijn lichaamswarmte kan voelen. Dat is eigenlijk heel prettig, want ik heb het zo koud. Ik voel me zo naakt, zo koud.

Onverwacht maakt hij een beweging in mijn richting. Voor ik besef wat er gebeurt, voel ik een arm langs mijn rug en aan de achterkant van mijn knieën glijden.

Moeiteloos tilt hij me op en draagt me naar het bed.

Als hij me zacht neerlegt, rol ik me tot een

trillend balletje op. Toch kan ik het niet nalaten te kijken als hij zich uitkleedt.

Eerst trekt hij zijn T-shirt uit.

Zijn bovenlichaam lijkt wel een beeldhouwwerk: brede schouders, harde spieren en een gladde, gebronsde huid. Een dun laagje donker haar bedekt zijn borst. Normaliter zou ik me dolgraag op zo'n goeduitziende man storten, maar nu wil ik alleen maar heel hard gillen. Meteen wend ik mijn blik weer af.

Zijn spijkerbroek volgt; ik hoor het geluid van de rits. Dat doet het hem: in één sprong ben ik van het bed af en vlieg ik naar de nog openstaande deur.

Ik mag dan klein zijn, ik ben wel snel. Niet voor niets heb ik tien jaar lang behoorlijk succesvol aan atletiek gedaan. Maar helaas blesseerde ik een tijd geleden mijn ene knie, waardoor ik tegenwoordig alleen nog hardloop voor mijn plezier.

Ik race de trap af en ben bijna bij de voordeur als hij me te pakken krijgt.

Twee armen grijpen me van achteren vast en drukken me zo hard tegen zijn borst dat ik even geen adem meer krijg. Hij houdt mijn armen op zo'n manier vast dat ik niets kan doen. Als hij me optilt, begin ik te schoppen. Maar voor ik meer dan een paar trappen heb kunnen uitdelen, draait hij me om.

Ik zet me schap voor de klap.

In plaats daarvan omhelst hij me en houdt me stevig vast.

Mijn hoofd wordt tegen zijn borst geperst; mijn naakte lichaam drukt tegen het zijne. Ik ruik de schone, muskusachtige geur van zijn huid. Dan voel ik iets warms en hards tegen mijn buik duwen.

Hij heeft een stijve. Hij is naakt en heel erg opgewonden. En zoals hij me nu vastheeft, kan ik niets doen. Niet schoppen, niet krabben...

Maar ik kan hem wel bijten. Meteen zet ik mijn tanden in zijn borstspier.

Met een vloek trekt hij aan mijn haren, waardoor mijn hoofd naar achteren schiet. Zo blijft hij me vasthouden: een hand in mijn haren, een arm om mijn middel. Mijn onderlichaam duwt tegen het zijne. Ik duw tegen zijn borst om afstand te creëren tussen ons, maar het is zinloos.

Ondanks dat ik weer begin te huilen, kijk ik hem opstandig aan. Ik moet nu dapper zijn. Als ik dan toch doodga, wil ik met een beetje waardigheid sterven.

Uit de manier waarop hij die blauwe ogen samenknijpt, maak ik op dat hij woedend is. Toch schuilt er ook iets veel duisterders in die blik.

Mijn hart bonst zo snel dat het uit mijn borst lijkt te willen springen en mijn ademhaling is gejaagd, alsof ik veel verder heb gerend dan alleen een trap af. We kijken elkaar aan, jager en prooi, de overwinnaar en de overwonnene – en ineens voel ik me op een vreemde manier met hem verbonden. Het voelt of een deel van mij verandert door wat er tussen ons gebeurt.

En dan verzacht de uitdrukking op zijn gezicht. Er verschijnt een glimlach rond die sensuele mond. Hij buigt zich naar voren en drukt zijn lippen op de mijne.

Ik ben verbijsterd. Hoewel hij me nog altijd in die

ijzeren greep houdt, voelen zijn lippen zacht en haast teder op de mijne.

Ik moet toegeven dat hij goed kan zoenen. Hoewel ik best wat jongens heb gekust, is dit nieuw voor me. Zijn adem is warm en een beetje zoet. Als zijn tong mijn lippen plaagt, kan ik niet anders dan ze van elkaar doen en hem toegang verlenen tot mijn mond.

Of het nu een gevolg is van dat verdovende middel of opluchting omdat hij me geen pijn doet, weet ik niet, maar ik smelt onder zijn kus. Mijn lichaam wordt zwaar en alle wil om te vechten lijkt uit me te sijpelen.

Het is een kalme, lome kus, alsof we alle tijd van de wereld hebben. Wanneer hij met zijn tong over de mijne strijkt en vervolgens op mijn onderlip sabbelt, lijkt het of er pijltjes warmte door mijn lichaam naar het plekje tussen mijn benen schieten. De hand die zojuist mijn haren nog vastklemde, strijkt nu zacht over mijn achterhoofd. Het voelt als de kus van een geliefde.

Mijn handen glijden als vanzelf naar zijn schouders. In plaats van hem weg te duwen, klamp ik me aan hem vast.

Waar ben ik mee bezig? Waarom deins ik niet terug, vol afgrijzen dat hij me durft te kussen?

Omdat zijn mond zo goed voelt op de mijne. Omdat het lijkt of ik een engel sta te kussen. Heel even vergeet ik de situatie waarin ik me bevind, vergeet ik mijn doodsangst.

Dan laat hij me los en kijkt op me neer.

Zijn lippen zijn donker en glanzend, licht gezwollen

van die kus. De mijne waarschijnlijk ook. Hij lijkt niet meer boos te zijn, maar opgewonden en tegelijkertijd voldaan. Die combinatie van lust en tederheid houdt mijn blik gevangen.

Mijn tong strijkt langs mijn lippen en hij volgt de beweging met zijn ogen.

Dan strijkt hij met zijn lippen nogmaals over de mijne. Een korte aanraking, nauwelijks een kus. Hij tilt me op en draagt me naar boven, naar zijn bed.

HOOFDSTUK 4

Terugkijkend op die dag begrijp ik niets van mezelf. Ik begrijp niet waarom ik niet harder tegenstribbelde of waarom ik zijn verwrongen acties accepteerde. Het was geen rationeel besluit, geen bewuste beslissing om mee te werken zodat hij me geen pijn zou doen. Ik reageerde puur instinctief.

Mijn instinct zegt me dat ik me aan hem moet overgeven. Ik ben uitgeput van mijn ontsnappingspoging en waarschijnlijk ook vanwege dat verdovende middel.

Daarbij is de hele situatie zo onwerkelijk dat ik het gewoon niet kan bevatten. Ik heb het gevoel dat ik een toneelstuk of een film bekijk. Dit overkomt mij niet echt. Ik ben niet het meisje dat gedrogeerd en ontvoerd is en nu haar ontvoerder toestaat haar aan te raken en haar over haar hele lichaam te strelen.

We liggen nu naast elkaar, op ons zij zodat we elkaar aan kunnen kijken. Zijn handen glijden over mijn huid. Ze voelen een beetje ruw aan, alsof hij er eelt op heeft zitten. Maar ze zijn ook warm op mijn ijskoude huid. Ik weet dat het sterke handen zijn, al gebruikt hij die kracht nu niet. Hij zou me met gemak kunnen dwingen, net als daarstraks, maar dat is niet nodig. Ik probeer hem niet tegen te houden, want ik heb het gevoel dat ik in een soort sensuele mist rondzweef.

Hij kust me opnieuw en strijkt over mijn arm, mijn rug, mijn nek en mijn bovenbeen. De aanraking is stevig en tegelijkertijd zacht. Het voelt als een massage, maar dan met een seksuele ondertoon. Zijn lippen glijden over mijn nek tot ze het gevoelige plekje bij de overgang naar mijn schouder hebben gevonden.

Ik huiver van genot. Mijn ogen vallen dicht. Deze zachte, milde aanrakingen werken ontwapenend. Ik weet dat ik me aangerand zou moeten voelen, maar eigenlijk voel ik me gekoesterd.

Met mijn ogen dicht kan ik net doen of dit allemaal een droom is. Een fantasie, zoals ik die weleens bedenk als ik 's avonds in mijn bed lig. Het idee van een fantasie maakt het feit dat ik een vreemdeling aan me laat zitten op de een of andere manier begrijpelijker. Beter.

Nu glijdt een van zijn handen over mijn achterste om mijn billen te kneden. Zijn andere hand glijdt omhoog over mijn buik, mijn ribben. Zacht omvat hij mijn linkerborst en hij knijpt er even in. De aanraking voelt goed, bijna troostend tegen mijn harde tepel. Ik heb dit ook weleens met Rob gedaan, maar toen voelde het heel anders.

Ik houd mijn ogen bewust gesloten als hij me op mijn rug rolt. Zijn gewicht rust gedeeltelijk op mij, maar voornamelijk op het bed. Ik ben blij dat hij niet vol op me komt liggen.

Zijn lippen beroeren mijn sleutelbeen en schouder en gaan dan naar mijn borst, waar zijn warme mond een vochtig spoor op mijn huid achterlaat. Dan zuigt hij zachtjes mijn rechtertepel naar binnen.

Mijn rug kromt zich als spanning zich begint op te bouwen in mijn onderbuik. Als hij hetzelfde doet bij mijn andere tepel verhevigt het gevoel steeds meer.

Hij weet wat hij met me doet, want hij laat een hand tussen mijn benen glijden. Zijn vingers beroeren mijn vochtige schaamlippen. 'Brave meid,' mompelt hij goedkeurend. 'Wat ben je lief en responsief.'

Ik kan niet anders dan kreunen als hij een spoor van kussen over mijn lichaam laat gaan. Zijn haren kietelen over mijn huid. Ik weet waar hij naar op weg is en als hij zich tussen mijn benen nestelt, vergeet ik alles om me heen.

In een reflex probeer ik mijn benen tegen elkaar te persen, maar hij duwt ze moeiteloos uiteen.

Hij strijkt zachtjes met zijn vingers over mijn schaamlippen. Daarna duwt hij ook die een beetje uit elkaar.

Als zijn mond me daar raakt, schiet er een golf van hitte door mijn lichaam. Zijn vaardige mond likt en knabbelt rond mijn klit tot ik hardop kreun van genot.

Dan sluit hij zijn lippen om het gevoelige knopje heen en zuigt er zachtjes aan.

Het gevoel is zo heerlijk, zo heftig dat mijn ogen openschieten. Heel even word ik bang van al die onbekende gevoelens die door me heen razen. Tussen mijn benen pulseert genot; ik lijk vanbinnen in brand te staan. Mijn hart gaat zo snel tekeer dat ik niet anders kan dan hijgen.

Als ik tegenstribbel, lacht hij zachtjes. Zijn adem kietelt mijn gevoelige huid daarbeneden. Met gemak houdt hij me tegen en gaat gewoon door met wat hij aan het doen is.

De spanning in mijn lichaam stijgt tot hij ondraaglijk is. Mijn heupen richten zich op zodat ik harder tegen zijn tong aan schuur. Dat brengt me op de een of andere manier nog dichter bij die onbekende grens die net buiten mijn bereik lijkt te liggen.

En dan, met een zachte schreeuw, stort ik eroverheen. Mijn hele lichaam spant zich aan als een heftige golf van intens genot door me heen slaat. Ik voel spiertjes trekken in mijn binnenste en besef dat ik zojuist mijn eerste orgasme heb gehad.

Mijn eerste orgasme ooit. En dat in de handen – of beter gezegd, de mond – van mijn overweldiger.

Dat besef is zo vernietigend dat ik me alleen nog maar tot een balletje wil opkrullen en wil huilen tot ik geen tranen meer heb. Opnieuw knijp ik mijn ogen dicht.

Maar hij is nog niet klaar met me. Langzaam laat hij zich over mijn lichaam naar boven glijden en opnieuw claimt zijn mond de mijne. Hij smaakt anders, ziltig met een muskusachtige ondertoon.

Dat ben ik. Ik proef mezelf op zijn lippen. Een blos van schaamte lijkt over mijn hele lichaam te kruipen, terwijl tegelijkertijd mijn verlangen toeneemt.

Nu worden zijn kussen ruwer, zinnelijker. Zijn tong penetreert mijn mond in een imitatie van wat gaat komen, terwijl hij zich met zijn onderlichaam tussen mijn dijen wringt. Hij legt een hand om mijn achterhoofd en streelt met de andere opnieuw het gebied rond mijn klit om me nog verder op te winden.

Nog steeds laat ik hem begaan, al verstijf ik langzaam als mijn angst toeneemt. Zijn harde erectie duwt tegen mijn dij en ik weet gewoon dat hij me pijn gaat doen. 'Alsjeblieft,' fluister ik. Ik dwing mijn ogen open om hem aan te kijken. Tranen vertroebelen mijn blik. 'Alsjeblieft... Ik heb dit nog nooit gedaan.'

Zijn neusvleugels trillen en er verschijnt een opgewonden schittering in zijn ogen. 'Daar ben ik blij om,' zegt hij zacht. Hij buigt zich opnieuw voorover en strijkt met zijn lippen langs mijn hals om een spoor naar mijn oor te trekken. 'Zeg me dat je me wilt,' murmelt hij.

Zijn warme adem strijkt langs de koele sporen van mijn tranen. Geschokt kijk ik hem aan, oppervlakkig ademhalend. De neiging zijn eis te beantwoorden en toe te geven dat ik inderdaad naar hem verlang, is groot.

'Zeg het, Nora,' gromt hij.

Zijn stem klinkt duisterder, bevelend, en tot mijn

verbazing rollen de woorden zo uit mijn mond. 'Ik... ik wil je.'

'Brave meid.' Dan duwt hij zich iets op en met een hand begeleidt hij zijn erectie bij me naar binnen.

Ik snak naar adem als ik hem in me voel duwen. Hoewel ik nat ben, protesteert mijn lichaam tegen die onbekende invasie. Ik heb geen idee of hij groot geschapen is of niet, maar hij voelt enorm als zijn eikel zich langzaam een weg naar binnen baant.

Het genot verdwijnt in een brandende sensatie. Het doet pijn en opnieuw begin ik te huilen. Snikkend grijp ik zijn schouders vast.

Zijn pupillen verwijden zich, waardoor zijn ogen donkerder lijken.

Als ik kleine zweetdruppeltjes op zijn voorhoofd zie, besef ik dat hij zich inhoudt. Voor mij.

'Ontspan je, Nora,' fluistert hij bars. 'Het doet minder pijn als je je gewoon ontspant.'

Maar ik begin te beven. Het lukt me niet om te doen wat hij zegt. Ik ben te bang. Het doet zo'n pijn, terwijl hij pas een klein stukje in me is.

Toch zet hij door, en langzaam verleent mijn lichaam hem toegang. Ik kronkel en snik en zet mijn nagels in zijn armen en zijn rug, maar hij gaat door. Centimeter voor centimeter dringt hij in me.

Dan houdt hij even stil. Ik zie een adertje kloppen bij zijn slapen. Hij ziet eruit alsof hij lijdt. Maar ik weet dat hij ervan geniet me zo'n pijn te doen hiermee.

Zachtjes kust hij mijn voorhoofd. En dan dringt hij met een enkele stoot door mijn maagdenvlies. Hij stoot door tot hij helemaal in me zit. Zijn schaamhaar kietelt het mijne.

De pijn wordt me bijna te veel. Mijn maag draait zich om en even denk ik dat ik ga flauwvallen. Ik heb geen kracht meer om te schreeuwen; ik kan alleen oppervlakkig ademhalen om te voorkomen dat ik ga overgeven of het bewustzijn verlies. Zijn harde erectie vult me, rekt me uit vanbinnen, en ik heb nog nooit zo'n afschuwelijke invasie meegemaakt.

'Ontspan,' fluistert hij in mijn oor, 'ontspan nou, poesje. De pijn verdwijnt, het wordt wel beter...'

Ik geloof er geen barst van. Het voelt alsof iemand een brandende staaf in me heeft geduwd, die me nu langzaam openscheurt. En ik kan niet weg. Ik kan niets doen om de pijn minder erg te maken. Hij is zoveel groter en sterker dan ik. Het enige wat ik kan doen is blijven liggen, gesmoord onder zijn grote lichaam.

Hoewel zijn spieren gespannen zijn, beweegt hij niet. Hij stoot niet opnieuw in me. In plaats daarvan kust hij teder mijn voorhoofd. Als ik mijn ogen sluit en de tranen langzaam via mijn slapen in mijn haren druppelen, drukt hij zacht zijn lippen op mijn oogleden.

Ik weet niet precies hoelang we zo blijven liggen. Zachte kussen dalen neer op mijn gezicht en mijn hals. Zijn handen houden me vast en strelen me. Het voelt als een parodie op de omarming van een geliefde. Want al die tijd voel ik zijn penis in me, die harde schacht die me pijnigt, die me vanbinnen lijkt te verbranden.

Ik kan me ook niet herinneren wanneer het

verandert, wanneer mijn verraderlijke lichaam zich ontspant in reactie op zijn kussen en zijn tedere strelingen.

Maar die schoft merkt het. En langzaam trekt hij zich terug van mijn lichaam, alleen om er weer in te stoten.

In het begin maken die bewegingen de pijn alleen maar erger, tot hij een hand tussen ons in laat glijden om een vinger tegen mijn klit te drukken. Mijn heupen bewegen op het ritme van zijn stoten en mijn klit schuurt steeds even tegen zijn hand.

Tot mijn afgrijzen voel ik de seksuele spanning in mijn lichaam aanwakkeren. Het doet nog steeds pijn, maar die pijn is nu vermengd met genot. Mijn gevecht is nu niet alleen met hem. Ik vecht ook tegen mezelf.

Als hij harder en dieper stoot, schreeuw ik het uit. De intensiteit van alles wat ik voel is onverdraaglijk. Pijn en genot vloeien in elkaar over tot ze niet meer te onderscheiden zijn. Ik besta alleen nog maar, in een wereld vol overweldigende sensaties. En dan slaat mijn orgasme door me heen, zo heftig dat ik even helemaal niets meer kan zien.

Ergens, onverwacht, hoor ik hem grommen. Even rekt hij me tot het uiterste op; dan schokt hij diep in me en ik weet dat hij ook is klaargekomen.

Na een tijdje rolt hij van me af, maar trekt me mee en houdt me dicht tegen zich aan.

Ik begin te huilen, zoekend naar troost bij degene die mijn verdriet veroorzaakt heeft.

NADERHAND IS ALLES VAAG. DE TIJD GAAT VOORBIJ IN een reeks beelden die in elkaar over lijken te vloeien.

Hij draagt me en ik hang als een lappenpop in zijn armen.

Hij wast me. Ik sta samen met hem onder douche, verbaasd dat mijn benen me nog kunnen dragen.

Vanbinnen ben ik gevoelloos. Ik lijk kilometers verwijderd van wat er gebeurt. Als ik naar beneden kijk, zie ik hoe een spoortje bloed op mijn dij door het water wordt weggespoeld. Tussen mijn benen voelt het plakkerig. Dat zal zijn sperma wel zijn. Hij heeft geen condoom gebruikt.

Misschien heb ik wel een soa opgelopen. Die gedachte zou me angst aan moeten jagen, maar ik voel helemaal niets.

In elk geval hoef ik me niet druk te maken om een ongewenste zwangerschap. Mijn moeder stond erop dat ik een anticonceptiestaafje in mijn arm liet schieten toen het echt iets werd met Rob. Ze werkt namelijk als verpleeghulp in een polikliniek voor vrouwen. Tienerzwangerschappen zijn daar zo ongeveer dagelijkse kost en ze wilde mij dat per se besparen. Eerlijk gezegd ben ik haar daar nu enorm dankbaar voor.

Terwijl ik dit sta te overdenken, wast Julian mijn haar. Hij scheert zelfs mijn oksels en benen.

Wanneer ik helemaal schoon en onthaard ben, zet hij het water uit en helpt me uit de douche. Hij pakt een handdoek en droogt mij als eerste af. Daarna hult hij me in een zachte, pluizige ochtendjas en draagt me naar de keuken. Als hij me een broodje voorzet, eet ik het op zonder te proeven wat erop zit. Daarna krijg ik een glas water, dat ik gulzig achteroversla.

Ergens hoop ik dat hij me niet weer drogeert, maar eigenlijk boeit het me niet zo. Ik ben zo moe dat ik niets liever wil dan mijn ogen sluiten.

Na het eten brengt hij me weer naar de badkamer. 'Ga je tanden maar poetsen,' zegt hij.

Ik kan niet anders dan hem aanstaren. Hij bekommert zich om mijn gebit? Maar aangezien ik graag mijn tanden wíl poetsen, doe ik wat hij zegt. Ook ga ik even plassen. Gelukkig laat hij me dat alleen doen.

Daarna brengt hij me weer naar de slaapkamer.

Op miraculeuze wijze is het bed opnieuw opgemaakt. Er zijn geen bloedsporen op de lakens te zien en daar ben ik wel blij om.

Hij geeft me een korte kus op de lippen en gaat dan weg. De deur doet hij achter zich op slot.

En ik? Ik ben zo moe dat ik naar het bed loop, me laat vallen en onmiddellijk in een diepe slaap wegzink.

HOOFDSTUK 5

Ik word wakker met een helder hoofd. Alles kan ik me herinneren, en het liefst zou ik heel hard willen schreeuwen.

Als ik uit bed spring, merk ik dat ik nog steeds de badjas van gisteren draag. De plotselinge beweging doet pijn vanbinnen, en ik verstijf even bij de herinnering aan hoe die pijn daar komt. Ik kan zijn lengte nog steeds in me voelen – wat een vreselijk idee.

Mijn gedrag was walgelijk en onbegrijpelijk. Wat mankeert me? Hoe kon ik Julian gewoon zijn gang laten gaan en daarvan genieten? Waarom gaf ik me aan hem over door hem toestemming te verlenen?

Ja, hij is knap, maar dat is geen excuus. Hij is verdorven. Dat weet ik al vanaf het moment dat ik hem voor het eerst zag. Die schoonheid verbergt een duister karakter. En ik heb het gevoel dat de onthulling van zijn ware zelf pas net begonnen is.

Gisteren was ik te bang en te getraumatiseerd om

aandacht te besteden aan mijn omgeving. Maar omdat ik me nu veel beter voel, besluit ik de kamer te onderzoeken.

Er is één raam, met dikke ivoorkleurige gordijnen waardoor een beetje zonlicht naar binnen valt. Ik ruk de gordijnen open en sta even te knipperen in het felle licht. Zodra mijn ogen gewend zijn aan de zon, kan ik de omgeving in me opnemen.

Mijn hart slaat over.

Het raam is niet dichtgetimmerd. In feite zou ik het gemakkelijk kunnen openen en zo naar buiten kunnen klimmen. Ik bevind me op de eerste verdieping, dus het zou niet moeilijk zijn om beneden te komen zonder iets te breken. Dat is het probleem niet.

Het probleem is mijn uitzicht: palmbomen en een wit zandstrand. Daarachter zie ik helderblauw water, glinsterend in de zon. Het is prachtig. Tropisch. En totaal anders dan mijn kleine stadje in Illinois.

Ik sta te rillen van de kou. Alweer. Dat is vast van de schok, want buiten lijkt het me zo'n vijfentwintig graden te zijn.

Onrustig ijsbeer ik door de kamer, zo nu en dan stoppend om een blik naar buiten te werpen. Het voelt iedere keer weer alsof de lucht uit mijn longen wordt geperst.

Ik weet niet wat ik dacht, aangezien ik nog niet echt over mijn verblijfplaats had nagedacht. Maar ergens had ik blijkbaar aangenomen dat hij me in de buurt had opgesloten. In Chicago misschien, waar we elkaar ontmoet hadden. Ik dacht dat ontsnappen even eenvoudig zou zijn als een manier vinden om het huis uit te komen. Maar het ligt veel ingewikkelder dan dat.

Ik rammel aan de deur, maar die zit nog altijd op slot. Een paar minuten geleden ontdekte ik een kleine en-suite badkamer. Daar heb ik mijn ochtendroutine doorlopen en mijn tanden gepoetst. Dat was in elk geval even een fijne afleiding. Maar nu ijsbeer ik weer rond als een gekooid dier, terwijl mijn angst en woede met de minuut toenemen.

Na een tijdje gaat de deur open. Er komt een vrouw binnen.

Dat is zo'n verrassing dat ik haar alleen maar aanstaar. Ze lijkt me nog vrij jong – ergens in de dertig? – en ze is knap, met rood, krullend haar en lichtbruine ogen. Waarschijnlijk steekt ze bijna een kop boven me uit, en ze lijkt atletisch gebouwd. Haar kleding bestaat uit een korte spijkerbroek, een witte top en een paar slippers. Ze glimlacht naar me en houdt een dienblad met voedsel omhoog.

Even overweeg ik of ik haar aan zal vallen. Ze is een vrouw, wat betekent dat ik nog iets van kans maak in een gevecht. Tegen Julian kan ik niet op.

De glimlach van de vrouw verbreedt zich alsof ze precies weet wat er in me omgaat. 'Als ik jou was, zou ik me niet bespringen,' zegt ze op geamuseerde toon. 'Dat is vrij zinloos. Ik begrijp dat je wilt ontsnappen, maar je kunt nergens heen. We bevinden ons op een privé-eiland in de Stille Oceaan.'

Opnieuw slaat mijn hart over. 'Wiens privé-eiland?' Op het moment dat ik de vraag stel, weet ik het antwoord.

'Dat van Julian, natuurlijk.'

'Wie is Julian? Wat zijn jullie voor mensen?' Tot mijn verbazing klinkt mijn stem vrij normaal. Ik ben niet zo bang voor haar als voor Julian.

'Dat merk je vanzelf wel. Mijn naam is Beth en ik ben hier om voor jou en het huis te zorgen,' zegt ze terwijl ze het dienblad neerzet.

Ik dwing mezelf om diep adem te halen. 'Waarom ben ik hier, Beth?'

'Omdat Julian je wil.'

'En daar is volgens jou niets verkeerds aan?' Nu begint mijn stem een klein beetje hysterisch te klinken. Hoe kan ze onder een hoedje spelen met die gek? Hoe kan ze net doen alsof dit heel normaal is?

Maar ze haalt alleen haar schouders op. 'Julian doet wat hij wil. Het is niet aan mij om daar een oordeel over te vellen.'

'Waarom niet?'

'Omdat ik mijn leven aan hem te danken heb,' zegt ze op ernstige toon. Dan draait ze zich om en loopt de kamer uit.

Ik eet het voedsel dat Beth voor me heeft

NEERGEZET. Hoewel het geen standaard ontbijt is, smaakt het prima. Er is gegrilde vis in een soort champignonsaus en gebakken aardappels met een groene salade. Als toetje ligt er een in partjes gesneden mango. Zouden die op het eiland groeien?

Ik eet alles op, ondanks mijn zenuwen. Als ik nou niet zo'n lafaard was, zou ik misschien in hongerstaking gaan. Maar ik ben net zo bang voor hongerlijden als voor pijn.

Tot dusver heeft hij me niet echt pijn gedaan. De seks deed wel zeer, maar hij was niet opzettelijk ruw. Het zou de eerste keer toch zeer hebben gedaan, ook in andere omstandigheden.

De eerste keer. Ineens dringt het tot me door dat dit mijn eerste keer was. Ik ben geen maagd meer. Gek genoeg heb ik niet het gevoel dat ik iets ben verloren. Dat dunne maagdenvlies heeft voor mij nooit een speciale betekenis gehad. Ik ben ook nooit van plan geweest om met seks te wachten tot na het huwelijk of zo. Natuurlijk vind ik het erg dat mijn eerste keer met een monster was. Maar ik heb geen moeite met het verliezen van mijn maagdelijkheid. Als ik de kans had gehad, had ik het met Jake gedaan – graag zelfs.

Jake! Ik krijg een vreemd gevoel in mijn buik. Ik heb niet eens meer aan hem gedacht nadat Julian zei dat hij in orde was. Ik ben maandenlang gek geweest van die jongen, om hem vervolgens totaal te vergeten in de armen van mijn overweldiger.

Een gevoel van schaamte welt in me op. Had ik gisteravond niet aan Jake moeten denken? Had ik zijn gezicht niet voor me moeten zien toen Julian me zo intiem aanraakte? Als ik echt naar Jake had verlangd, had ik dan niet over hem moeten fantaseren tijdens die eerste seksuele ervaring?

Haat overspoelt me. Haat voor de man die me dit heeft aangedaan. Voor de man die mijn illusies over mezelf en de wereld heeft vernield.

Ik had er nooit echt over nagedacht wat ik zou doen als ik ontvoerd zou worden. Waarom zou ik ook? Maar ik heb blijkbaar altijd gedacht dat ik dapper zou zijn, dat ik tot de laatste snik zou vechten. Dat is toch ook wat ze in boeken en films altijd doen? Vechten, zelfs als het zinloos lijkt of ze gewond raken?

Eigenlijk zou ik dat ook moeten doen. Hij is wel sterker dan ik, maar dan had ik nog niet zo makkelijk hoeven toegeven – laat staan het hardop zeggen. Hij heeft me niet vastgebonden, heeft me niet bedreigd. Hij zat me alleen achterna toen ik wilde ontsnappen. En die ene ontsnapping is alles wat ik tot dusver aan verzet heb kunnen opbrengen.

Wie is dat meisje dat zo gemakkelijk opgeeft? Ik herken haar niet, maar ik ben het wel. Dit is een deel van mij dat nog nooit naar voren gekomen is. Iets wat ik nooit had geweten als Julian me niet had ontvoerd.

Die gedachten zijn zo verontrustend dat ik liever aan mijn ontvoerder denk. Wie is Julian? Hoe kan iemand zich in hemelsnaam een heel eigen eiland veroorloven? Waarom is Beth hem haar leven verschuldigd? En bovenal: wat is hij met me van plan?

Talloze scenario's schieten door mijn hoofd, het een

nog angstaanjagender dan het andere. Ik weet wel iets van mensensmokkel. Dat gebeurt heel veel, vooral met vrouwen uit arme landen. Staat dat me te wachten? Eindig ik straks ergens in een bordeel, dagelijks volgepompt met drugs en het sperma van talloze mannen? Heeft Julian gewoon een voorproefje genomen voor hij zijn handelswaar aflevert?

Voor ik echt in paniek raak, haal ik diep adem en dwing ik mezelf logisch na te denken. Mensenhandel is een mogelijkheid, maar het is niet voor de hand liggend. Julian lijkt namelijk behoorlijk bezitterig – te bezitterig voor iemand die gewoon een doorgeefluik is. En waarom zou hij me naar zijn privé-eiland brengen als hij me gaat verkopen?

Daarbij noemde hij me 'poesje'. Is dat een koosnaampje, of is dat hoe hij me ziet? Zijn ontvoerde vrouwen zijn fetisj? Nadat ik er even over heb nagedacht, besluit ik dat dat het wel zal zijn. Waarom zou een rijke, knappe man anders zoiets doen? Hij zal vast genoeg gewone afspraakjes kunnen scoren. Eerlijk gezegd had ik best met hem willen daten, ware het niet dat ik dat rare gevoel van hem kreeg toen hij me zo bezitterig aanraakte.

Is dat waar het hem om gaat? Om bezitten? Is hij op zoek naar een seksslavin? Wellicht. Maar waarom heeft hij mij dan uitgekozen? Vanwege mijn reactie toen in de club? Kon hij toen al raden dat ik een lafaard ben die hem zou laten doen wat hij wilde? Misschien heb ik dit mezelf dan wel aangedaan.

Wat een afschuwelijke gedachte! Om hem te

verdringen sta ik op en ga ik weer op onderzoek uit in mijn gevangenis.

De deur zit nog steeds op slot, maar dat is geen verrassing. Als ik het raam open, wordt de kamer gevuld met warme, zilte zeelucht.

De hor zit echter stevig vast. Dat houdt in dat ik er dus niet uit kan klimmen, al doe ik daar ook niet al te hard mijn best voor. Als ik Beth mag geloven, levert een ontsnapping uit deze kamer me toch niets op.

In plaats van te proberen uit te breken ga ik op zoek naar een wapen. Op het dienblad ligt geen mes, maar wel een vork. Ik denk wel dat Beth het merkt als ik hem verberg. Toch besluit ik de gok te nemen: ik verberg hem achter een stapel boeken op een van de planken aan de muur.

Daarna ga ik in de badkamer op zoek naar een fles haarlak of zoiets, maar er ligt alleen zeep, tandpasta en een tandenborstel. In de douche vind ik douchegel, shampoo en conditioner van dure merken. Wat ik ook van mijn ontvoerder kan zeggen, hij is niet gierig. Maar ja, iemand die een eigen eiland heeft, kan ook wel een flesje shampoo van vijftig dollar betalen. Mocht er een fles shampoo van duizend dollar bestaan, dan heeft hij daar vast ook het geld voor.

Waarom denk ik aan shampoo? Zou ik niet hysterisch moeten zijn, of moeten huilen of schreeuwen? Maar dat heb ik gisteren al gedaan en blijkbaar zit er een grens aan de hoeveelheid tranen die je binnen vierentwintig uur kunt vergieten. Op dit moment heb ik geen tranen over.

Nadat ik alles heb bekeken en onderzocht, is er niet veel meer voor me om te doen. Daarom pak ik een boek van een van de boekenplanken. Het is een roman van Sidney Sheldon en hij gaat over een bedrogen vrouw die wraak neemt op haar vijanden. Het verhaal is dermate interessant dat ik een paar uur lang mijn omstandigheden kan vergeten.

BETH BRENGT ME LUNCH, EVENALS EEN STAPELTJE kleren.

Daar ben ik blij om. Ik draag al de hele ochtend die ochtendjas en ik kijk ernaar uit me normaal aan te kleden. Terwijl ze de kleren op een hangertje hangt, overweeg ik opnieuw of ik haar zal aanvallen zodat ik een poging kan doen om te ontsnappen. Misschien kan ik daar die vork voor gebruiken?

'Nora, geef me die vork terug,' zegt ze dan.

Daar schrik ik van, en ik weet gewoon dat ik een schuldige blik op mijn gezicht heb. Heeft ze nou mijn gedachten gelezen? En dan realiseer ik me dat ze naar het lege dienblad staat te kijken. Het is overduidelijk dat de vork mist. Desondanks besluit ik me van de domme te houden. 'Welke vork?'

Ze slaakt een diepe zucht. 'Je weet precies welke vork. Je hebt 'm achter de boeken verstopt. Geef hem terug.'

Ik dacht dat ik privacy had, maar dat was duidelijk een verkeerde veronderstelling. Ingespannen staar ik naar het plafond, op zoek naar verborgen camera's, maar ik zie ze niet.

'Nora...' dringt Beth aan.

Ik haal de vork achter de boeken vandaan en smijt hem in haar richting. Ergens hoop ik dat hij hem in haar oog raakt.

Maar Beth vangt hem met gemak en schudt haar hoofd alsof ze teleurgesteld in me is. 'Ik had gehoopt dat je je niet zo zou gedragen,' zegt ze.

'Hoe? Alsof ik ontvoerd ben?' Ik heb zo'n zin om haar een dreun te verkopen.

'Als een verwend nest,' zegt ze terwijl ze de vork in haar zak steekt. 'Wat is het toch vreselijk, op een schitterend eiland zitten. Of denk je dat je het zwaar hebt omdat je het bed deelt met Julian?'

Ik staar haar aan en kom tot de conclusie dat ze knettergek moet zijn. Verwacht ze nou werkelijk dat ik me gewoon bij de situatie neerleg? Dat ik maar overal mee instem en geen enkel protest uit? Als ze terug staart, zie ik voor het eerst de lijnen in haar gezicht.

'Je hebt geen idee wat het is om te lijden, klein meisje,' zegt ze zachtjes, 'en ik hoop dat je er nooit achter hoeft te komen. Wees maar aardig voor Julian, dan kun je fijn je bevoorrechte leventje leiden.'

Als ze de kamer uitloopt, voelt mijn keel op de een of andere manier droog aan. Mijn handen beginnen te trillen als ik haar woorden op me laat inwerken.

HOOFDSTUK 6

Het is avond. Ik word elke minuut nerveuzer omdat ik weet dat ik straks mijn ontvoerder weer zie. Niet langer houdt het boek mijn aandacht vast. Daarom leg ik het maar weg en begin te ijsberen.

Ik heb de kleren aan die Beth me gebracht heeft. Zelf zou ik ze niet uitgekozen hebben, maar ze zijn beter dan die badjas. Ik heb een sexy wit slipje aan en een bijpassende beha. Daaroverheen draag ik een leuk blauw zomerjurkje met knoopjes van voren. Het is verbazend hoe goed het past. Misschien houdt hij me al wel langer in de gaten. Misschien weet hij naast mijn kledingmaat nog veel meer van me.

Die gedachten zijn misselijkmakend.

Hoe hard ik ook probeer niet te denken aan wat komen gaat, het lukt me niet. Eigenlijk begrijp ik niet eens waarom ik er zo van overtuigd ben dat hij vanavond naar me toe komt. Misschien heeft hij wel een hele harem aan vrouwen op dit eiland zitten en neemt hij elke avond een ander, net als sultans dat vroeger deden.

Maar ik weet gewoon dat hij eraan komt. Gisteren was gewoon een voorproefje. Hij is nog niet klaar met me – nog lang niet.

Uiteindelijk gaat de deur open. Hij stapt binnen alsof hij de touwtjes in handen heeft, wat natuurlijk ook zo is.

Opnieuw ben ik onder de indruk van zijn mannelijke schoonheid. Met zo'n gezicht zou hij een model of een filmster kunnen zijn. Als de wereld eerlijk was, was hij klein geweest, of had hij een andere imperfectie gehad om voor die trekken te compenseren.

Maar dat is niet het geval. Zijn lichaam is perfect geproportioneerd, groot en gespierd. Als ik denk aan hoe het was om hem in me te voelen, bespeur ik tot mijn ongenoegen een vlaag van opwinding.

Wederom draagt hij een spijkerbroek en een T-shirt, een grijze ditmaal. Hij heeft groot gelijk dat hij de voorkeur geeft aan eenvoudige kleding. Het is niet of zijn uiterlijk nog extra nadruk nodig heeft.

Hij glimlacht naar me, duister en verleidelijk als een gevallen engel. 'Hallo, Nora.'

Ik heb geen idee wat ik moet zeggen en daarom flap ik het eerste eruit wat in me opkomt: 'Hoelang wil je me hier houden?'

Hij houdt zijn hoofd een tikje scheef. 'Hier in deze kamer? Of op dit eiland?'

'Allebei.'

Beth zal je morgen rondleiden. Als je zin hebt, kunnen jullie gaan zwemmen,' zegt hij terwijl hij op me af loopt. 'Ik houd je niet opgesloten, tenzij je domme dingen gaat doen.'

'Zoals?' Mijn hart begint als een gek te bonzen wanneer hij met een hand door mijn haren strijkt.

'Beth of jezelf pijn doen.' Zijn zachte stem en indringende blik werken hypnotiserend. Die ritmische strelingen door mijn haar versterken dat effect alleen maar.

Ik probeer de betovering te verbreken door een paar keer met mijn ogen te knipperen. 'En op het eiland? Hoe lang ben je van plan me hier te houden?' Nu strijkt zijn hand over de ronding van mijn wang. Even leun ik tegen zijn hand, als een kat die geaaid wordt. Dan besef ik wat ik aan het doen ben, en meteen ga ik weer stokstijf rechtop staan. Aan zijn glimlach zie ik dat hij precies weet welk effect hij op me heeft.

'Lang, hoop ik,' is zijn antwoord.

Op de een of andere manier verrast dat me niet. Je neemt niet de moeite iemand helemaal naar een verlaten eiland te brengen als je alleen paar keer seks wilt. Ik ben doodsbang, dat wel, maar niet verrast. Ik verzamel mijn moed en stel de volgende logische vraag: 'Waarom heb je me ontvoerd?'

Nu glimlacht hij niet meer. In plaats van te antwoorden, neemt hij me met die onpeilbare blauwe ogen op.

Over mijn hele lichaam begin ik te beven. 'Ga je me vermoorden?'

'Nee, Nora, ik ga je niet vermoorden.'

Ik weet dat hij zou kunnen liegen, maar toch stelt het antwoord me gerust. 'Ga je me dan verkopen?' Ik forceer de woorden naar buiten. 'Als een prostituee of zo?'

'Nee,' zegt hij zacht. 'Dat nooit. Je bent van mij. Alleen van mij.'

Ook dat stelt me wat gerust, maar er is één ding dat ik nog moet weten. 'Ga je me pijn doen?'

Wederom lijkt het of hij geen antwoord gaat geven. Heel even verschijnt er een flits van iets duisters in zijn ogen.

'Waarschijnlijk wel,' zegt hij dan en hij buigt zich voorover om me met zijn warme mond zachtjes op mijn lippen te kussen.

Een moment lang blijf ik als bevroren staan. Ik geloof hem. Ik weet dat hij de waarheid vertelt als hij zegt dat hij me pijn gaat doen. Al vanaf het begin is er iets aan hem dat me angst aanjaagt. Hij is zo anders dan de jongens met wie ik altijd uitging. Volgens mij is hij tot alles in staat. En ik ben volledig aan hem overgeleverd.

Heel even overweeg ik me weer te verzetten. Dat is wat men zou doen in mijn situatie, nietwaar? Dat zou dapper zijn.

Maar ik doe het niet. Ik bespeur een duisternis in hem, een afwijking. Die schoonheid verbergt iets monsterlijks en ik wil niet degene zijn die het wekt. Ik heb geen idee wat er dan zal gebeuren.

Daarom blijf ik doodstil staan en laat ik hem me

kussen. Ook wanneer hij me oppakt en naar het bed draagt, verzet ik me niet. In plaats daarvan sluit ik mijn ogen en geef ik me over aan de gevoelens die hij in me oproept.

~

OPNIEUW IS HIJ VOORZICHTIG MET ME. IK ZOU doodsbang voor hem moeten zijn – en dat ben ik ook – maar mijn lichaam lijkt te genieten van die combinatie van angst en opwinding. Wat zegt dat over mij?

Ik blijf rustig liggen, ogen gesloten, terwijl hij mijn kleren een voor een uittrekt.

Eerst maakt hij alle knoopjes van de jurk open, alsof hij een cadeautje aan het uitpakken is. Zijn sterke handen bewegen met een zekere doelgerichtheid; er is geen greintje ongemak of aarzeling in zijn bewegingen te bespeuren. Blijkbaar heeft hij veel ervaring met het uittrekken van vrouwenkleren. Als hij de jurk heeft opengeknoopt, wacht hij even.

Ik weet dat hij naar me kijkt en vraag me af wat hij ziet. Ik weet dat ik er goed uitzie: ik ben slank en licht gespierd, al zou ik graag wat meer rondingen hebben. Zijn vingers strijken over mijn middenrif, en ik huiver.

'Wat ben je mooi,' zegt hij zacht. 'Je hebt een prachtige huid. Je zou altijd wit ondergoed moeten dragen. Dat past bij je.'

In plaats van te antwoorden knijp ik mijn ogen nog steviger toe. Ik wil niet dat hij naar me kijkt. Ik wil niet dat hij geniet van mijn lichaam in het door hem uitgezochte ondergoed. Laat hem me gewoon nemen, zodat we daarna klaar zijn, in plaats van dat ik deze verwrongen parodie van een liefdesspel moet doormaken.

Maar hij is niet van plan me mijn zin te geven. Zijn mond volgt het pad van zijn vingers, warm en vochtig op mijn huid. Hij kruipt steeds verder naar beneden, naar de plek waar mijn benen strak tegen elkaar geklemd zijn. Hardhandig duwt hij mijn benen uiteen. Blijkbaar beviel die reactie hem niet.

Het is slechts een suggestie van gewelddadigheid, maar toch krimp ik ineen. Snel probeer ik mijn benen te ontspannen, in de hoop hem niet nog kwader te maken.

Meteen ontspant hij zijn handen, zodat zijn greep op mijn benen losser wordt. 'Mijn lieve, mooie meisje,' fluistert hij, en zijn hete adem strijkt langs mijn gevoelige schaamlippen. 'Je weet dat ik het heel fijn kan laten zijn voor je.'

Dan duwt hij zijn mond tegen me aan. Zijn tong glijdt over mijn klit, zuigend en knabbelend. Op de plaatsen waar zijn haar mijn dijbenen raakt, kietelt het, maar met zijn handen houdt hij mijn benen op hun plek. Met een hese schreeuw begin ik te kronkelen in zijn greep. Ik vergeet alles, behalve zijn warme mond en die spanning die zich in mijn onderbuik opbouwt.

Hij drijft me tot het randje, maar laat me niet klaarkomen.

Steeds als ik mijn orgasme voel aankomen, stopt hij of verandert hij het ritme. Het is ongelofelijk frustrerend. Ik schreeuw en smeek en bied hem vol overgave mijn lichaam aan. En als hij me eindelijk laat klaarkomen, is mijn orgasme zo intens dat iedere cel in mijn lichaam lijkt mee te schokken.

Daarna begin ik te huilen. Tranen druppelen vanuit mijn ooghoeken over mijn slapen in mijn haar en op het kussen.

Blijkbaar bevalt dat hem; hij kruipt over mijn lichaam omhoog en drukt zijn lippen op de zilte sporen op mijn wangen om ze op te likken. Zijn grote handen glijden over mijn lichaam. Ze strelen mijn huid met zachte, kalme bewegingen.

Het zou troostend zijn geweest als ik zijn eikel niet tegen mijn opening had voelen duwen.

Alles is nog rauw van gisteren, dus wanneer hij binnendringt, doet het weer pijn. Hoewel ik nat ben vanwege mijn orgasme, glijdt hij niet makkelijk naar binnen – niet zonder alles weer open te schuren. Langzaam duwt hij zich naar binnen, zachtjes, zodat mijn lichaam zich kan aanpassen aan zijn grootte.

Mijn tanden begraven zich in mijn onderlip in een poging om te gaan met het brandende gevoel dat ik uiteengereten wordt. Zal mijn lichaam hem ooit makkelijk accepteren? Zal ik ooit van hem kunnen genieten zonder pijn te lijden?

'Doe je ogen open,' fluistert hij hees.

Ik gehoorzaam hem, al zie ik weinig door de waas van tranen.

Hij kijkt me diep in de ogen als hij in me begint te bewegen.

In zijn blik zie ik iets schitteren dat sterk op triomf lijkt. De warmte van zijn lichaam omhult me; zijn gewicht duwt me diep in de matras. Hij bevindt zich in me, op me en om me heen. Het maakt het onmogelijk om me in mezelf terug te trekken.

En ik voel me bezeten, alsof hij meer neemt dan alleen mijn lichaam. Het voelt alsof hij iets diep vanbinnen wil claimen, op zoek naar een kant van mij waarvan ik het bestaan nooit heb gekend. Want zo, in zijn armen, ervaar ik iets dat ik nooit eerder heb gevoeld: een primitief, volslagen irrationeel gevoel van thuiskomen.

DIE NACHT VRIJT HIJ NOG TWEEMAAL MET ME. TEGEN DE ochtend ben ik volkomen beurs vanbinnen en heb ik zoveel orgasmes gehad dat ik de tel ben kwijtgeraakt.

Ergens in de ochtend gaat hij het bed uit, maar ik ben zo uitgeput dat ik het niet eens doorheb. Ik slaap diep en droomloos, tot ik ergens in de middag wakker word.

Als ik mijn tanden heb gepoetst en ga douchen, zie ik sporen van zijn sperma op mijn dijen. Opnieuw heeft hij geen condoom gebruikt, en opnieuw vraag ik me af of ik me zorgen moet maken over een soa. Denkt Julian daar wel aan? Hij maakt zich waarschijnlijk geen zorgen dat hij iets van mij oppikt, gezien mijn gebrek aan ervaring, maar ik ben wel degelijk bezorgd dat hij een soa aan mij doorgeeft. Ik til mijn linkerarm op en kijk naar het minuscule plekje dat kenmerkt waar het anticonceptiestaafje is ingebracht. Godzijdank is mijn moeder paranoïde over tienerzwangerschappen. Als ik dat niet had gehad... Ik huiver even.

Als ik de badkamer uitkom, stapt Beth net binnen met een dienblad met eten en nieuwe kleren.

Ditmaal heeft ze een traditioneler ontbijt klaargemaakt: een omelet met groenten en kaas, toast en vers, tropisch fruit. Ze glimlacht naar me. Blijkbaar wil ze het incident met de vork vergeten. 'Goedemorgen,' zegt ze opgewekt.

Ik til een wenkbrauw op. 'Jij ook goedemorgen,' antwoord ik op sarcastische toon.

Hoewel ze vast begrijpt dat ik haar probeer te ergeren, glimlacht Beth nog breder. 'O, doe niet zo chagrijnig. Julian zei dat je vandaag je kamer uit mag. Dat is toch fijn?'

Dat is het ook. Zo krijg ik de kans om mijn gevangenis te verkennen en kan ik er misschien achter komen of dit echt een eiland is. Misschien zijn hier nog wel meer mensen, naast Beth. Mensen die zich mijn lot wel aantrekken.

Of anders kan ik misschien een computer of een telefoon vinden. Dan kan ik een bericht sturen naar mijn ouders. Daarmee zouden ze naar de politie kunnen gaan. Misschien komt iemand me dan wel redden.

Mijn maag verkrampt en mijn ogen beginnen te branden bij de gedachte aan mijn ouders. Wat moeten ze bezorgd om me zijn! Ze vragen zich vast af wat er gebeurd is en of ik nog leef. Ik ben enig kind, en mama zei altijd dat ze het niet zou overleven als mij iets zou overkomen. Hopelijk meende ze dat niet echt.

God, wat haat ik hem. En dat wijf dat nu naar me staat te lachen ook. 'Natuurlijk, Beth,' zeg ik, terwijl ik me voorstel dat ik haar ogen eruit krab tot die stomme grijns in een grimas verandert. 'Een kleine kooi voor een grotere verruilen is altijd een genoegen.'

Ze rolt met haar ogen en gaat op een stoel zitten. 'Jeetje, wat een drama. Eet je eten op, dan geef ik je een rondleiding.'

Ik zou graag het eten weigeren om haar dwars te zitten, maar ik heb enorme trek en daarom eet ik alles op. 'Waar is Julian?' vraag ik tussen een paar happen door. Ik vraag me af wat hij overdag doet. Tot dusver heb ik hem alleen 's avonds gezien.

'Hij is aan het werk,' legt Beth uit. 'Hij heeft het behoorlijk druk met zijn zaken.'

'Wat voor zaken?'

Maar ze haalt alleen haar schouders op. 'Allerlei zaken.'

'Is hij een crimineel?' vraag ik onomwonden.

Ze schiet in de lach. 'Waarom zou je dat denken?'

'Goh, misschien omdat hij me ontvoerd heeft?'

Ze blijft lachen en schudt haar hoofd alsof ik iets heel grappigs heb gezegd.

De neiging om haar aan te vliegen wordt steeds groter, maar ik dwing mezelf om te kalmeren. Voor ik zoiets ga proberen, moet ik meer te weten komen over mijn omgeving. Daarbij wil ik graag voorkomen dat ik weer opgesloten word in deze kamer. Ik heb een veel grotere kans om te ontsnappen als ik vrij rond mag lopen. Daarom kijk ik haar alleen koeltjes aan. 'We kunnen gaan.'

'Trek een bikini aan,' zegt ze met een gebaar naar het stapeltje kleren, 'en dan gaan we.'

VOOR WE NAAR BUITEN GAAN, LAAT BETH ME DE REST van het huis zien. Het is ruim en smaakvol ingericht. Het interieur is strak en modern, hoewel er hier en daar wat tropische en Aziatische invloeden te zien zijn. Lichte kleuren overheersen, met hier en daar een felle kleur bij bijvoorbeeld een rode vaas of een knalblauw drakenbeeldje. In totaal zijn er vier slaapkamers: drie boven en één beneden. De keuken is geweldig. Hij bevat allerlei moderne apparaten en een glanzend granieten aanrecht.

Dan is er nog een ruimte die volgens Beth Julians kantoor is. Dat kantoor bevindt zich op de begane grond en blijkbaar mag er niemand anders komen. Dat zal wel zijn waar hij werkt. De deur zit dicht als we erlangs lopen.

Na de rondleiding door het huis laat Beth me het eiland zien.

Daarna weet ik in ieder geval zeker dat het een eiland is. Daar heeft ze niet over gelogen. Het is misschien drie kilometer lang en een kilometer breed. Volgens Beth bevinden we ons ergens in de Stille

Oceaan. Het dichtstbijzijnde vasteland is volgens haar meer dan 1000 kilometer verderop. Dat herhaalt ze een paar keer, alsof ze bang is dat ik zou proberen hier zwemmend vandaan te komen.

Geen haar op mijn hoofd die daaraan denkt. Zo'n goede zwemmer ben ik niet en ik wil ook nog niet dood. Ik wil proberen een boot te stelen.

Uiteindelijk neemt ze me mee naar het hoogste punt van het eiland. Het is een kleine berg, of een grote heuvel, al naargelang hoe je het bekijkt. Het uitzicht is fantastisch: overal schitterend blauw water. Aan één kant van het eiland lijkt het water turquoise. Beth vertelt dat zich daar een ondiepe baai bevindt waar je geweldig kunt snorkelen.

Julians huis is het enige huis op het hele eiland. Het bevindt zich aan één zijde van de berg, wat verwijderd van het strand en wat hoger gelegen. Daar ligt het huis het meest beschut, legt Beth uit, zodat we geen last hebben van harde wind of de zee. Het huis schijnt al een aantal orkanen doorstaan te hebben.

Ik knik alsof het me interesseert, maar ik ben niet van plan om de volgende orkaan hier mee te maken. Ik voel een overweldigende drang om te ontsnappen. Hoewel ik geen telefoons of computers heb gezien tijdens de rondleiding, betekent dat niet dat ze er niet zijn. Als Julian vanaf hier kan werken, dan is er een internetverbinding. En als ze dom genoeg zijn om mij vrij rond te laten lopen, vind ik heus wel een manier om verbinding te maken met de buitenwereld.

De rondleiding over het eiland eindigt op het strand

bij het huis. 'Zullen we gaan zwemmen?' vraagt Beth terwijl ze haar T-shirt en korte broek uittrekt. Eronder draagt ze een blauwe bikini. Haar lichaam is pezig, gespierd.

Ze is zo in vorm dat ik me onbewust afvraag hoe oud ze is. De meeste tieners zouden een moord doen voor zo'n lichaam, maar haar gezicht lijkt beduidend ouder. 'Hoe oud ben je?' vraag ik daarom ongegeneerd. Meestal ben ik niet zo bot, maar het kan me niet schelen of ik haar beledig. Wat doen sociale omgangsvormen er nog toe als je bent ontvoerd door een stel gekken?

Maar ze glimlacht alsof mijn vraag totaal niet onbeleefd was. 'Zevenendertig,' zegt ze.

'En Julian?'

'Hij is negenentwintig.'

'Zijn jullie een stel?' Ik weet niet goed waarom ik het vraag. Als ze al jaloers is op mijn positie als Julians nieuwste seksspeeltje, laat ze het niet merken.

Ze schiet in de lach. 'Nee, we zijn geen stel.'

'Waarom niet?' Mijn eigen brutaliteit verbaast me. Mijn ouders hebben me altijd geleerd om beleefd en netjes te zijn, maar het voelt heel bevrijdend als het je niet uitmaakt wat iemand van je denkt. Ik vind voor mezelf opkomen moeilijk, maar bij deze vrouw heb ik daar geen moeite mee.

Misschien is dat de reden dat ze stopt met lachen en me ernstig aankijkt. 'Ik ben niet wat Julian wil of nodig heeft.'

'En wat is dat dan?'

'Daar kom je nog wel achter,' zegt ze op mysterieuze toon. Dan draait ze zich om en loopt het water in.

Nieuwsgierigheid knaagt aan me, maar blijkbaar is ze uitgepraat: ze neemt een duik en begint met sterke slagen te zwemmen.

Het is warm, zo vol in de zon. Het witte zand ziet er zacht uit en het sprankelende water lokt me met de belofte van verkoeling. Ik zou zo graag een hekel aan deze plek hebben – ik wil álles aan mijn gevangenis haten – maar wie walgt er nou van zo'n mooi eiland?

Ik hoef natuurlijk niet te gaan zwemmen. Volgens mij zal Beth me niet dwingen. En het voelt gewoon verkeerd om lekker op het strand te gaan liggen terwijl mijn familie gek wordt van bezorgdheid vanwege mijn vermissing.

Desondanks ziet het water er uiterst aanlokkelijk uit. Ik ben altijd al dol geweest op de zee, hoewel ik pas een paar keer in mijn leven op zo'n tropisch strand ben geweest. Dit eiland is mijn idee van het paradijs, inclusief slang.

Heel even twijfel ik nog, dan schop ik mijn sandalen uit en laat ik mijn jurk in het zand vallen. Ik ben te praktisch ingesteld om mezelf dit pleziertje te ontzeggen.

Mijn situatie is duidelijk: Julian en Beth kunnen ieder moment besluiten om me op te sluiten, te mishandelen of te laten verhongeren. Ik ben tot dusver best goed behandeld, maar wie zegt me dat het zo blijft? In dit soort situaties zijn alle vleugjes plezier kostbaar. Ik heb geen idee wat de toekomst brengt –

ik weet zelfs niet of ik ooit nog iets fijns zal meemaken.

Daarom voeg ik me bij mijn vijand in de oceaan en laat ik het water mijn angst en woede wegspoelen.

We zwemmen wat, liggen een tijdje op het strand en zwemmen nog een rondje. Ik heb geen zin meer om vragen te stellen en Beth lijkt de stilte prima te vinden.

Na twee uur op het strand gaan we terug naar het huis.

HOOFDSTUK 7

Ik begrijp van Beth dat ik vanavond met Julian dineer. Ze dekt een tafel voor ons en maakt een maaltijd klaar van vis, rijst, bonen en bakbananen. Haar speciale Caraïbische recept, kondigt ze met trots aan.

'Eet je met ons mee?' vraag ik terwijl ze de borden op de tafel zet. Ik heb gedoucht en heb de kleren aangetrokken die Beth voor me heeft klaargelegd. Opnieuw een witte, kanten beha met een bijpassend slipje en een gele zomerjurk met witte bloemen. Erbij draag ik hooggehakte sandaaltjes. Het is een lief, vrouwelijk setje; iets heel anders dan mijn gebruikelijke spijkerbroek en donkere shirts. Ik heb het gevoel dat ik eruitzie als een pop.

Maar goed, ik mag nu in ieder geval vrij rondlopen. In de keuken liggen messen. Ik zou er een kunnen stelen en het tegen Beth gebruiken. Eigenlijk walg ik van bloed en geweld, maar de gedachte is aanlokkelijk.

Maar voor ik zoiets ga doen, wil ik nog meer te weten komen over deze plek.

Opnieuw besef ik dat ik iets interessants over mezelf heb geleerd. Blijkbaar geloof ik niet in grote, zinloze acties. Een koel, rationeel stemmetje in mijn binnenste laat me weten dat ik een plan nodig heb om van dit eiland af te komen voor ik iemand iets aandoe. Beth nu aanvallen zou gewoon dom zijn. Dan word ik weer opgesloten – of erger.

Nee, dit is veel verstandiger. Laat ze maar denken dat ik niet gevaarlijk ben. Dan heb ik een veel grotere kans om te ontsnappen.

Het afgelopen uur heb ik in de keuken zitten kijken naar Beth die bezig was met het eten. Daar is ze heel handig in. Zolang ik tijd met haar doorbreng, hoef ik niet na te denken over Julian of over de aankomende nacht.

'Nee,' zegt ze in reactie op mijn vraag. 'Ik eet op mijn eigen kamer. Julian wil graag wat tijd met jou alleen doorbrengen.'

'Waarom? Ziet hij dit als een date of zo?'

Ze grijnst naar me. 'Julian datet niet.'

'Goh, wat een verrassing.' Het sarcasme druipt ervan af. 'Waarom zou je iemand mee uit vragen als je ze ook gewoon kunt ontvoeren en dwingen bij je blijven?'

'Houd toch op,' zegt Beth op scherpe toon. 'Denk je nou echt dat hij een vrouw moet dwingen? Zelfs jij kunt niet zo naïef zijn.'

Ik kijk haar strak aan. 'Bedoel je dat hij gewoonlijk geen jonge vrouwen ontvoert en hen hierheen brengt?'

Beth schudt haar hoofd. 'Jij en ik zijn de enige vrouwen die hier ooit zijn geweest. Dit eiland is Julians persoonlijke heiligdom. Niemand kent verder het bestaan ervan.'

Die gedachte is eigenlijk heel angstaanjagend. 'En wat maakt mij dan zo bijzonder?' Mijn hart begint te bonzen als ik die vraag stel. 'Vanwaar deze eer?'

Ze glimlacht naar me. 'Daar kom je nog wel achter. Julian zal het je vertellen wanneer hij wil dat je het weet.'

Ik ben dat op-een-daggedoe helemaal zat, maar ik weet dat ze veel te loyaal is aan mijn ontvoerder om me verder iets te vertellen. Daarom gooi ik het over een andere boeg. 'Wat bedoelde je toen je zei dat je je leven aan hem te danken hebt?'

Haar glimlach wordt vervangen door harde, bittere lijnen. 'Dat gaat je niets aan, kleine meid.'

Ze negeert me terwijl ze de laatste dingen op de tafel klaarzet.

ALS ALLES KLAARSTAAT, LAAT ZE ME ALLEEN. HET wachten op Julian maakt me zowel nerveus als opgewonden. Ik zal voor het eerst mijn ontvoerder buiten de slaapkamer zien.

Mijn fascinatie met hem neemt ziekelijke vormen aan, dat weet ik wel. Hoewel ik bang voor hem ben, intrigeert hij me enorm. Wie is Julian? Wat wil hij van me? Waarom koos hij mij als zijn slachtoffer?

Nog geen minuut later stapt hij de kamer binnen.

Ik zit aan de tafel en kijk naar buiten. Nog voor ik hem heb gezien, voel ik al dat hij er is. De sfeer in de ruimte lijkt opeens geladen, verwachtingsvol. Ik draai mijn hoofd om zodat ik naar hem kan kijken.

Vandaag draagt hij een grijze polo van soepele stof en een witte broek. We zien eruit alsof we gaan lunchen in een countryclub.

Mijn hart bonkt als een malle als ik me ineens veel bewuster word van mijn lichaam. Mijn borsten lijken gevoeliger en mijn tepels duwen tegen het kant van mijn beha. Wanneer de zachte stof van mijn jurk over mijn dijbeen glijdt, doet het me denken aan de manier waarop hij me daar aanraakte. Me overal aanraakte. Het wordt vochtig tussen mijn benen als ik eraan denk.

Hij loopt naar me toe en geeft me een vluchtige kus op mijn lippen. 'Hallo, Nora,' zegt hij dan.

Er speelt een duistere, sensuele glimlach om zijn mooie mond. Hij is zo adembenemend knap dat ik niet meer helder na kan denken. Zijn nabijheid bedwelmt me.

Met een nog bredere glimlach gaat hij zitten. 'Hoe was je dag, poesje van me?' vraagt hij terwijl hij een stuk vis opschept. Zijn bewegingen zijn zelfverzekerd en onverwacht gracieus.

Het is bijna niet te bevatten dat achter zulke schoonheid zo'n verdorven geest schuilgaat.

Ik dwing mezelf om helder na te denken. 'Waarom noem je me zo?'

'Wat bedoel je? Poesje?'

Ik knik.

'Je doet me aan een kitten denken,' zegt hij.

Ik bespeur een vreemde emotie in zijn blauwe ogen.

'Klein, zacht en heel erg aaibaar. Ik wil je dolgraag strelen om te zien of je voor me wilt spinnen.'

Ik voel mijn wangen warm worden. Hopelijk verbergt mijn huidskleur de blos die zich nu over mijn hele lichaam lijkt te verspreiden. 'Ik ben geen dier.'

'Natuurlijk niet. Ik raak niet opgewonden van zoöfilie.'

'Waarvan dan wel?' Het is eruit voor ik er erg in heb en inwendig krimp ik ineen. Ik wil hem niet boos maken. Hij is Beth niet. Voor hem ben ik wel bang.

Gelukkig lijkt mijn lef hem alleen maar te amuseren. 'Momenteel,' zegt hij zacht, 'raak ik opgewonden van jou.'

Ik wend mijn blik af en besluit dat ik het ineens druk heb met rijst opscheppen, hoewel mijn handen trillen.

'Laat me je helpen.'

Hij pakt het bord van me over, waarbij zijn vingers kort langs de mijne strijken. Voor ik goed en wel doorheb wat er gebeurt, ligt er een flinke portie van alle gerechten op tafel op mijn bord. Hij zet het voor me neer en ik kijk er met ontzetting naar. Ik kan niet eten waar hij bij is! Alleen zijn nabijheid al maakt mijn maag onrustig.

Hij lijkt totaal geen last te hebben van dat probleem. Zo te zien geniet hij van Beths kookkunsten, want hij eet alles met smaak op. 'Wat is er?' vraagt hij tussen de happen door. 'Heb je geen trek?'

Ik had er wel trek in – tot hij binnenkwam. Daarom schud ik mijn hoofd.

Met een frons legt hij zijn vork neer. 'Waarom niet? Beth zei dat jullie vandaag naar het strand zijn geweest en een flink stuk hebben gezwommen. Na al die inspanning moet je toch honger hebben?'

Ik haal mijn schouders op. 'Het gaat prima met me.' Ik ga hem echt niet vertellen dat hij de oorzaak is van mijn gebrek aan eetlust.

Met samengeknepen ogen neemt hij me op. 'Is dit een spelletje? Eet je eten op, Nora. Je bent al zo slank. Ik wil niet dat je gewicht verliest.'

Ik moet even slikken, maar dan begin ik nerveus te eten. Iets aan hem waarschuwt me dat ik hem hierover maar beter niet kan tegenspreken. En over andere dingen eigenlijk ook niet. Nog altijd vertelt mijn instinct me dat deze man levensgevaarlijk is. Hij is niet wreed tegen mij, maar het staat vast dat er wreedheid in hem huist. Dat voel ik.

'Brave meid,' zegt hij nadat ik een paar happen heb genomen.

Ik eet stug door, ondanks dat het naar niets smaakt en ik iedere hap langs de brok in mijn keel moet worstelen. Mijn ogen houd ik op mijn bord gevestigd. Het is in elk geval iets makkelijker om de maaltijd naar binnen te werken als die ik doordringende blauwe ogen niet zie.

'Beth zei dat jullie lekker hebben gezwommen vandaag,' merkt Julian op nadat ik bijna mijn halve bord leeg heb.

Ik knik alleen. Als ik opkijk, zie ik dat hij me aan zit te staren.

'Wat vind je van het eiland?' vraagt hij, alsof mijn mening er werkelijk toe doet. De blik waarmee hij me nu opneemt, is bedachtzaam te noemen.

'Het is heel mooi,' zeg ik eerlijk. Na een korte stilte voeg ik eraan toe: 'Maar toch wil ik hier niet zijn.'

'Uiteraard.' Het klinkt alsof hij dat begrijpt. 'Je went er wel aan. Dit is je nieuwe thuis, Nora. Hoe eerder je dat accepteert, hoe beter het is.'

Mijn maag draait zich om en even ben ik bang dat mijn eten weer naar boven komt. Krampachtig slikkend probeer ik de misselijkheid de baas te worden. 'En mijn familie dan?' Mijn stem is zacht en klinkt bitter. 'Hoe moeten zij dit accepteren?'

Heel even vertoont zijn gezicht emotie. 'Stel dat ze wisten dat je nog leeft?' vraagt hij terwijl zijn blik zich in de mijne boort. 'Zou dat helpen, poesje?'

'Natuurlijk zou dat helpen!' Waar doelt hij op? 'Kan dat? Kunnen we ze laten weten dat ik nog leef? Misschien kan ik ze bellen en...' Zijn hand sluit zich om de mijne en mijn hoopvolle woorden sterven weg.

'Nee.' Zijn toon maakt duidelijk dat er geen discussie mogelijk is. 'Ik zal zelf contact met ze opnemen.'

Ik probeer mijn teleurstelling niet te duidelijk te laten blijken. 'Wat wil je ze vertellen?'

'Dat je gezond bent en dat het goed met je gaat.'

Zijn duim streelt mijn handpalm. Het gebaar leidt me af, maakt me week vanbinnen. 'Maar...' Ik kan een kreun bijna niet onderdrukken als hij een extra gevoelig plekje raakt. '...ze zouden je niet geloven...'

'Jawel.' Als hij zijn hand terugtrekt, voel ik me vreemd genoeg alsof me iets afgenomen is. 'Daar kun je op vertrouwen.'

Vertrouwen? Hem? Ja, vast. 'Waarom doe je me dit aan?' vraag ik gefrustreerd. 'Omdat ik je tegenkwam in de club?'

Hij schudt zijn hoofd. 'Nee, Nora. Omdat jij het bent. Jij bent alles waar ik naar op zoek was. Alles wat ik altijd al wilde.'

'Dat klinkt gestoord en dat weet je, hè?' Ik ben nu zo van streek dat ik vergeet bang te zijn. 'Je kent me niet eens!'

'Dat klopt,' zegt hij zacht. 'Maar ik hoef je ook niet te kennen. Ik hoef alleen maar te weten wat ik voel.'

'Bedoel je dat je verliefd op me bent?' Om de een of andere reden is die gedachte nog angstaanjagender dan dat het hem alleen om perverse seks gaat.

Als hij hardop begint te lachen, voel ik me vreemd genoeg beledigd. Ik wil niet dat hij verliefd op me is, maar is dat idee werkelijk zo lachwekkend?

'Natuurlijk niet,' zegt hij na een tijdje grinnikend.

'Wat bedoel je dan?' vraag ik geërgerd.

Langzaam verdwijnt de lach van zijn gezicht. 'Het

doet er niet toe, Nora,' zegt hij kalm. 'Het enige wat jij hoeft te weten, is dat je bijzonder voor me bent.'

'Waarom kon je me dan niet gewoon mee uit vragen?' Ik heb nog altijd moeite het te begrijpen. 'Waarom die ontvoering?'

'Omdat je op date ging met die knul.' Nu hij over Jake spreekt, klinkt er woede in Julians stem.

Ineens ben ik weer bang.

'Je kuste hem terwijl je al de mijne was.'

Ik slik moeizaam. 'Maar ik wist toch niet dat jij me wilde?' Mijn stem trilt een beetje. 'Ik had je toen alleen in die club gezien...'

'En bij je diploma-uitreiking.'

'En bij mijn diploma-uitreiking,' geef ik met bonzend hart toe. 'Ik dacht dat je daar voor iemand anders was. Een jongere broer of zus misschien...'

Hij haalt diep adem om te kalmeren. 'Het maakt niet uit, Nora. Ik wilde je hier bij mij, niet daar. Dat is veel veiliger voor jou en voor die knul.'

'Veiliger voor Jake?'

Julian knikt. 'Als je nog een keer met hem was uitgegaan, had ik hem vermoord. Het is voor iedereen beter dat je hier bent, ver van hem en anderen die achter je aan zouden kunnen zitten.'

Hij meent het. Hij zou Jake echt vermoord hebben. Ik zie aan hem dat het de waarheid is. Mijn mond voelt ineens kurkdroog aan, dus laat ik mijn tong over mijn lippen glijden. Zijn ogen volgen de beweging en zijn ademhaling versnelt. Blijkbaar was dat simpele gebaar genoeg om hem op te winden.

Ineens krijg ik een gestoord en volslagen wanhopig idee. Het is overduidelijk dat hij me sexy vindt. Hij wil me zelfs tevreden houden, dat blijkt wel uit het feit dat hij mijn familie wil laten weten dat ik nog leef. Kan ik dat niet in mijn voordeel gebruiken? Ik mag dan onervaren zijn, echt naïef ben ik niet. Ik weet hoe je moet flirten. Zou ik dat kunnen? Zou ik Julian kunnen verleiden om me te laten gaan?

Ik moet wel heel voorzichtig zijn. Mijn gedrag mag niet als een blad aan een boom omslaan. Je kunt niet het ene moment een hekel aan iemand hebben om het volgende moment dol op hem te zijn. Hij moet geloven dat hij me mee kan nemen, van het eiland af, en dat ik vrijwillig bij hem blijf zolang hij dat wil. Dat ik nooit meer oog zal hebben voor Jake of een andere man.

Ik heb tijd nodig om Julian van mijn toewijding te overtuigen.

HOOFDSTUK 8

De rest van het diner gedraag ik me alsof ik bang en geïntimideerd ben. Daar hoef ik geen moeite voor te doen, want zo voel ik me echt. Ik zit te eten tegenover een man die over het vermoorden van anderen praat alsof hij het over het weer heeft. Hoe zou ik me anders moeten voelen?

Maar tegelijkertijd probeer ik ook verleidelijk te zijn. Het zijn maar kleine gebaren, zoals de manier waarop ik mijn haren naar achteren strijk als ik hem aankijk, of de manier waarop ik het sap van mijn lippen lik na het eten van de papaja die Beth voor het dessert heeft klaargemaakt.

Ik weet dat ik mooie ogen heb, dus kijk ik hem half vanonder mijn wimpers aan. Ik heb die blik thuis voor de spiegel geoefend en als ik mijn hoofd in de juiste hoek houd, lijken mijn wimpers ongelofelijk lang. Maar ik overdrijf het niet, anders trapt hij er niet in.

Het gaat om kleine gebaartjes die hem misschien opwinden of aantrekken.

Daarnaast probeer ik controversiële gespreksonderwerpen te vermijden. In plaats daarvan vraag ik hem naar het eiland en hoe hij het in zijn bezit gekregen heeft.

'Ik kwam dit eiland vijf jaar geleden tegen,' antwoordt Julian met een charmante glimlach. 'Mijn Cessna had motorproblemen en ik moest ergens landen. Gelukkig is er aan de andere kant van de berg, bij het strand, een vlak stuk grasland. Ik wist het vliegtuig goed te landen en kon het vervolgens repareren. Dat kostte me wel een paar dagen, dus ik had ook de tijd om het eiland te verkennen. Tegen de tijd dat ik weer kon opstijgen, wist ik dat dit eiland precies was wat ik wilde. Toen heb ik het gekocht.'

Ik sper mijn ogen open en probeer er geïmponeerd uit te zien. 'Gewoon zomaar? Dat is toch hartstikke duur?'

Hij haalt zijn schouders op. 'Ik kan het betalen.'

'Kom je uit een rijk gezin?' Ik ben oprecht nieuwsgierig. Mijn ontvoerder is zo'n groot mysterie voor me. Ik kan hem veel beter bespelen als ik iets begrijp van waar hij vandaan komt of wat hem beweegt.

Zijn uitdrukking wordt echter gesloten. 'Zoiets. Mijn vader had een succesvol bedrijf en dat heb ik na zijn dood overgenomen. Ik ben een andere koers ingeslagen en heb het bedrijf uitgebreid.'

'Wat voor bedrijf is het?'

Julians mond vertrekt een beetje. 'Import en export.'

'Waarvan?'

'Elektronica en andere zaken,' zegt hij, en ik begrijp dat ik nu niet meer uit hem loskrijg. Waarschijnlijk zijn die 'andere zaken' iets illegaals. Ik weet niet veel van zakendoen, maar volgens mij word je toch echt niet zo rijk van de verkoop van tv's en mp3-spelers.

Ik besluit een wat onschuldiger onderwerp aan te roeren. 'Maakt de rest van je familie ook gebruik van dit eiland?'

Opnieuw die harde, gesloten uitdrukking. 'Nee, ze zijn allemaal dood.'

'O, wat erg...' Ik weet niet wat ik moet zeggen. Hoe kun je zoiets met woorden verzachten? Hij mag me dan ontvoerd hebben, hij is ook maar een mens. Ik kan me niet eens voorstellen hoe het is als je hele familie dood is.

'Het geeft niet.' Zijn toon is vlak, maar ik voel de emotie die erachter schuilgaat. 'Het is al lang geleden.'

Ik knik vol medeleven, want ik vind het oprecht afschuwelijk voor hem. De tranen springen me in de ogen en ik doe geen moeite het te verbergen. Ik ben een watje – dat zegt Leah altijd als ik weer eens huil bij een zielige film – en kan daarom niet anders dan oprecht verdrietig zijn om Julians pijn.

Maar blijkbaar is dat in mijn voordeel, want zijn uitdrukking verzacht. 'Heb geen medelijden met me, poesje,' zegt hij zacht. 'Ik ben eroverheen. Waarom vertel je me niet wat over jezelf?'

Ik knipper een paar keer met mijn ogen, omdat ik

weet dat het zijn aandacht trekt. 'Wat wil je weten?' Hij heeft me gestalkt, dus dan weet hij toch alles al? Als hij glimlacht, ziet hij er wederom zo knap uit dat ik vlinders in mijn buik krijg. Houd op, Nora. Jij bent hem aan het verleiden, niet andersom, houd ik mezelf voor.

'Wat lees je graag?' vraagt hij. 'Van wat voor films houd je?'

In het halfuur dat volgt, vertel ik hem alles over mijn liefde voor romantische verhalen en spannende detectives en leg ik uit waarom ik een hekel heb aan romantische komedies en liever rampenfilms met veel special effects kijk. Hij vraagt naar mijn favoriete muziek en eten en luistert geduldig naar mijn verhalen over bands uit de jaren 80 en panpizza.

Het is best vleiend, eigenlijk, de aandacht die hij aan mijn woorden schenkt en de manier waarop hij naar me kijkt. Het lijkt alsof hij echt geïnteresseerd is, alsof hij echt om me geeft. Jake gaf me de indruk – net als alle andere jongens met wie ik uit ben gegaan – alsof ik gewoon een leuk meisje was om mee om te gaan, maar Julian geeft me het gevoel alsof ik het belangrijkste wezen op deze aardbol ben. Alsof ik er echt toe doe.

NA HET ETEN NEEMT HIJ ME MEE NAAR DE SLAAPKAMER. Mijn hart begint te bonken, zowel van angst als van opwinding. Ik weet al dat ik me niet zal verzetten, net als gisteren en eergisteren. Ik ben juist van plan om verder te gaan, als onderdeel van mijn hem-verleiden-tot-ik-kan-ontsnappenplan. Vanavond doe ik net of ik het fijn vind om met hem te vrijen.

Als we binnenkomen, snijd ik een onderwerp aan dat me al vanaf het begin dwarszit. 'Julian...' Ik laat mijn stem met opzet zacht en een tikje onzeker klinken. 'Hoe zit het met voorbehoedsmiddelen? Straks raak ik nog zwanger of zo.'

Hij blijft staan en keert zich naar me toe. Een glimlachje speelt om zijn lippen. 'Dat zal niet gebeuren, poesje. Daar heb je dat staafje voor, nietwaar?'

Ik kijk hem geschokt aan. 'Hoe weet jij dat?' Dat staafje is piepklein en zit onder mijn huid. Het is volkomen onzichtbaar, op een klein littekentje na waar het is ingebracht.

'Ik heb je medische gegevens nagetrokken voor ik je hierheen bracht. Ik wilde zeker weten dat je geen levensbedreigende aandoening had, zoals bijvoorbeeld diabetes.'

Ik kan hem alleen maar aanstaren. Ergens besef ik dat deze invasie van mijn privacy me woedend moet maken, maar eigenlijk ben ik alleen maar opgelucht. Mijn ontvoerder is behoorlijk zorgzaam – en hij wil me ook niet bezwangeren.

'En maak je geen zorgen om soa's,' zegt hij alsof hij mijn gedachten gelezen heeft. 'Ik heb me pas nog laten testen en in het verleden heb ik altijd condooms gebruikt.'

Ik weet niet of ik dat geloof. 'Waarom gebruik je ze nu dan niet? Omdat ik nog maagd was?'

Als hij knikt, verschijnt er een bezitterige blik in zijn ogen. Zachtjes streelt hij met een hand langs mijn gezicht. 'Ja, precies. Jij bent volledig de mijne. Ik ben de enige die ooit in je mooie kutje is geweest.'

Mijn adem stokt in mijn keel als een poel aan vloeibare warmte zich tussen mijn benen verzamelt. Mijn fysieke reactie op hem is zo ongelofelijk sterk. Is het normaal dat ik opwonden raak van iemand die ik vrees en veracht? Is dat de reden dat Julian in die club naar me toe kwam? Omdat hij het aanvoelde? Omdat hij op de een of andere manier mijn zwakte kon ruiken?

Gezien mijn plan is het natuurlijk niet zo erg dat hij me opwindt. Het zou veel onhandiger zijn als ik zijn aanrakingen niet kon verdragen, als ik hem afstotelijk zou vinden. Nee, het is juist goed zo. Zo kan ik de perfecte gevangene spelen, gehoorzaam en responsief, en dan kan ik net doen of ik langzaam verliefd op hem word.

In plaats van stijfjes en bang te blijven staan, geef ik toe aan mijn verlangen. Ik laat mijn gezicht wat tegen zijn hand leunen, alsof ik niet anders kan dan op zijn aanraking reageren.

Heel even zie ik een flits van triomf in zijn ogen. Dan buigt hij zich voorover en drukt hij zijn lippen op de mijne. Zijn sterke armen glijden om me heen en trekken me tegen zijn gespierde lichaam. Ik voel zijn erectie tegen mijn buik drukken en besef dat hij nu al helemaal hard is. Zijn lippen en tong glijden over mijn mond. Hij smaakt even zoet als de papaja die we net gegeten hebben.

Verlangen raast door me heen en ik sluit mijn ogen om me over te geven aan het overweldigende genot van zijn kussen. Langzaam en voorzichtig glijden mijn handen over zijn borst. Ik voel zijn lichaamswarmte, ruik zijn geur: mannelijk en muskusachtig. Zijn spieren spannen zich in reactie op mijn aanraking en ik voel zijn hart sneller slaan.

Hij duwt me achteruit, richting het bed, en we laten ons erop vallen. Ineens zijn mijn handen begraven in zijn zijdezachte haar en kus ik hem terug, vol passie, vol wanhoop zelfs. Ik denk niet meer aan mijn grote verleidingsplan – ik denk helemaal niet meer.

Hij zet zijn tanden in mijn onderlip en zuigt er vervolgens zachtjes op. Zijn hand sluit zich om mijn rechterborst en begint die te kneden. Vervolgens knijpt hij door de dubbele lagen stof heen in mijn tepel. De ruwe aanrakingen zouden me moeten beangstigen, maar vreemd genoeg winden ze me alleen maar verder op.

Als ik kreun, draait hij me om zodat ik op mijn buik beland. Eén van zijn handen drukt me in de matras, terwijl hij met de andere hand mijn rok omhoogschuift.

Dan houdt hij stil. Zachtjes streelt hij mijn achterste. 'Prachtige rondingen,' mompelt hij. 'Schitterend zo in het wit.' Zijn vingers glijden naar beneden, naar voren, op zoek naar de vochtige warmte tussen mijn benen.

Ik kronkel als ik zijn zachte aanraking daar voel. Inmiddels ben ik zo opgewonden dat er niet veel voor nodig is voor ik klaarkom.

Hij rukt mijn ondergoed naar beneden tot het op mijn knieën hangt. Opnieuw strijkt hij met zijn hand over mijn billen.

Het is troostend en opwindend tegelijk. Ik ril van verwachting.

Dan hoor ik een harde klap, en een scherpe pijnscheut schiet door mijn bil. Ik slaak een kreet – meer van verrassing dan van daadwerkelijke pijn.

Hij wacht even, streelt opnieuw mijn achterste en dan volgt er weer zo'n klap met zijn vlakke hand op mijn rechterbil. Twintig klappen volgen, elke een beetje harder dan de vorige. Dit is geen speelse billenkoek; dit doet pijn.

Opzettelijke pijn.

Prompt vergeet ik mijn besluit om zijn spelletje mee te spelen – ik wil alleen nog maar weg hier. Maar hij houdt me met gemak op mijn plek. Na die twintig klappen verplaatst hij zijn aandacht naar mijn andere bil. Ook die krijgt twintig klappen, net zo hard als eerst.

Tegen de tijd dat hij klaar is, huil en schreeuw ik in de matras, hem smekend om te stoppen. Mijn achterste pulseert bij iedere hartslag en het voelt alsof mijn billen in brand staan.

Maar wat erger is dan de pijn is het irrationele gevoel dat hij me verraden heeft. Vol afschuw realiseer ik me dat ik mijn ontvoerder begon te vertrouwen. Dat ik het idee had dat ik hem leerde kennen.

Weliswaar had hij me eerder al pijn gedaan, maar dat was niet opzettelijk. Ik dacht dat het kwam omdat ik geen ervaring had met seks. Ik had gehoopt dat mijn lichaam zich aan het zijne zou aanpassen en dat ik voortaan van de seks zou kunnen genieten. Daar heb ik me overduidelijk in vergist.

Mijn hele lichaam schokt inmiddels van het huilen en ik kan de tranenvloed niet stoppen. Hij drukt me nog steeds neer en ik ben doodsbang voor wat er nog komt.

Maar wat hij dan doet, is even onverwacht als zijn acties ervoor. Hij draait me om en neemt me in zijn armen. Dan gaat hij zitten en hij trekt me op schoot, tegen zich aan. Zachtjes wiegt hij me heen en weer. Het is heel zacht en teder, alsof ik een klein kind ben dat getroost moet worden.

En ondanks alles begraaf ik mijn gezicht tegen zijn schouder en huil tot ik niet meer kan, me wanhopig vastklampend aan de illusie van tederheid en veiligheid. Opnieuw zoek ik troost bij degene die me pijn heeft gedaan.

Als ik een beetje gekalmeerd ben, staat hij op en zet me weer op de grond. Mijn benen voelen slapjes aan en ik sta te wankelen als hij me uitkleedt.

Ik wacht tot hij iets zegt of zijn excuses aanbiedt;

misschien legt hij uit waarom hij me pijn heeft gedaan. Was het een straf? Als dat zo is, wil ik graag weten wat ik verkeerd heb gedaan. Dan zorg ik dat ik die fout niet meer maak.

Maar hij zegt niets; hij kleedt me alleen maar uit.

Als ik helemaal naakt ben, trekt hij ook zijn eigen kleding uit. Een vreemde mengeling van nieuwsgierigheid en angst bekruipt me als ik naar hem kijk. Omdat ik de afgelopen nachten steeds mijn ogen dicht had, is zijn lichaam nog steeds een raadsel voor me. Ik heb zelfs zijn penis nog niet gezien, al heb ik hem al meerdere malen in me gehad. Daarom besluit ik nu wel te kijken.

Zijn lichaam is geweldig gevormd. Hij is het toppunt van mannelijkheid: brede schouders, een smalle taille en slanke heupen. Overal is hij gespierd, maar niet op die overdreven manier die je ziet bij bodybuilders. Hij ziet eruit als... een strijder. Ik heb geen enkele moeite hem voor me te zien met een zwaard in zijn hand, zich een weg hakkend door vijandige troepen. Langgerekte littekens op zijn ene been en schouder versterken die impressie.

Hij is egaal gebronsd en net behaard genoeg. De donkere haartjes rond zijn navel vormen een pad dat naar zijn kruis leidt. Ik vraag me af of hij gewoon graag naakt rondloopt of dat hij net als ik van nature getint is. Misschien waren zijn voorouders ook wel latino's.

Het is overduidelijk dat hij opgewonden is: zijn erectie steekt fier in mijn richting. Hij is lang en dik, precies zoals ik weleens in een pornofilm heb gezien.

Dat verklaart de pijn – ik kan bijna niet geloven dat hij in me past.

Als we allebei naakt zijn, trekt hij me mee naar het bed. 'Op handen en knieën,' zegt hij terwijl hij me een zacht duwtje geeft.

Met bonzend hart draai ik me om. Mijn angst geeft me de moed hem te weerstaan. 'Ga je...' Ik slik even. 'Ga je me weer pijn doen?'

'Dat heb ik nog niet besloten,' zegt hij zacht. Zijn hand sluit zich om mijn borst. Als hij over mijn tepel strijkt, richt het topje zich voor hem op. 'Ik denk dat je voor nu wel even genoeg hebt gehad.'

Voor nu? Ik heb acuut zin om te gaan gillen. 'Wat ben jij, een sadist?' Ik heb het eruit geflapt voor ik het doorheb. Terwijl ik op het antwoord wacht, blijf ik doodstil staan.

Maar hij lacht naar me met die schitterende, duivelse glimlach. 'Ja, poesje,' zegt hij zacht. 'Soms wel. Wees een brave meid en doe wat ik gezegd heb. Anders zou er iets kunnen gebeuren wat je niet zo leuk vindt...'

Nog voor hij uitgesproken is, zit ik op handen en knieën op het bed. Hoewel de kamer warm is, beef ik van top tot teen. In mijn hoofd zie ik allemaal vreselijke beelden, die me stuk voor stuk misselijk maken. Ik weet niet veel van sm. Ik heb *Vijftig tinten grijs* gelezen en nog een paar van dat soort boeken, maar niets in die verhalen had me kunnen voorbereiden op deze situatie. Zelfs in mijn diepste, duisterste fantasieën werd ik nog niet gevangengehouden door een sadist.

Wat gaat hij doen? Me zweepslagen geven? Me martelen? Me vastketenen in een hok? Zou hij daar een speciale gevangenis voor hebben op dit eiland? Meteen zie ik een stenen ruimte vol martelinstrumenten voor me, zoals de Spaanse inquisitie gehad moet hebben, en ik krijg de neiging om over te geven. Gewone bdsm is vast niet zo, maar er is niets gewoons aan deze hele situatie met Julian. Hij kan letterlijk met me doen wat hij wil.

Hij gaat achter me op het bed zitten en begint mijn rug te strelen.

De bewegingen zijn loom en zacht. Het zou ontspannend zijn als ik niet elk moment een klap verwachtte.

Waarschijnlijk voelt hij mijn spanning, want hij leunt naar voren en fluistert: 'Ontspan, Nora. Ik ga je vanavond niets meer aandoen.'

De opluchting is zo groot dat ik bijna op het bed in elkaar zak. Opnieuw begin ik te huilen; tranen van opluchting en dankbaarheid. Het is gewoon zielig, zo dankbaar als ik ben dat hij me niet opnieuw gaat pijnigen – vanavond dan.

Maar als hij zijn lippen tegen mijn hals drukt, wordt die dankbaarheid vervangen door een gevoel van afschuw en walging. Niet zozeer vanwege hem, maar vanwege de reactie van mijn lichaam op hem. Het komt tot leven alsof er niets gebeurd is, alsof hij het nooit heeft geslagen.

Mijn stomme lichaam maakt het blijkbaar niets uit dat hij een verwrongen geest heeft, of dat hij van plan is me opnieuw pijn te doen. Mijn lichaam snakt naar het genot dat hij me kan geven; ergens anders is het niet in geïnteresseerd.

Zijn warme mond glijdt naar mijn schouders en door over mijn rug. Hoe verder hij komt, hoe oppervlakkiger mijn ademhaling wordt. Hij zei wel dat hij niets gaat doen, maar dat heeft mijn angst niet weggenomen. Gek genoeg raak ik er alleen maar opgewondener van.

Zijn lippen strijken over mijn achterste en liefkozen het gebied dat hij eerder nog zo'n pijn heeft gedaan. Als hij met zijn hand zachtjes over mijn onderrug glijdt, kromt mijn rug zich als antwoord op een onuitgesproken vraag.

Hij laat zijn vingers tussen mijn benen zakken en duwt er één bij mijn vochtige holte naar binnen.

Als hij die vingers iets kromt, strijkt hij precies langs een gevoelige plek. Ik kreun en meteen begin ik weer te beven – maar ditmaal is het niet van angst. De spanning in mijn onderlichaam neemt toe terwijl hij zijn gekromde vinger in me stoot. Mijn harstslag stijgt tot ongekende hoogte en ik krijg het zo warm dat het lijkt of een onzichtbaar vuur me verteert. Dan barst mijn orgasme los. Het begint in mijn kern, maar al snel omvat het mijn hele lichaam. De kracht ervan is zo hevig dat ik bijna van mijn stokje ga. En nog voor ik ben uitgesidderd, voel ik zijn eikel tegen me aan duwen.

Omdat ik zo nat ben, kan hij vrij makkelijk naar binnen, al heb ik nog steeds het gevoel dat hij me volledig uitrekt. Alles is nog gevoelig van zijn ruwe behandeling gisteren en ik slaak dan ook een kreetje van pijn als hij in me komt. Wanneer hij volledig in me is, duwt zijn onderlichaam tegen de beurse plekken op mijn achterste, wat mijn ongemak alleen nog maar vergroot.

Met zijn handen op mijn heupen begint hij langzaam in me te bewegen. Ondanks de pijn past mijn lichaam zich aan zijn omvang aan door nog natter te worden. Als hij versnelt, versnelt mijn ademhaling mee, en ik kreun mee op zijn ritme.

Zonder enige waarschuwing verkrampen al mijn spieren als mijn lichaam zich volledig aan het genot overgeeft. Ook dit orgasme slaat door me heen als een vloedgolf. Ergens achter me kreunt hij als mijn spieren zich om hem heen samenknijpen. Dan vult hij me met zijn warme zaad. Zijn lichaam, glad van het zweet, komt op het mijne neer en samen zakken we op het bed ineen.

HOOFDSTUK 9

DE VOLGENDE DAG WORD IK TRAAG WAKKER, IN FASES. Eerst voel ik haren in mijn gezicht kietelen. Dan verwarmt de zon mijn blote arm. Heel even verkeert mijn geest in die aangename, rozige staat tussen slapen en waken, tussen droom en realiteit. Ik houd bewust mijn ogen gesloten. Ik wil nog helemaal niet wakker worden. Dit voelt veel te aangenaam.

Maar dan dringt de geur van versgebakken pannenkoeken mijn neus binnen. Ik begin opgetogen te grijnzen. Het is weekend en mama heeft weer iets lekkers voor ons. Ze bakt altijd pannenkoeken voor speciale gelegenheden en soms gewoon zomaar.

Opnieuw kriebelen er haren in mijn gezicht, en met tegenzin hef ik mijn arm op om ze weg te vegen.

Helaas verdwijnt ook dat warme gevoel vanbinnen nu ik steeds verder ontwaak; het wordt vervangen door knagende angst. Laat het een droom zijn. Laat het alsjeblieft een nare droom zijn.

Maar dan doe ik mijn ogen open en weet ik dat het geen droom is. Het is niet mijn moeder die hier beneden pannenkoeken staat te bakken. Ik bevind me op een privé-eiland in de Stille Oceaan, als gevangene van een man die opgewonden raakt als hij mij pijn doet.

Langzaam rek ik me uit. Hoe is het nu met mijn lichaam gesteld? Mijn achterste voelt een klein beetje beurs, maar verder lijk ik in orde. Gisteravond hebben we maar één keer seks gehad en daar ben ik hem dankbaar voor.

Ik stap uit bed en loop naar de spiegel om mijn naakte rug te bekijken. Mijn billen vertonen lichte blauwe plekken, maar het valt me mee. Een van de voordelen van mijn goud getinte huid is dat ik niet snel blauwe plekken heb. Morgen zijn de plekken volledig weggetrokken.

Het lijkt erop dat ik wederom een nacht met mijn ontvoerder heb overleefd.

Terwijl ik mijn tanden sta te poetsen, denk ik terug aan de vorige avond. Het diner, mijn domme plan om hem te verleiden, hoe verraden ik me voelde door wat hij deed...

Blijkbaar begon ik hem te vertrouwen. Dat was ontzettend dom. Normale mannen ontvoeren geen meisjes, drogeren ze niet en brengen ze ook niet naar een onbewoond eiland. Mannen die van gewone seks houden, gijzelen geen vrouwen.

Julian is niet normaal. Hij is een sadistische controlfreak en dat mag ik niet – nooit – vergeten. Het feit dat ik er tot dusver vrij ongeschonden vanaf kom, zegt niets. Het is een kwestie van tijd voor hij me iets afschuwelijks aandoet.

Ik moet hier weg zijn voordat zoiets gebeurt en dat betekent dat ik geen tijd heb om Julian te verleiden. Hij is te gevaarlijk en te onvoorspelbaar.

Ik moet een manier vinden om te ontsnappen.

Nadat ik klaar ben met mijn ochtendritueel ga ik naar beneden. Beth heeft weer nieuwe kleren voor me klaargelegd: een bikini, slippers en een zomerjurkje.

Nu staat ze in de keuken de pannenkoeken te bakken die ik al had geroken. Ze glimlacht naar me als ik binnenkom; blijkbaar is ze onze onenigheid van gisteren vergeten. 'Goedemorgen,' zegt ze opgewekt. 'Hoe voel je je vandaag?'

Ik werp haar een geërgerde blik toe. Niet te geloven. Weet ze wel wat Julian me heeft aangedaan? 'Geweldig,' zeg ik sarcastisch.

'Mooi.' Of ze begrijpt me niet, of ze kiest ervoor mijn toon te negeren. 'Julian zei dat je wellicht wat pijnlijke plekken had vanochtend, dus ik heb een speciale crème voor je die je erop kunt smeren als je dat wilt.'

Goed, ze weet het dus. 'Hoe kun jij jezelf nog recht aankijken in de spiegel?' De vraag is bitter, maar ook nieuwsgierig. Hoe kan een vrouw toestaan dat iemand een andere vrouw zoiets aandoet? Hoe kan ze voor deze wrede man werken?

Maar in plaats van te antwoorden, mikt Beth een grote, luchtige pannenkoek op een bord en zet het voor me neer. Op de tafel staat een fles stroop, met een in partjes gesneden mango ernaast. 'Eet op, Nora,' zegt ze op vriendelijke toon.

Ik kijk haar venijnig aan, maar begin dan aan de pannenkoek. Hij is verrukkelijk. Ik proef iets zoets; volgens mij heeft ze banaan door het beslag gemengd. De stroop laat ik staan, maar ik neem er wel een beetje mango bij om de zoete smaak nog te versterken.

Beth glimlacht nog een keer naar me en begint aan wat klusjes in de keuken.

Na het ontbijt ga ik in mijn eentje op pad, op onderzoek uit. Beth houdt me niet tegen. Ik begrijp nog steeds niet waarom ze me vrij rond laten lopen. Ze moeten er vast van overtuigd zijn dat ik niet van het eiland af kan. Ik ben toch echt van plan om een manier te vinden.

Urenlang ploeter ik rond in de volle zon, tot ik een blaar oploop van mijn slippers. Ik blijf bij het strand in de hoop ergens een boot te vinden, bijvoorbeeld bij een grot of een lagune.

Maar ik vind niets.

Hoe ben ik hierheen gebracht? Met een vliegtuig of een helikopter? Julian zei gisteren dat hij dit eiland had ontdekt toen hij problemen had met zijn vliegtuig. Misschien heeft hij me met zijn privévliegtuig hierheen gevlogen.

Dat zou niet best zijn; als ik het vliegtuig al zou vinden, zou ik er niet mee kunnen vliegen. Een vliegtuig besturen is vast ingewikkeld. Maar goed, als ik maar graag genoeg wil, kom ik er vast wel achter. Ik ben niet dom, en zo moeilijk kan een vliegtuig besturen nou ook weer niet zijn. Helaas zie ik ook het vliegtuig nergens. Aan één kant van het eiland bevindt zich een vlak stuk grasland met een gebouwtje erbij, maar vanbinnen is het gebouw leeg.

Uiteindelijk ga ik terug naar het huis. Ik ben moe, ik heb dorst en mijn voet doet bij elke stap meer pijn.

~

'Julian is een paar uur geleden vertrokken,' kondigt Beth aan als ik het huis binnenstap.

Ik kijk haar verbluft aan. 'Hoezo, vertrokken?'

'Hij moest dringend een paar zaken afhandelen. Als alles goed gaat, is hij met een week weer terug.'

Ik doe mijn best om zo neutraal mogelijk te knikken. Dan draai ik me om en ga naar mijn kamer.

Hij is weg. Mijn ontvoerder is weg. Beth en ik zijn de enigen op dit eiland.

Ik zie talloze mogelijkheden voor me. Ik zou een keukenmes kunnen stelen en Beth net zolang bedreigen tot ze me helpt ontsnappen. Er is hier internet, dus ik zou een bericht kunnen sturen.

Ik ben zo opgewonden dat ik wel zou kunnen gillen. Denken ze nou echt dat ik onschadelijk ben?

Heeft mijn meegaande gedrag ze ervan overtuigd dat ik een aardige, gehoorzame gevangene zal blijven?

Dat hebben ze dan mooi mis.

Voor Julian ben ik bang, maar voor Beth niet. Zolang ze hier samen waren, was Beth aanvallen zinloos en zelfs gevaarlijk.

Maar nu is de jacht geopend.

EEN UUR LATER SLUIP IK DE KEUKEN IN. ZOALS IK AL verwacht had, is Beth er niet. Het is nog te vroeg voor het avondeten en we hebben al geluncht.

Ik loop op blote voeten om zo min mogelijk geluid te maken. Eerst kijk ik goed om me heen, dan open ik een la en haal ik er een groot koksmes uit. Ik glijd er met mijn vinger langs om de scherpte te testen.

Het is een prima wapen. Uitstekend.

Mijn zomerjurk heeft een dunne riem waarmee ik het mes tegen mijn rug bind. Als holster stelt het niet veel voor, maar het mes blijft in elk geval zitten. Nu moet ik alleen mezelf er niet mee in mijn achterste steken – maar dat is een risico dat ik bereid ben te lopen.

Mijn volgende aanwinst is een grote vaas van aardewerk. Hij is zo zwaar dat ik hem met twee handen nauwelijks boven mijn hoofd getild krijg. Ik denk niet dat een menselijke schedel hier weerstand tegen kan bieden.

Nu ik die twee dingen heb, ga ik op zoek naar Beth.

Ze zit op de veranda en leest een boek in een comfortabel uitziende strandstoel. Het is duidelijk dat ze zit te genieten van de frisse lucht en het mooie uitzicht. Ze kijkt niet op wanneer ik mijn hoofd even naar buiten steek en snel weer terugtrek. Ik denk na over mijn volgende zet.

Mijn plan is eenvoudig. Ik ga Beth op haar hoofd slaan met die vaas als ze nietsvermoedend langs me loopt. Daarna bind ik haar vast, denk ik. En met het mes kan ik haar bedreigen zodat ze me contact laat opnemen met de buitenwereld. Tegen de tijd dat Julian terugkomt, ben ik thuis en klaag ik hem aan.

Ik heb alleen nog een goede plek nodig om een hinderlaag te leggen.

Vlak bij de ingang naar de keuken is een klein hoekje. Als je vanaf de veranda naar de keuken loopt – en ik denk dat Beth dat zal doen – zie je het nauwelijks. Het is niet de beste verstopplek, maar het is beter dan haar zo open en bloot aan te vallen. Ik stap in het hokje en pers mezelf tegen de muur. De vaas zet ik naast me zodat ik er makkelijk bij kan.

Daarna dwing ik mezelf diep adem te halen om te kalmeren. Ik houd niet van geweld. Toch ben ik van plan Beth de hersens in te slaan met een vaas. Onwillekeurig zie ik scènes uit een horrorfilm voorbijkomen, met overal bloed en andere troep, en bij die gedachte alleen al word ik misselijk. Snel houd ik mezelf voor dat het zo erg niet zal zijn. Waarschijnlijk loopt ze alleen een blauwe plek of een lichte hersenschudding op.

Het wachten lijkt eeuwig te duren. Mijn hart bonst en ik zweet overal, hoewel het in het huis veel koeler is dan buiten.

Eindelijk, het lijkt wel uren later, hoor ik Beths voetstappen mijn richting op komen. Ik pak de vaas en til hem boven mijn hoofd. Met ingehouden adem zie ik Beth door de verandadeur naar binnen komen.

Zodra ze langs me loopt, grijp ik de vaas stevig vast en laat hem op haar hoofd neerkomen.

Maar op de een of andere manier mis ik haar. Beth moet me gehoord hebben, want de vaas raakt haar op haar schouder.

Met een schreeuw van pijn grijpt ze ernaar. 'Klerewijf!'

Naar adem snakkend probeer ik de vaas opnieuw op te tillen, maar het lukt niet. Ze grijpt hem vast en trekt. Het ding valt uit mijn handen en breekt in stukken als hij de grond raakt.

Meteen spring ik naar achteren, met een hand achter mijn rug op zoek naar het mes, vanbinnen vloekend. Ik weet het heft te grijpen en haal het tevoorschijn. Maar voor ik iets kan doen, heeft ze in een razendsnelle beweging mijn arm gegrepen. Mijn rechterpols wordt in een ijzeren greep genomen.

Haar gezicht is vuurrood en haar ogen glinsteren terwijl ze mijn arm hardhandig verdraait. 'Laat dat mes vallen, Nora,' beveelt ze me op harde toon. De woede druipt ervan af.

In paniek probeer ik haar in het gezicht te slaan met mijn andere hand, maar die krijgt ze ook te pakken. Ze kan blijkbaar vechten en ze is ook nog sterker dan ik.

Hoewel mijn rechterarm ontzettend zeer doet, probeer ik haar te schoppen. Ik mag dit gevecht niet verliezen. Dit is mijn kans om te ontsnappen. Maar omdat ik geen schoenen aanheb, doe ik alleen mezelf pijn als ik haar raak.

'Laat dat mes vallen of ik breek je arm,' sist ze. Ik weet dat ze de waarheid spreekt. Mijn schouder kan zo te voelen elk moment uit de kom schieten, en de pijn vertroebelt mijn blikveld.

Heel even houd ik het nog vol; dan laat ik het mes vallen. Met een plofje valt het op de grond.

Meteen laat Beth me los. Ze bukt en pakt het mes.

Hijgend stap ik achteruit, mijn ogen vol tranen van pijn en frustratie. Ik weet niet wat ze me nu gaat aandoen en ik wil het niet weten ook.

Daarom zet ik het op een lopen.

IK KAN GOED RENNEN EN IK BEN IN VORM. IK HOOR DAT Beth achter me aankomt – ze roept me – maar ik denk niet dat zij ooit aan atletiek heeft gedaan.

Ik vlucht vanaf het huis naar het strand. Mijn blote voeten liggen al snel open vanwege alle steentjes, takjes en rotsen, maar ik voel er niets van.

Ik weet misschien niet waar ik heen ga, maar Beth mag me niet te pakken krijgen. Ze mag me niet meer opsluiten, of wie weet wat ze gaat doen.

'Nora!'

Verdomme, zij kan ook hard lopen. Ik pers er nog een sprintje uit en negeer mijn pijnlijke voeten.

'Nora, doe niet zo dom! Je kunt nergens heen!'

Dat kan wel zo zijn, maar ik weiger nog langer een gewillig slachtoffer te zijn. Ik kan niet volgzaam in dat huis blijven zitten, netjes mijn eten opeten terwijl ik op Julian wacht.

Ik mag niet toestaan dat hij me nogmaals pijnigt en mijn lichaam vervolgens alsnog verleidt.

Mijn beenspieren doen pijn en mijn longen snakken naar zuurstof. Ik probeer het ongemak uit te schakelen en doe net alsof ik een wedstrijd loop. Nog een paar honderd meter naar de finish, houd ik mezelf voor.

Het lijkt wel of ik al uren ren; ik heb geen benul meer van tijd. Als ik achteromkijk, zie ik dat Beth steeds verder achteropraakt.

Ik vertraag mijn tempo iets, want ik houd deze snelheid niet lang meer vol. Zonder erover na te denken, ga ik in de richting van het rotsige deel van het eiland. Daar kan ik misschien tussen de rotsen en het struikgewas verdwijnen.

Het duurt nog tien minuten voor ik er ben, maar tegen die tijd is Beth nergens meer te zien.

Op een rustiger tempo begin ik tussen de rotsen omhoog te klimmen. Nu ik niet meer in direct gevaar verkeer, gaan mijn kapotte voeten pijn doen.

Het klimmen gaat moeizaam. Het voelt als een marteling. Mijn benen trillen vanwege de ongewone inspanning en ik voel de terugslag van de adrenaline.

Toch lukt het me om de heuvel te beklimmen en ik ga het bos in.

De tropische vegetatie groeit uitbundig en onttrekt me aan het zicht. Ik ga steeds verder de wildernis in, op zoek naar een goede plek om in te storten. Hier vinden ze me niet zomaar. Van mijn eerdere verkenningstochten herinner ik me dat dit bos een groot deel van het eiland bedekt.

Voorlopig ben ik hier veilig.

Terwijl het donker wordt, zoek ik beschutting in het dichte struikgewas rond een grote boom. Ik veeg de grond een beetje schoon zodat ik in elk geval niet op een mierenhoop – of het nest van andere bijtende beestjes – beland. Dan ga ik liggen. Mijn voeten liggen tot bloedens toe open, maar ik negeer de pijn.

Dit is niet de eerste keer in mijn leven dat ik mijn vader dankbaar ben voor de kampeertochten waarop hij me als kind altijd meenam. Vanwege zijn wijze lessen ben ik niet echt bang voor de natuur. Om insecten, slangen of reptielen maak ik me echt niet druk. Natuurlijk moet je voor bepaalde soorten uitkijken, maar in het algemeen ben ik voor die beesten niet bang.

Ik ben wel bang voor de beesten die me naar dit eiland gebracht hebben.

Nu ik Beth heb afgeschud, kan ik iets helderder denken.

Dat slanke, gespierde lichaam komt niet van een leven in yoga- en fitnessclubjes. Ze is veel sterker dan ik, misschien wel even sterk als de gemiddelde man.

Daarnaast lijkt ze speciale vaardigheden te hebben. Oosterse vechtkunst? Haar overmeesteren was duidelijk een dom idee. Ik had gewoon dat mes tussen haar schouderbladen moeten steken.

Maar het is nog niet te laat. Ik kan nog steeds teruggaan, het huis binnensluipen en haar daar verrassen. Ik heb dat internet nodig, en wel meteen. Voor Julian terugkomt.

Ik heb geen idee wat hij me gaat aandoen nu ik Beth heb aangevallen en ik wil het niet weten ook.

HOOFDSTUK 10

Ik word de volgende ochtend wakker van een vreemd gevoel. Het lijkt wel...

'O nee! Getver!'

Meteen spring ik op in een poging de langpotige spin van mijn arm te schudden. De spin vliegt een eindje weg en ik ga met mijn handen over mijn hele lichaam om andere kruiperige kriebelaars van me af te slaan. Ik ben niet echt bang voor spinnen, maar ik hoef ze ook niet op me te hebben.

Dit is geen fijne manier van wakker worden.

Langzaam komt mijn hartslag tot bedaren en ik besluit mijn situatie eens onder de loep te nemen. Ik heb dorst. Mijn hele lichaam doet pijn van het slapen op de harde grond. Daarnaast voel ik me vies en doen mijn voeten pijn. Ik til één voet op en bestudeer mijn voetzool. Er zit geronnen bloed op. Mijn maag knort van de honger. Ik heb gisteravond niets gegeten en ik heb enorme trek.

Maar het goede nieuws is dat Beth me nog niet gevonden heeft. Ik heb alleen geen idee wat ik nu moet doen. Moet ik terug naar het huis en daar opnieuw Beth proberen te overvallen?

Nadat ik er even over nagedacht heb, lijkt dat me de beste optie. Uiteindelijk vindt Beth of Julian me toch wel. Zo groot is het eiland nou ook weer niet; ik denk niet dat ik me lang verborgen kan houden. Daarbij kan ik niet gaan zitten afwachten. Stel dat Julian eerder terugkomt? Als het twee tegen een is, maak ik echt geen schijn van kans.

Ik word ook steeds hongeriger en ik weet dat ik flauw word als ik niet vaak genoeg iets eet. Vers water kan ik hier waarschijnlijk wel vinden, maar eten is een groter probleem. Ik heb geen idee waar Beth steeds die mango's vandaan haalt. Als ik me nog een paar dagen verberg, ben ik te zwak om wie dan ook aan te vallen, laat staan een vrouw die een Amazone had kunnen zijn.

En misschien verwacht ze me nog helemaal niet, wat betekent dat ik in het voordeel ben.

Na even diep adem te hebben gehaald wandel – of beter gezegd, strompel – ik terug richting het huis. Misschien loop ik mijn ondergang tegemoet, maar ik heb geen keus. Ik moet nú vechten of voor altijd een slachtoffer blijven.

Ik doe er twee uur over om bij het huis te komen. Steeds vaker moet ik stoppen en even gaan zitten omdat de pijn in mijn voeten alleen maar ondraaglijker wordt.

Eigenlijk is het best ironisch dat ik ontsnapt ben uit angst voor pijn, en dat juist die ontsnapping me nu behoorlijke pijn oplevert. Julian zou het vast geweldig vinden om me zo te zien, met z'n verwrongen geest.

Eindelijk bereik ik het huis. Er staan een paar grote struiken bij de voordeur, en ik verberg me erachter. Ik weet niet of de deur op slot zit, maar ik kan hoe dan ook niet zomaar naar binnen stappen. Misschien is Beth wel in de woonkamer.

Ik moet dit strategisch aanpakken.

Na een paar minuten ga ik op weg naar de achterzijde van het huis, waar zich ook de veranda bevindt waar ik Beth gisteren heb zien zitten voor ik haar aanviel.

Tot mijn grote opluchting is er niemand.

Ik probeer geen enkel geluid te maken als ik de hordeur openschuif en naar binnen glip. In mijn ene hand heb ik een grote steen. Ik had liever een mes of een pistool gehad, maar die steen zal moeten volstaan.

Met een zijwaartse beweging schuif ik naar het raam en dan kan ik naar binnen kijken. Gelukkig is er niemand te zien. Ik schuif de glazen deur open en stap naar binnen.

Het is doodstil in het huis. In de keuken wordt niet gekookt en er is niemand bezig de tafel te dekken. Volgens de klok in de woonkamer is het 07.12 uur. Misschien slaapt Beth nog?

Met mijn hand nog altijd stevig om de kei geklemd sluip ik naar de keuken om daar opnieuw een mes te pakken. Beide wapens neem ik mee naar boven.

Beths slaapkamer ligt achter de eerste deur links. Dat weet ik omdat ze me het hele huis heeft laten zien tijdens de rondleiding. Met ingehouden adem duw ik de deur open...en dan blijf ik doodstil staan.

Op het bed zit niet Beth, maar degene voor wie ik banger ben dan voor wie ook.

Julian is eerder teruggekomen.

'Hallo, Nora.' Zijn stem klinkt verraderlijk mild en zijn perfect gebeeldhouwde gezicht is uitdrukkingsloos.

Maar ik voel zijn woede. Heel even kan ik hem alleen maar aankijken. Ik ben verlamd van angst. Mijn hartslag suist in mijn oren. Dan zet ik voorzichtig een pas achteruit, mijn ogen nog altijd op zijn gezicht gevestigd. Ik houd de steen en het mes voor me in een poging mezelf te beschermen.

Dan word ik van achteren pijnlijk vastgegrepen door een paar sterke handen. Ik schreeuw en spartel, maar Beth is te sterk voor me. Het mes wordt naar achteren getrokken en boort zich bijna in mijn schouder.

Meteen springt Julian op me. Hij rukt zowel het mes als de steen uit mijn handen.

Beth laat me los, maar Julian grijpt me snel vast. Hij houdt me stevig beet, terwijl ik hysterisch schreeuw en spartel om los te komen. Hoe harder ik worstel, hoe steviger hij me vasthoudt. Uiteindelijk moet ik het opgeven omdat ik nauwelijks meer adem kan halen. Dan tilt hij me op en draagt me Beths kamer uit.

Tot mijn verbazing brengt hij me niet naar de slaapkamer, maar naar het kantoor beneden. Hij open een klein paneeltje en ik zie een rood lampje over zijn gezicht glijden. Het doet me denken aan de laser van een kassa in een supermarkt. Daarna glijdt de deur open.

Ik weet een kreetje van verrassing maar net te onderdrukken. Een irisscanner. Dat ken ik alleen maar uit spionagefilms.

Ik probeer me opnieuw te verzetten als hij me naar binnen draagt, maar het is zinloos. Hij geeft nergens mee, zijn greep is rotsvast. Opnieuw lig ik weerloos in zijn armen. Tranen van frustratie wellen op in mijn ogen. Ik vind het vreselijk om zo zwak te zijn, om zo makkelijk bedwongen te worden. De worsteling heeft hem niet eens laten hijgen.

Ik weet niet wat ik nu van hem kan verwachten. Gaat hij me slaan? Verkrachten?

Maar eenmaal in zijn kantoor zet hij me rustig neer.

Zodra hij me loslaat, zet ik een paar passen achteruit. Ik heb die afstand tussen ons nodig.

Hij glimlacht naar me. Het is een mooie glimlach, maar wel een met een sinister randje. 'Ontspan, poesje. Ik ga je geen pijn doen. Nu niet, in elk geval.'

Ik kijk toe als hij naar een groot bureau loopt en uit een lade een afstandsbediening haalt. Hij richt hem op een muur achter me en ik draai me achterdochtig om.

Aan de muur hangen twee grote, platte televisies. Ze zien er bijzonder geavanceerd uit.

Het linker scherm flitst aan. Even begrijp ik niet wat zie, zo onverwacht is het.

Het lijkt een doodgewone slaapkamer, ergens in iemands huis. Het bed is onopgemaakt en de lakens liggen als een bundeltje op de matras. Aan de muren hangen posters van beroemde footballspelers en op het bureau ligt een laptop.

'Herken je het?' vraagt Julian.

Ik schud van nee.

'Mooi,' zegt hij. 'Daar ben ik blij om.'

'Wiens slaapkamer is dit?' vraag ik met een naar gevoel in mijn maag.

'Heb je dat nog niet geraden?'

Ik kijk hem aan en het koude zweet breekt me uit. 'Die van Jake?'

'Ja, Nora. Die van Jake.'

Vanbinnen begin ik te beven. 'Wat doet Jakes slaapkamer op jouw tv?'

'Weet je nog dat ik zei dat Jake veilig zou zijn zolang jij je gedraagt?'

Mijn adem stokt. 'Ja...' Het is nauwelijks te horen.

Heel eerlijk gezegd heeft mijn gevangenschap tot dusver al mijn aandacht opgeëist; ik was zijn dreigement aan Jakes adres helemaal vergeten. Daarbij heb ik het ook nooit echt serieus genomen, zeker niet nadat ik erachter kwam dat we op een eiland zitten dat duizenden kilometers van mijn thuis verwijderd is. Ik had mezelf er diep vanbinnen van overtuigd dat Julian

Jake niets zou kunnen aandoen. In elk geval niet vanaf deze afstand.

'Mooi,' zegt Julian. 'Dan begrijp je ook waarom ik dit moet doen. Ik wil je niet opsluiten. Ik wil niet dat je nergens naartoe kunt. Dit eiland is je nieuwe thuis en ik wil dat je hier gelukkig bent...'

Gelukkig? Hier? Opnieuw kom ik tot de conclusie dat hij knettergek moet zijn.

'...maar ik kan niet toestaan dat je Beth pijn doet tijdens je zinloze ontsnappingspogingen. Je moet leren dat acties consequenties hebben.'

Een onpasselijk gevoel verspreidt zich door mijn hele lichaam. 'Het spijt me. Ik zal het niet meer doen. Echt niet, dat beloof ik.' De woorden tuimelen over elkaar mijn mond uit. Ik weet niet wat er gaat gebeuren en ook niet of ik het kan voorkomen, maar ik moet het proberen. 'Ik zal Beth niet meer aanvallen en ik zal ook niet meer proberen te ontsnappen. Alsjeblieft, Julian, ik heb echt mijn lesje geleerd...'

De bik waarmee hij me aankijkt, is haast bedroefd te noemen. 'Nee, Nora. Dat heb je niet. Ik moest vandaag vervroegd terugkomen van een zakenreis vanwege jouw actie. Beth is je cipier niet. Dat is haar taak niet. Ze is hier om voor je te zorgen, je op je gemak te stellen en tevreden te houden. Ik kan niet toestaan dat je haar vriendelijkheid beantwoordt met een poging tot moord.'

'Ik wilde haar niet doden! Ik wilde gewoon...' Maar ik kan niets zeggen over mijn plan, dus houd ik abrupt mijn mond dicht.

'Je dacht dat je haar kon gijzelen?' Nu is Julians uitdrukking eerder geamuseerd te noemen. 'Wat wou je doen? Haar dwingen je van het eiland af te helpen? Haar je laten helpen de buitenwereld te bereiken?'

Ik kijk hem aan, maar ontken of bevestig niets.

'Nou, Nora, laat me je dan iets uitleggen. Zelfs als je aanval succesvol was geweest – wat nooit had gekund, omdat Beth één klein meisje prima aankan – had ze je nog niet kunnen helpen. Als ik wegga, ga ik met het vliegtuig. Er is geen boot of een andere manier om van het eiland te komen.'

Zijn woorden bevestigen wat ik al had vermoed na mijn ontdekkingstochten over het eiland. Toch hoop ik dat...

'En ik ben de enige die mijn kantoor in kan. Nergens anders in het huis vind je een computer of andere communicatiemethode. Het enige wat Beth kan doen, is mij een bericht sturen via de speciale verbinding die ik met haar heb opgezet. Dus, poesje van me, ze zou nutteloos zijn geweest als gijzelaar.'

Tot zover mijn laatste hoop. Elke zin voelt als een extra slot op de gevoelsmatige gevangenisdeur. Als hij niet liegt, is mijn situatie nog veel ernstiger dan ik al dacht: tenzij Julian me laat gaan, zit ik voor altijd op dit eiland.

Maar hoe graag ik ook wil gillen, huilen en met dingen wil smijten, dit is niet het moment om in te storten. Daarom doe ik net of ik nog altijd kalm en rationeel ben. 'Dat begrijp ik. Het spijt me, Julian. Ik wist dat allemaal niet. Ik zal geen ontsnappingspogingen meer doen en ik zal Beth niet opnieuw aanvallen. Geloof me, alsjeblieft...'

'Dat zou ik graag willen, Nora.' Opnieuw is zijn blik haast spijtig. 'Maar dat kan ik niet. Je kent me nog niet goed, dus je weet nog niet of je me moet geloven. Ik moet je bewijzen dat ik een man van mijn woord ben. Hoe sneller je het onvermijdelijke accepteert, hoe gelukkiger je zult zijn.'

Terwijl hij dat zegt, steekt hij een hand in zijn zak en haalt er een telefoon uit. Hij drukt op een knop en na even gewacht te hebben zegt hij: 'Ga verder met het plan.' Dan richt hij zijn aandacht op het scherm.

Met een hol gevoel in mijn maag volg ik zijn blik.

Op de televisie is nog steeds die lege kamer te zien, maar dan gaat de deur open en komt Jake binnen. Hij ziet er doodsbang uit. Een van zijn ogen is gezwollen en zijn neus staat in een hoek, alsof hij gebroken is. Hij wordt gevolgd door een grote gemaskerde figuur die met een pistool gebaart.

Vol afschuw snak ik naar adem. 'Nee, alsjeblieft...' Hoewel ik me er niet van bewust ben dat ik bewogen heb, sluiten mijn handen zich het volgende moment om Julians arm in een smekend, wanhopig gebaar.

'Kijken, Nora.' Julians gezicht is emotieloos als hij zijn armen op zo'n manier om me heen slaat dat ik wel naar de tv moet kijken. 'Ik wil dat je je inprent dat acties consequenties hebben.'

Op het scherm maakt de gemaskerde een plotselinge beweging richting Jake...

'Nee!'

... en slaat hem met de kolf van het wapen in zijn gezicht.

Jake strompelt naar achteren. Een straaltje bloed loopt uit zijn mondhoek.

'Nee, alsjeblieft!' Snikkend probeer ik me uit Julians greep los te worstelen, mijn ogen gefixeerd op de gewelddadige gebeurtenissen duizenden kilometers verderop.

De aanvaller is meedogenloos; steeds weer slaat hij op Jake in.

Iedere klap voelt als een messteek in mijn hart, en ik schreeuw het uit van angst en ellende. Het voelt alsof Jakes mishandeling iets in mij doodt, alsof mijn hoop op een betere toekomst even hard aan diggelen wordt geslagen als zijn gezicht.

Als Jake op zijn knieën zakt, trapt de ander hem gemeen in de ribben. Hij kreunt hoorbaar.

'Alsjeblieft, Julian,' fluister ik. Verslagen zak ik tegen hem aan. 'Houd alsjeblieft op...' Maar ik smeek om genade bij een man die dat begrip niet kent. Voor mijn ogen wordt Jake vermoord en er is niets wat ik kan doen.

Nog even laat mijn ontvoerder de brute mishandeling doorgaan. Dan laat hij me los en vist de telefoon weer uit zijn zak.

Bevend kijk ik hem aan. Ik durf niet eens meer te hopen op een positieve uitkomst.

Met vlugge vingers typt Julian een berichtje.

Op het scherm zie ik de gemaskerde man in zijn

zak reiken. Hij kijkt op zijn telefoon, draait zich om en loopt de kamer uit.

Jake ligt hevig bloedend op de vloer van zijn kamer.

Wanhopig staar ik naar het scherm, op zoek naar een teken van leven. Na ongeveer een minuut hoor ik hem kreunen en zie ik dat hij overeind krabbelt.

Hij strompelt naar de huistelefoon, en beweegt zo voorzichtig dat hij wel tachtig lijkt in plaats van achttien.

Als ik hem het alarmnummer hoor bellen, begeven mijn knieën het.

Ik zak op de grond en begraaf mijn gezicht in mijn handen.

Julian wint.

Mijn leven zal nooit meer van mij zijn.

HOOFDSTUK 11

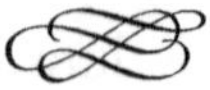

ALS IK DE VOLGENDE OCHTEND WAKKER WORD, IS JULIAN opnieuw verdwenen.

Van wat er gisteren is gebeurd nadat ik in Julians kantoor in elkaar zakte, kan ik me weinig herinneren. De rest van de dag ging in een waas voorbij. Het was alsof mijn brein kortsluiting had opgelopen als gevolg van het geweld dat ik had gezien. Volgens mij raapte Julian me na een tijdje op en zette hij me onder de douche. Hij moet me gewassen hebben en mijn voeten hebben verbonden, want er zit dik verband omheen en ze doen een stuk minder pijn.

Ik weet niet of we seks hebben gehad. Als het zo is, dan is hij ongewoon voorzichtig met me geweest, want ik voel er niets van. Wat ik me wel herinner, is dat hij bij me in bed heeft geslapen, zijn grote lichaam om me heen gekruld.

Op een bepaalde manier maakt wat ik heb gezien de hele situatie makkelijker. Zonder hoop of keuzes wordt alles heel helder. Feit is dat Julian alle troeven in handen heeft. Ik ben van hem zolang hij dat wil. Ik kan niet ontsnappen, er is geen uitweg.

En nu ik dat feit accepteer, wordt mijn leven makkelijker. Voor ik het doorheb, ben ik al negen dagen op het eiland.

Tenminste, dat vertelt Beth me tijdens het ontbijt.

Inmiddels tolereer ik haar aanwezigheid. Ik kan niet anders; als Julian er niet is, is zij mijn enige aanspreekpunt. Ze kleedt me, kookt voor me en ruimt op. Feitelijk is ze een soort oppas, alleen is ze niet oud en soms behoorlijk kribbig. Volgens mij heeft ze het me nog niet vergeven dat ik haar de hersens probeerde in te slaan. Gekwetste trots, of zo.

Daarom probeer ik haar niet te veel dwars te zitten. Overdag ga ik het huis uit en breng het grootste deel van mijn tijd door op het strand of op ontdekkingstocht in de bossen. Ik ga alleen naar het huis terug voor maaltijden en om nieuwe leesboeken te halen. Beth zei dat Julian meer boeken voor me mee zal nemen als ik door de meer dan honderd stuks heen ben die in mijn kamer staan.

Eigenlijk zou ik me depressief moeten voelen. Ik zou bitter moeten zijn, woedend, wrok moeten koesteren tegen Julian en het eiland. Soms voel ik me ook wel zo. Maar het kost heel veel energie om constant die slachtofferrol aan te nemen. En als ik lekker in het zonnetje lig met mijn neus in een goed boek heb ik nergens een hekel aan. Dan laat ik me gewoon meevoeren door de fantasie van de auteur.

Ik probeer wel het onderwerp 'Jake' te vermijden. Als ik aan hem denk, voel ik me zo schuldig dat het bijna ondraaglijk is. Ik weet wel dat Julian degene is die het heeft gedaan, maar ik voel me toch verantwoordelijk. Als ik niet was uitgegaan met Jake, was dit nooit gebeurd. Als ik hem niet benaderd had op dat feestje, zou hij nu niet in elkaar geslagen zijn.

Wie is Julian toch? Hoe kan hij zoiets doen vanaf zo'n afstand? Hij is nog altijd een groot mysterie voor me.

Misschien zit hij wel bij de maffia. Dat zou wel verklaren waarom hij over ingehuurde schurken beschikt. Maar goed, hij kan ook gewoon een rijke, excentrieke psychopaat zijn. Ik heb werkelijk geen idee.

Er zijn avonden waarop ik mezelf in slaap huil. Ik mis mijn familie en mijn vrienden. Ik mis het om ergens in een club te kunnen gaan dansen. Ik mis gewone menselijke aanspraak. Van nature ben ik niet bepaald op mezelf. Thuis was ik altijd wel met mensen bezig: op Facebook, op Twitter, rondhangend met vriendinnen in het winkelcentrum. Ik houd weliswaar van lezen, maar het is gewoon niet genoeg. Ik heb meer nodig dan dat.

Na een poosje wordt mijn gebrek aan interactie zo groot dat ik Beth erover aanspreek.

'Ik verveel me,' vertel ik haar tijdens het avondeten. Het is wéér vis. Inmiddels weet ik dat Beth die zelf vangt in een kleine baai aan de andere kant van het eiland. Vandaag zit er mangosalsa bij.

Gelukkig houd ik van vis, want we eten hier niet veel anders.

'Is dat zo?' Het lijkt haar te amuseren. 'Waarom? Heb je niet genoeg boeken om te lezen?'

Geërgerd rol ik met mijn ogen. 'Ik heb er nog zo'n zeventig te gaan. Maar er is niets anders te doen.'

'Wil je morgen mee vissen?' vraagt ze spottend. Ze weet dat ik een hekel aan haar heb en verwacht duidelijk dat ik het aanbod afsla. Maar ze heeft blijkbaar geen benul van mijn drang naar menselijke interactie.

'Prima,' zeg ik. De verbazing is van haar gezicht af te lezen. Ik heb nog nooit gevist en ik kan me eigenlijk niet voorstellen dat het leuk is, vooral met Beth en haar snauwerige opmerkingen. Maar goed, ik ben bereid om wat dan ook te doen om de sleur te doorbreken.

'Goed dan,' zegt ze. 'De vissen bijten het best rond zonsopgang. Kun je dat aan?'

'Natuurlijk,' antwoord ik stoer. Normaal gesproken heb ik een hekel aan vroeg opstaan, maar ik heb de laatste tijd zoveel slaap en rust gehad dat ik er vast wel een dagje tegen kan. Volgens mij slaap ik zo'n tien uur per nacht, en ik doe vaak nog een middagdutje in de zon. Eigenlijk is het belachelijk. Mijn lichaam lijkt te denken dat ik op vakantie ben in een kuuroord. Blijkbaar zitten er voordelen aan niet kunnen internetten en geen andere afleiding hebben; ik heb me nog nooit van mijn leven zo uitgerust gevoeld, geloof ik.

'Ga dan maar vroeg slapen, want ik kom je

morgenochtend heel vroeg wekken,' waarschuwt ze me.

Ik knik en eet mijn eten op. Als ik boven in bed lig, huil ik mezelf wederom in slaap.

'WANNEER KOMT JULIAN TERUG?' VRAAG IK DE VOLGENDE ochtend terwijl ik sta te kijken hoe Beth aas aan een haakje prikt. Het ziet er walgelijk uit en ik ben heel blij dat ze me niet heeft gevraagd haar te helpen.

'Geen idee,' antwoordt ze. 'Hij komt terug als hij zijn zaken heeft afgehandeld.'

'Wat voor zaken?' Ik heb het al eerder gevraagd, maar ik blijf hopen dat Beth op een dag antwoord geeft.

Ze zucht hartgrondig. 'Nora, wees nou niet zo nieuwsgierig.'

'Wat maakt het nou uit of ik het weet?' Ik werp haar een gefrustreerde blik toe. 'Ik ga toch nergens heen. Ik wil gewoon weten wat voor iemand hij is, meer niet. Het lijkt me volkomen normaal dat iemand in mijn situatie nieuwsgierig is.'

Na opnieuw een diepe zucht te hebben geslaakt, werpt Beth met een handige beweging de hengel in het water. 'Dat is het ook. Julian zal het je zelf een keer vertellen als hij wil dat je het weet.'

Ik dwing mezelf om diep adem te halen. Met deze vorm van vragen kom ik nergens. 'Je bent wel echt loyaal aan hem, hè?'

'Ja,' zegt Beth eenvoudig. Ze komt naast me zitten. 'Dat is zo.'

Omdat hij haar leven heeft gered. Daar wil ik ook meer van weten, maar dat onderwerp ligt gevoelig bij haar. Daarom vraag ik: 'Hoelang ken je hem al?'

'Zo'n tien jaar.'

'Dus sinds hij negentien was?'

'Ja, inderdaad,' zegt ze.

'Waar hebben jullie elkaar ontmoet?'

Ze perst haar lippen op elkaar. 'Dat gaat je niets aan.'

Goed, blijkbaar ligt dat ook gevoelig. Maar ik zet toch door. 'Redde hij toen je leven? Heb je hem toen ontmoet?'

Met samengeknepen ogen kijkt ze me aan. 'Wat zei ik nou over die nieuwsgierige vragen?'

'Goed, goed...' Het feit dat ze er geen antwoord op geeft, zegt mij genoeg. Daarom ga ik verder met een ander onderwerp dat mijn interesse heeft. 'Waarom heeft Julian me hierheen gebracht? Naar dit eiland? Hij is er zelf niet eens.'

'Hij komt binnenkort weer terug.' Ze werpt me een sarcastische blik toe. 'Waarom vraag je dat? Mis je hem?'

'Nee, natuurlijk niet.' Dat was ronduit beledigend.

Maar ze trekt alleen haar wenkbrauwen op. 'Werkelijk? Niet eens een beetje?'

'Waarom zou ik dat monster missen?' Ik spuw de woorden in haar richting als woede ineens in me oprijst. 'Na wat hij me heeft aangedaan? Na wat hij Jake heeft aangedaan?'

Ze lacht zachtjes. 'Me dunkt dat u wel erg fel protesteert, mejuffrouw...'

Ik spring op, niet in staat de spottende toon in haar stem nog langer te verdragen. Als ik nu een mes had gehad, had ik het met liefde tussen haar ribben gestoken. Normaal gesproken ben ik niet iemand die je snel op de kast kunt jagen, maar iets in Beth haalt het slechtste in mij naar boven.

Gelukkig krijg ik mezelf weer onder controle voor ik wegstorm en mezelf echt voor schut zet. Ik haal diep adem en doe net of ik al die tijd al van plan was op te staan. Eerst loop ik naar het water om met mijn teen de temperatuur te voelen. Daarna loop ik terug naar Beth en ga ik weer zitten.

'Warm water aan deze kant van het eiland,' merk ik terloops op, alsof ik vanbinnen niet kook van woede.

'Ja,' antwoordt ze op diezelfde neutrale toon, 'de vissen lijken het fijn te vinden. Ik kan altijd wel een paar mooie vangen in dit gebied.'

Ik knik een keer, daarna richt ik mijn blik op de horizon. Het geluid van de golven is rustgevend en langzaam bedwing ik wat ze in me opriep. Waarom reageerde ik zo fel op haar flauwe opmerking? Ik had haar gewoon minachtend moeten aankijken. Had gewoon haar absurde suggestie koeltjes van de hand moeten wijzen. Maar nee hoor, ik hapte.

Schuilt er misschien waarheid in haar woorden? Is

dat de reden dat haar opmerking zo stak? Kan het zijn dat ik Julian echt mis?

Dat idee is zo misselijkmakend dat ik heel even bang ben dat ik echt moet overgeven.

Snel dwing ik mezelf om logisch na te denken, om die verwarde knoop rond mijn hart te ontwarren.

Goed, een klein deel van mij neemt het hem kwalijk dat hij me hier op dit eiland met Beth heeft achtergelaten. Ik vind Julian niet erg attent voor iemand die me naar eigen zeggen zo graag wilde dat hij me heeft ontvoerd.

Niet dat ik op zijn aandacht zit te wachten; wat mij betreft zie ik hem nooit meer. Maar tegelijkertijd is iets in mij beledigd dat hij zo vaak weg is. Blijkbaar ben ik niet aantrekkelijk genoeg, blijkbaar wil hij niet bij me zijn.

Die twee tegengestelde emoties zijn absurd als ik ze zo naast elkaar zet, dat zie ik ook wel in. Het slaat nergens op, en ik geef mezelf mentaal een schop onder mijn kont.

Mooi niet dat ik zo'n meisje ben dat verliefd wordt op haar ontvoerder! Dat weiger ik. Het is de eenzaamheid van het leven op dit eiland die me verwart en dat mag ik niet toestaan.

Ik kan misschien niet ontsnappen aan Julian, maar ik kan wel voorkomen dat hij vat krijgt op me.

Twee dagen later komt Julian terug.

Daar kom ik achter als hij me wakker maakt tijdens een dutje op het strand. Eerst denk ik dat ik droom. In die droom lig ik in mijn eigen bed, warm en veilig. Zachte handen gaan over mijn lichaam. De strelingen kalmeren me. Mijn lichaam kromt zich, op zoek naar die heerlijke aanrakingen op mijn huid. Het genot dat die handen me bieden is subliem.

Dan beroeren warme lippen mijn gezicht, mijn hals, mijn sleutelbeen. Ik kreun zachtjes. Als reactie worden de handen op mijn lichaam dwingender. Ze maken de bandjes van mijn bikini los en trekken mijn bikinibroekje over mijn benen naar beneden.

Nu dringt tot mijn halfslapende brein door wat er gebeurt. Ik schiet naar adem happend overeind, één bonk adrenaline.

Julian leunt over me heen en kijkt me met die engelachtige glimlach aan.

Ik lig naakt op de handdoek die Beth me vanochtend geleend heeft. Hij is ook naakt – zijn erectie is keihard. Mijn hart bonkt van opwinding – en angst – als ik naar hem opkijk. 'Je bent terug,' is mijn volledig overbodige commentaar.

'Dat klopt,' murmelt hij, terwijl hij zich over me heen buigt en opnieuw zijn lippen in mijn hals drukt. Voor ik een coherente gedachte kan vormen, ligt hij al boven op me. Zijn knie duwt mijn benen uiteen, en ik voel de top van zijn erectie tegen mijn gevoelige opening.

Mijn ogen sluiten zich wanneer hij langzaam in me komt. Hoewel ik nat ben, is hij zo groot dat de spanning in me bijna oncomfortabel is. Heel even wacht hij zodat mijn lichaam zich aan zijn grootte kan aanpassen. Dan begint hij te bewegen. De eerste stoten zijn nog zacht, maar al snel verhoogt hij het tempo.

De kracht van zijn bewegingen duwt me dieper in de handdoek en ik voel het zand onder me verschuiven. Wanneer een bekende spanning zich in mijn onderbuik begint op te bouwen, grijp ik zijn brede schouders voor houvast. Hij weet met de top van zijn penis precies dat ene gevoelige plekje in me te raken. Naar adem snakkend krom ik me naar hem toe, op zoek naar meer, wachtend tot hij me over het randje stort.

'Heb je me gemist?' fluistert hij in mijn oor. Tegelijkertijd verlaagt hij het tempo iets, precies genoeg om me van een orgasme te weerhouden.

Ik ben nog net genoeg bij zinnen om mijn hoofd te kunnen schudden.

'Leugenaar,' is zijn gefluisterde reactie. Dan begint hij harder te stoten, alsof deze verrukkelijke vrijpartij een straf is. Hij stuwt me verder en verder, genadeloos, tot ik het uitschreeuw. Mijn nagels klauwen over zijn rug als hij weigert me te laten komen. Ik kan bijna...

En dan ben ik er. Mijn lichaam spat uiteen als ik overspoeld word door een krachtig orgasme – het soort dat je slap en hijgend achterlaat.

Ik schrik even als hij me abrupt op mijn buik draait.

Er ontsnapt me een kreetje, maar hij stoot weer in me en begint me nu van achteren te nemen. Zijn grote, zware lichaam vouwt over me heen. Hij omringt me, helemaal. Mijn gezicht wordt in de handdoek gedrukt, waardoor ik nauwelijks kan ademen. Ik ben me alleen nog maar bewust van hem: het stoten van zijn penis, de warmte van zijn huid.

Dit standje brengt hem nog dieper bij me naar binnen. Ik kan kleine kreetjes van pijn niet onderdrukken wanneer zijn eikel bij elke stoot mijn baarmoedermond beroert. Toch voorkomt dat ongemak mijn groeiende opwinding niet; al mijn spieren trekken om hem heen samen wanneer ik nogmaals klaarkom.

Met een hese kreun geeft ook hij zich over aan zijn orgasme. Ik voel hem in me spuiten, voel zijn onderbuik tegen mijn achterste schuren terwijl hij zich diep in me begraaft. Het is een katalysator voor mijn eigen genot. Het voelt alsof we met elkaar verbonden zijn. Mijn lichaam houdt pas op met schokken als hij tot rust is gekomen.

Daarna rolt hij op zijn rug. Hij laat me los en ik haal beverig adem. Mijn ledematen voelen zwaar en slap aan, maar ik dwing mezelf op handen en knieën te gaan zitten en mijn bikini aan te trekken. Hij kijkt toe, een lome glimlach om die prachtige mond. Hij maakt geen aanstalten om zich weer aan te kleden, maar ik wil niet naakt naast hem blijven zitten. Dan voel ik me veel te kwetsbaar.

Eigenlijk is dat onzin. Natuurlijk ben ik kwetsbaar. Ik ben zo kwetsbaar als een vrouw maar kan zijn: volledig overgeleverd aan de genade van een meedogenloze gek. Een paar stukjes stof zullen me echt niet beschermen.

Niets kan me beschermen als hij besluit me echt pijn te willen doen.

Maar daar wil ik niet aan denken. Daarom vraag ik hem: 'Waar was je?'

Julian glimlacht nog breder. 'Je hebt me dus toch gemist.'

Ik kijk hem aan en probeer geërgerd te blijven kijken, ondanks dat hij naakt binnen handbereik naast me ligt. 'Ja, ik heb je gemist.'

Blijkbaar maakt mijn sarcastische opmerking geen indruk, want hij begint te lachen. 'Dat wist ik wel,' zegt hij dan. Hij staat op en trekt zijn zwembroek aan, die hij blijkbaar in het zand naast ons had neergegooid. Dan steekt hij zijn hand naar me uit. 'Zullen we gaan zwemmen?'

Verbluft staar ik hem aan. Meent hij dat nou? Verwacht hij dat we een potje gaan zwemmen alsof we vrienden zijn?

'Nee, bedankt,' zeg ik, en ik zet een stap achteruit.

Er glijdt een frons over zijn voorhoofd. 'Waarom niet, Nora? Kun je niet zwemmen?'

'Natuurlijk kan ik zwemmen,' antwoord ik verontwaardigd. 'Ik wil alleen niet met jou zwemmen.'

Nu trekt hij zijn wenkbrauwen op. 'Waarom niet?'

'Goh, misschien omdat ik je haat?' Ik weet niet wat me vandaag de kracht geeft om zo dapper te zijn. Het lijkt alsof mijn angst is afgesleten in de tijd dat ik hem niet gezien heb. Of misschien komt het doordat hij opgewekt en bijna vrolijk lijkt, en dus een klein beetje minder angstaanjagend.

Opnieuw glimlacht hij. 'Jij weet niet hoe het is om echt iemand te haten, poesje van me. Wat ik doe, bevalt je misschien niet, maar je haat me niet. Dat kun je niet. Dat heb je gewoon niet in je.'

'Wat weet jij van wat ik in me heb?' Op de een of andere manier vind ik die opmerking beledigend. Hoe kan hij nou zeggen of ik mijn ontvoerder wel of niet haat? Wie denkt hij wel niet wie hij is, door mij te zeggen wat ik wel en niet mag voelen?

Nog altijd staat hij me glimlachend aan te kijken. 'Jij hebt gehad wat ze een normale opvoeding noemen, Nora,' zegt hij zacht. 'Ik weet dat je bent opgegroeid binnen een liefhebbend gezin, dat je goede vrienden had, fatsoenlijke vriendjes. Hoe zou jij kunnen weten wat echte haat is?'

Opnieuw staar ik hem aan. 'En jij weet dat wel? Jij weet wel wat echte haat is?'

Nu wordt zijn uitdrukking killer. 'Helaas wel,' zegt hij.

Hij meent het. Mijn maag begint te draaien. 'Ben ik degene die je haat?' fluister ik. 'Is dat de reden dat je me dit aandoet?'

Tot mijn immense opluchting lijken mijn woorden hem te verbazen. 'Jou haten? Nee, natuurlijk haat ik je niet, poesje.'

'Waarom doe je dit dan?' Ditmaal wil ik antwoorden horen. 'Waarom heb je me ontvoerd en hierheen gebracht?'

Als hij me aankijkt, steken zijn ogen onvoorstelbaar blauw af tegen zijn gebronsde huid. 'Omdat ik je wilde, Nora. Dat heb ik je al gezegd. En omdat ik geen aardig mens ben. Maar daar was je al achter, nietwaar?'

Ik slik en richt mijn blik op het zand. Hij schaamt zich niet eens voor wat hij heeft gedaan. Julian weet dat hij fout zit en het maakt hem gewoon niet uit.

'Ben je een psychopaat?' Ik weet niet goed waarom ik het vraag. Ik wil hem niet boos maken, maar ik wil het allemaal zo graag begrijpen. Met ingehouden adem kijk ik hem aan.

Gelukkig lijkt de vraag hem niet beledigd te hebben. Met een bedachtzame uitdrukking op zijn gezicht komt hij naast me op de handdoek zitten. 'Misschien,' zegt hij na een tijdje. 'Eén arts dacht ik dat ik misschien borderline had. Maar ik voldoe niet aan alle criteria, dus ik heb geen diagnose gekregen.'

'Je bent naar een psycholoog geweest?' Ik weet niet waarom dat me zo verbaast. Hij lijkt me gewoon niet echt het type om naar een psycholoog te gaan.

Maar hij grijnst naar me. 'Ja, een tijdje.'

'Waarom?'

Hij haalt zijn schouders op. 'Ik dacht dat het misschien zou helpen.'

'Om minder psychopathisch te worden?'

'Nee, Nora.' Hij werpt me een blik toe. 'Als ik echt een psychopaat was, zou niets daartegen helpen.'

'Waarom ging je dan?' Het is allemaal wel erg persoonlijk, maar voor mijn gevoel is hij me wat antwoorden schuldig. En hé, als je geen persoonlijk gesprek kunt voeren met de man die je zojuist op het strand heeft afgeneukt, met wie dan wel?

'Nieuwsgierig klein poesje ben je, hè?' Hij legt een hand op mijn ene dijbeen. 'Weet je zeker dat je het wilt weten?'

Ik knik en probeer het feit te negeren dat zijn vingers zich centimeters van mijn bikinilijn bevinden. De aanraking is zowel opwindend als verwarrend.

'Ik ben naar een psycholoog geweest nadat ik de mannen had omgebracht die mijn familie hadden vermoord,' zegt hij zachtjes. Zijn blik boort zich in de mijne. 'Ik hoopte dat ik het dan makkelijker zou kunnen accepteren.'

Verbluft staar ik hem aan. 'Accepteren dat je die mannen had vermoord?'

'Nee,' zegt hij zacht. 'Accepteren dat ik nog meer mensen wilde vermoorden.'

Mijn maag draait zich om. Daar waar Julian me aanraakt, voel ik me ineens vies. Wat hij zojuist heeft toegegeven is zo afschuwelijk dat ik niet weet hoe ik moet reageren.

Ergens, ver weg, hoor ik mezelf vragen: 'Heeft het geholpen?' Mijn stem klinkt kalm, alsof we een praatje maken over het weer.

Hij begint te lachen. 'Nee, poesje, het hielp niet. Artsen zijn nutteloos.'

'Heb je nog meer mensen vermoord?' Die verdovende staat waar ik me in bevond begint af te nemen. Ik voel dat ik begin te beven.

'Dat heb ik,' zegt hij met een duistere glimlach. 'Ben jij even blij dat je dit wilde weten?'

Ik heb het plotsklaps ijskoud. Hoewel ik weet dat ik mijn mond moet houden, slaag ik daar niet in. 'Ga je mij ook vermoorden?'

'Nee, Nora.' Hij klinkt zowaar geërgerd. 'Dat heb ik je al gezegd.'

Ik laat mijn tong langs mijn droge lippen gaan. 'Juist. Je doet me alleen pijn als je daar toevallig zin in hebt.'

Dat ontkent hij niet. In plaats daarvan staat hij op en kijkt me aan. 'Ik ga zwemmen. Als je wilt, kun je meegaan.'

'Nee, bedankt,' zeg ik dof. 'Ik heb niet echt zin om te zwemmen.'

'Wat jij wilt,' zegt hij. Dan loopt hij met grote passen het water in.

Ik kijk toe hoe zijn grote, breedgeschouderde lichaam in het water verdwijnt tot alleen zijn donkere haar nog zonlicht vangt. Volgens mij ben ik in shock.

De duivel draagt inderdaad een schitterend masker.

HOOFDSTUK 12

Mijn nieuwsgierigheid verdwijnt een tijdje na Julians onthullingen op het strand. Ik dacht al dat ik gevangen werd gehouden door een monster en dat gevoel is vandaag bevestigd. Waarom hij zo open tegen me was, weet ik niet. Feitelijk maakt het me alleen maar banger.

Tijdens het eten ben ik stil en antwoord ik alleen op directe vragen. Beth eet met ons mee vandaag. Julian en zij voeren een levendig gesprek over het eiland en hoe zij en ik onze tijd hebben doorgebracht.

'Dus je verveelt je?' vraagt Julian me als Beth hem vertelt dat ik meer wil doen dan alleen maar lezen.

Omdat ik niet wil dat hij er een probleem van maakt, haal ik mijn schouders op. Na wat ik vanmiddag heb gehoord, verveel ik me liever dan dat ik tijd met Julian moet doorbrengen.

Hij glimlacht. 'Daar zal ik iets aan moeten doen. De

volgende keer dat ik op reis ga, zal ik een televisie en een stapel films voor je meebrengen.'

'Bedankt,' zegt ik automatisch, maar ik blijf naar mijn bord staren. Ik voel me vreselijk en ik zou het liefst een potje janken, maar ik ben te trots om dat in hun bijzijn te doen.

'Wat is er aan de hand?' vraagt Beth als ze doorkrijgt dat mijn gedrag ongewoon timide is. 'Voel je je wel goed?'

'Niet echt.' Ik grijp het excuus dat ze me biedt met beide handen aan. 'Volgens mij heb ik te lang in de zon gelegen.'

Beth slaakt een zucht. 'Ik zei toch al dat je niet midden op de dag op het strand moet gaan slapen? Het kan daar wel 35 graden worden.'

Daar had ze me inderdaad voor gewaarschuwd. Maar goed, mijn ellendige gevoel komt niet door de zon, maar door de man die tegenover me aan tafel zit. Ik weet dat hij me na het eten weer naar boven brengt om me te nemen. Of pijnigen.

En zoals altijd zal mijn lichaam op hem reageren. Dat vind ik nog het ergste. Hij heeft Jake voor mijn ogen in elkaar laten slaan. Hij heeft toegeven dat hij een moordlustige psychopaat is. Ik zou van hem moeten walgen. Ik zou niets dan angst en minachting voor hem moeten voelen. Het feit dat ik me zelfs maar een klein beetje tot hem aangetrokken voel, is compleet gestoord. Erger nog, zelfs. Blijkbaar heb ik ook een verwrongen geest.

En daarom zit ik dus maar een beetje in mijn eten te

prikken. Ik zou dolgraag naar mijn kamer gaan, maar dat brengt het onvermijdelijke alleen maar dichterbij.

Eindelijk zijn we klaar met eten. Julian pakt mijn hand en leidt me naar boven. Ik heb het gevoel dat ik op weg ben naar mijn executie, maar dat is wellicht overdreven dramatisch. Hij heeft tenslotte gezegd dat hij me niet zou vermoorden.

Eenmaal boven gaat hij op bed zitten en trekt hij me naar zich toe, zodat ik tussen zijn benen kom te staan. Ik wil weigeren, me verzetten, maar mijn hoofd en lichaam lijken tegenwoordig verschillende dingen te willen. Daarom blijf ik zwijgend staan, trillend over mijn hele lichaam als hij me van top tot teen opneemt. Zijn blikt glijdt over mijn gezicht en blijft even hangen op mijn mond. Dan zakt hij af naar de halslijn van mijn jurk en nog lager, naar de plaats waar mijn tepels door de dunne stof van mijn zomerjurk schijnen. Ze zijn stijf alsof ik opgewonden ben, maar volgens mij komt het in dit geval doordat ik het koud heb. Zo te voelen heeft Beth de airco aangezet.

'Zo mooi,' zegt hij dan. Hij heft een hand en strijkt met zijn vingers langs mijn kaak. 'Die prachtige gouden huid.'

Ik doe mijn ogen dicht omdat ik het monster dat voor me zit niet wil zien. *Dat ik nog meer mensen wilde vermoorden. Nog meer mensen wilde vermoorden.* De woorden blijven door mijn hoofd malen als een vastgelopen grammofoonplaat. Ik wil dat het stopt. Kon ik maar teruggaan in de tijd en de herinneringen aan deze middag wissen. Waarom wilde ik dit nou weten? Waarom moest ik nou net zo lang doorvragen tot ik een antwoord kreeg? Nu kan ik nergens anders aan denken dan dat de man die me aanraakt een meedogenloze moordenaar is.

Hij leunt naar me toe, en ik voel zijn adem langs mijn hals strijken. 'Heb je er spijt van dat je al die vragen stelde vanmiddag?' fluistert hij. 'Heb je spijt, Nora?'

Ik krimp ineen en mijn ogen schieten open. Kan hij nu ook al gedachten lezen?

Hij leunt naar achteren en glimlacht naar me.

Iets aan die glimlach maakt me nog veel banger. Ik weet niet wat er vanavond met hem is, maar ik ben op dit moment banger voor hem dan ooit.

'Je bent bang voor me, hè poesje?' vraagt hij zachtjes. Hij houdt me nog steeds tussen zijn benen geklemd. 'Ik voel dat je staat te beven als een rietje.'

Ik wil dapper zijn en het ontkennen, maar dat kan ik niet. Ik ben inderdaad bang en ik sta inderdaad te beven. 'Alsjeblieft,' fluister ik, al heb ik geen idee waarom ik smeek. Hij heeft me nog niets gedaan.

Dan geeft hij me een zacht duwtje, zodat ik naar achteren stap. Snel zet ik nog wat passen achteruit om wat afstand tussen ons te creëren.

Hij staat op van het bed en loopt de kamer uit.

Verbluft staar ik hem na. Laat hij me alleen? Is hij niet uit op seks? We hebben natuurlijk vandaag op het strand al seks gehad.

Maar net als ik een spoortje opluchting begin te

voelen, komt Julian terug. In zijn hand heeft hij een zwarte sporttas.

Ik voel het bloed uit mijn gezicht wegtrekken. De ene na de andere gruwelijke gedachte komt in me op. Wat zit er in die tas? Messen, geweren, martelwerktuigen?

Als hij er een blinddoek en een kleine dildo uithaalt, ben ik hem haast dankbaar. Seksspeeltjes. Het zijn gewoon maar seksspeeltjes. Doe mij maar seks in plaats van marteling.

Maar die avond kom ik erachter dat bij Julian die twee dingen naadloos in elkaar overgaan.

'Uitkleden, Nora,' beveelt hij terwijl hij weer op het bed gaat zitten. Hij legt de blinddoek en de dildo naast zich neer. 'Trek langzaam je kleren voor me uit.'

Ik blijf doodstil staan. Wil hij echt dat ik me uitkleed terwijl hij zit toe te kijken? Heel even wil ik weigeren, maar dan begin ik met trillende vingers mijn jurk uit te trekken. Hij heeft me toch al naakt gezien vandaag. Waarom zou ik nu preuts doen? Daarbij voel ik nog steeds die vreemde stemming bij hem. De opwinding die ik in zijn ogen zie, gaat verder dan simpele lust.

Het is het soort opwinding waar ik doodsbang van word.

Hij kijkt toe hoe ik mijn zomerjurk laat vallen en mijn slippers uitschop. Ik beweeg me houterig omdat ik letterlijk verkrampt ben van angst. Volgens mij is er geen man die deze striptease opwindend zou vinden – maar Julian wel. Nu draag ik alleen nog een crèmekleurig kanten slipje. De koele lucht van de airconditioning strijkt langs mijn huid, waardoor mijn tepels zich nog verder oprichten.

'Nu je ondergoed nog,' zegt hij.

Ik moet even slikken, maar dan duw ik mijn slipje over mijn heupen naar beneden en stap ik eruit.

'Brave meid,' zegt hij goedkeurend. 'Kom hier.'

Maar dat bevel kan ik niet opvolgen. Mijn gevoel voor zelfbehoud schreeuwt dat ik moet maken dat ik wegkom, alleen kan ik nergens heen. Julian zou me grijpen als ik nu weg probeerde te rennen en het is niet alsof ik van dit eiland af kan. Daarom blijf ik doodstil staan, naakt en bibberend.

Julian staat op. Ik had verwacht dat hij boos zou worden, maar dat lijkt niet het geval. Hij lijkt bijna... tevreden. 'Ik had gelijk. Vanavond begint je training,' zegt hij als hij op me af loopt. 'Ik ben te mild geweest omdat ik rekening hield met je gebrek aan ervaring. Ik wilde je niet breken, geen onherstelbare schade aanrichten...'

Het beven verhevigt als hij om me heen cirkelt als een haai die zijn prooi ruikt.

'... maar ik moet je kneden tot wat ik wil dat je bent, Nora. Je bent bijna perfect, maar soms zijn er foutjes...'

Als hij me aanraakt, krimp ik ineen.

Dat negeert hij echter volkomen.

'Alsjeblieft.' Het is niet meer dan een fluistering. 'Alsjeblieft, Julian, het spijt me.' Ik weet niet wat me spijt, maar ik ben bereid om alles te zeggen als ik maar niet getraind hoef te worden, wat dat dan ook mag betekenen.

Hij glimlacht naar me. 'Dit is geen straf, poesje van me. Ik heb bepaalde behoeften, weet je. En ik wil dat jij die kunt bevredigen.'

'Wat voor behoeften?' Mijn woorden zijn nauwelijks verstaanbaar. Ik wil het niet weten. Echt niet, en toch moet ik het vragen.

'Dat merk je nog wel,' zegt hij. Hij pakt me bij mijn bovenarm en leidt me naar het bed. Dan bindt hij me de blinddoek voor.

In een automatisch gebaar hef ik mijn handen, maar die drukt hij naar beneden, waar ze langs mijn zij blijven hangen. Ik hoor gerommel in de tas, alsof hij iets zoekt. IJskoude angst slaat door me heen en ik breng mijn handen naar mijn gezicht om die blinddoek af te doen, maar hij pakt me razendsnel bij de polsen.

Dan draait hij mijn handen naar mijn rug en bindt ze vast.

En dat is de druppel: ik begin te huilen. De blinddoek wordt nat van mijn tranen, ook al probeer ik geen geluid te maken. Voorheen was ik al hulpeloos. Geblinddoekt en vastgebonden voel ik me echter nog duizendmaal hulpelozer. Er zijn vrouwen die hierop kicken, die graag dit soort spelletjes spelen met hun partners, maar Julian is mijn partner niet. Ik heb genoeg boeken gelezen om te weten wat de regels zijn – en dus ook dat hij zich er niet aan houdt. Dit is niet veilig en niet met wederzijdse instemming.

Maar als Julian me met zijn vingers tussen mijn

benen beroert, voel ik dat ik nat ben daar. Dat bevalt hem wel. Hij zegt niets, maar ik voel zijn genoegen als hij mijn klit begint te strelen en zo nu dan met zijn vinger mijn vagina beroert om mijn fysieke reactie te voelen. Zijn bewegingen zijn allesbehalve aarzelend. Hij weet precies hoe hij me moet opwinden, hoe hij me moet strelen zodat ik klaarkom.

Ik vind het afschuwelijk dat hij precies weet hoe hij me genot kan geven. Met hoeveel vrouwen heeft hij dit al gedaan? Je moet vast heel ervaren zijn om een vrouw die zo bang en terughoudend is te laten klaarkomen.

Maar goed, dat maakt mijn stomme lichaam niks uit. Iedere streling van zijn vaardige vingers bouwt de spanning in me op tot de druk lijkt samen te ballen in mijn onderbuik. Met een kreun duw ik mijn heupen naar voren. Hij raakt me alleen daar aan, maar dat is voldoende om me gek van opwinding te maken.

'O ja,' mompelt hij, en hij drukt zijn lippen in mijn hals. 'Kom voor me, poesje van me.'

Alsof ze zijn bevel hebben gehoord trekken mijn spieren samen... en dan rolt het orgasme door me heen met de kracht van een sneltrein. Ik vergeet bang te zijn; ik vergeet alles, behalve het genot dat door me heen suist.

Voor ik weer bij zinnen ben, duwt hij me voorover op het bed. Ik hoor hem bewegen; dan tilt hij me op en legt een stapel kussens onder mijn heupen. Ik lig op mijn buik, mijn handen gebonden en mijn achterste in de hoogte, meer blootgesteld en kwetsbaarder dan ooit. Om niet te stikken in de matras moet ik mijn hoofd wel draaien. Ik was gestopt met huilen, maar nu wellen de tranen weer op. Volgens mij weet ik wat hij nu gaat doen.

Als ik iets kouds en nats tussen mijn billen voel glijden, wordt mijn vermoeden bevestigd. Dit is glijmiddel, ter voorbereiding op wat komen gaat.

'Stil maar, schatje,' mompelt hij troostend terwijl hij met zijn grote handen over mijn billen strijkt. 'Ik zal je leren hoe je hiervan kunt genieten.'

Nog meer geluiden en dan voel ik hoe iets zich in me duwt, in die andere opening. Meteen span ik al mijn spieren aan, maar ik kan de druk niet weerstaan en het ding begint zich een weg naar binnen te banen.

'Alsjeblieft,' kreun ik als een brandende pijn zich begint te verspreiden. Tot mijn verbazing stopt Julian daadwerkelijk even.

'Ontspan, poesje,' zegt hij zacht. Hij streelt mijn been met een hand. 'Het is maar een klein speeltje. Als je je ontspant, doet het echt geen pijn.'

'Het gaat er toch om dat het me pijn doet?' Mijn stem klinkt bitter. 'Daar word je toch geil van?'

'Wil je dat ik je pijn doe?' Zijn stem is haast hypnotiserend, zo zacht. 'Daar word ik inderdaad geil van, dat klopt. Is dat wat je wilt, poesje? Wil je dat ik je pijn doe?'

Nee, dat wil ik niet. Dat wil ik absoluut niet. Ik schud haast onzichtbaar mijn hoofd en probeer me te ontspannen, maar dat lukt me niet echt. Het voelt gewoon... verkeerd, iets dat zich vanaf de buitenkant dáár naar binnen werkt.

Maar Julian lijkt tevreden met mijn medewerking. 'Goed zo,' mompelt hij zachtjes. 'Brave meid, daar gaan we...' Hij houdt de druk erop en het ding dringt langs de barrière van mijn kringspier, centimeter voor centimeter naar binnen.

Als hij er helemaal in zit, stopt Julian met duwen zodat ik aan het gevoel kan wennen.

Dat bestaat uit brandende pijn en een misselijkmakende volheid. Ik probeer oppervlakkig en rustig te ademen en me vooral niet te bewegen. Na een minuutje of wat trekt de pijn weg, waardoor alleen het desoriënterende gevoel van een vreemd object in mijn lichaam overblijft.

Julian laat de dildo zitten en begint me over mijn hele lichaam te strelen. Zijn aanraking is verbazingwekkend zacht. Hij begint bij mijn voeten, die een massage krijgen waardoor alle spanning eruit wegvloeit. Dan schuift hij door naar mijn kuiten en dijbenen, die allebei zo strak gespannen zijn als staalkabels. Zijn handen glijden vaardig en zeker over mijn lichaam.

Dit is de beste massage die ik ooit heb gehad. Ondanks alles wat er gebeurd is, voel ik dat mijn lichaam zich overgeeft aan zijn aanrakingen. Mijn spieren worden pap onder zijn vaardige strelingen. Tegen de tijd dat hij mijn nek en schouders bereikt, ben ik zo ontspannen als ik op dit eiland nog nooit ben geweest. Als ik niet geblinddoekt, vastgebonden en anaal verkracht was, zou ik gedacht hebben dat ik me in een kuuroord bevond.

Als hij twintig minuten later het speeltje er weer uit haalt, glijdt het naar buiten zonder dat ik er iets van voel. Hij duwt het er opnieuw in, en ik voel maar een klein beetje pijn. Het voelt voornamelijk... intrigerend, vooral wanneer zijn vingers opnieuw mijn klit beginnen te strelen.

Het genot dat die vingers me brengen, wijs ik niet af. Waarom zou ik? Doe mij maar seks in plaats van pijn. Julian gaat toch doen wat hij wil, en ik kan maar beter genieten wanneer het kan.

Ik duw alle gedachten aan hoe verkeerd dit is weg en richt me op wat ik voel. Met die blinddoek om zie ik toch niets, en ik kan hem niet echt afweren nu mijn handen op mijn rug zijn gebonden. Ik ben hulpeloos – en dat is eigenlijk heel bevrijdend. Ik hoef me niet druk te maken of na te denken. In plaats daarvan zweef ik in een donkere wereld, high van de endorfine die zijn massage in me losgemaakt heeft.

Hij neukt me met het speeltje in hetzelfde tempo als zijn vingers mijn klit masseren. De ritmische beweging windt me op, en ik kreun als de druk in mijn onderbuik bij elke stoot toeneemt. Dan wordt het me te veel; een explosie van genot slaat door me heen. Mijn spieren omklemmen de dildo en het ongewone gevoel wakkert mijn orgasme alleen maar aan. Ik schreeuw het uit en duw mezelf tegen Julians vingers. Dit mag eeuwig duren.

Helaas is het veel te snel voorbij en lig ik trillend en hijgend op het bed. Maar Julian is nog niet klaar met me. Nog lang niet. Als ik net een beetje bij begin te komen, haalt hij het speeltje uit me en voel ik een veel groter voorwerp in mijn achterste duwen. Als ik besef dat het zijn penis is, span ik onwillekeurig mijn spieren.

'Nora...' Er ligt een waarschuwende toon in zijn stem. Ik weet wat hij van me wil, maar ik weet niet of ik het kan. Ik weet niet of ik genoeg kan ontspannen om hem binnen te laten. Het is te veel: hij is te hard, te groot. Ik zie niet in hoe zoiets groots daar naar binnen kan dringen zonder iets kapot te maken.

Maar hij gaat gewoon door en mijn spieren maken ruimte omdat ze niet bestand zijn tegen zijn kracht. Zijn eikel dringt door mijn anus heen en ik geef een schreeuw als ik me bewust word van een heftig, brandend gevoel van rekken.

'Stil maar,' zegt hij troostend, terwijl hij langzaam verdergaat. 'Stil maar, het komt goed...'

Tegen de tijd dat hij helemaal in me zit, ben ik gereduceerd tot een trillend, zwetend hoopje mens. Niet alleen doet het pijn, het is ook de gewaarwording van iets dusdanig groots dat zich op die ongewone, ongemakkelijke manier naar binnen baant. Ik weet dat mensen dit doen – dat ze het zelfs lekker vinden – maar ik kan me niet voorstellen dat ik hier ooit van ga genieten.

Terwijl hij wacht tot ik aan het gevoel gewend ben, snik ik zachtjes in de matras. Ik wil gewoon dat het voorbij is. Gelukkig heeft hij geduld: zijn sterke handen strelen me tot ik ontspan. Ik stop met huilen als ik niet meer het gevoel heb dat ik ieder moment van mijn stokje kan gaan.

Maar hij voelt dat ik me ontspan en dan begint hij te bewegen, langzaam en zachtjes. Zijn zware ademhaling vertelt me dat hij zich inhoudt, dat hij waarschijnlijk harder wil stoten maar dat niet doet zodat hij me niet 'onherstelbaar beschadigt'. Desondanks voel ik iedere stoot als een stekende pijn, en ik schreeuw het uit.

Net als ik denk dat ik het niet meer aankan, glijdt hij met een hand onder ons om mijn toch al gezwollen klit weer te strelen. Zijn vingers zijn zacht en de aanraking is vederlicht. Al snel voel ik een bekende warmte tussen mijn benen ontstaan, ondanks de pijnlijke invasie in mijn achterste. Hij verdrijft de pijn niet, maar hij leidt me af met het genot. Ik heb nooit geweten dat pijn en genot zo dicht bij elkaar kunnen liggen. Er is iets heel verslavends aan die combinatie, iets dat een duistere kant in mij raakt waarvan ik het bestaan nooit heb vermoed.

Als hij het tempo opvoert, begint het beter te voelen. Misschien zijn mijn zenuwuiteinden inmiddels afgestorven – of raak ik eraan gewend – maar de pijn wordt minder en verdwijnt bijna. Na de pijn blijft er een heel scala aan sensaties over; vreemde, onbekende sensaties die op hun eigen manier intrigerend zijn. Daardoor, en door zijn vaardige handen die met me spelen, raak ik opgewonden tot ik het opnieuw uitschreeuw, tot ik Julian smeek me te laten klaarkomen.

En dat doet hij. Mijn lichaam verstrakt en dan word ik weggevaagd door mijn orgasme. Hij kreunt als mijn spieren zich om hem heen aanspannen en ik voel hoe zijn warme zaad zich in me verspreidt. Het prikt in mijn rauwe huid.

'Brave meid,' hijgt hij in mijn oor terwijl zijn penis verslapt.

Als hij een zacht kusje op mijn oorlel drukt, is dat tedere gebaar zo'n contrast met wat hij net heeft gedaan dat ik me gedesoriënteerd voel. Is dit normaal gedrag voor een ontvoerder? Ik voel me naakt en koud nadat hij zich heeft teruggetrokken, alsof ik de warmte van zijn lichaam op het mijne mis.

Maar hij laat me niet lang alleen. Hij maakt mijn handen los en streelt ze even. Dan maakt hij de blinddoek los.

Ik knipper tegen het zachte licht in de kamer en leun op mijn ellebogen.

'Kom,' zegt hij op zachte toon, en hij pakt me bij mijn bovenarm. 'Tijd om te gaan douchen.'

Ik laat me meetrekken naar de badkamer. Mijn benen trillen, dus eigenlijk ben ik blij dat hij me vasthoudt. Ik weet niet of ik het had gehaald als ik zelf had moeten lopen.

Hij zet de douche aan, wacht tot het water warm is en stapt dan samen met me in de grote douchecabine. Grondig wast hij mijn hele lichaam, tot alle sporen van glijmiddel en sperma verdwenen zijn.

Zelfs mijn haar wordt gewassen en de hoofdhuidmassage die hij me daarbij geeft, ontspant me. Als hij klaar is, voel ik me niet alleen schoon, maar ook verzorgd.

'Jouw beurt,' zegt hij, en hij giet wat douchegel op mijn ene handpalm.

'Wil je dat ik je was?' vraag ik ongelovig.

Hij knikt met een klein glimlachje.

Het water spoelt over hem heen en hij lijkt wel een schitterende zeegod. Een zeemonster, houd ik mezelf voor. Een prachtig zeemonster.

Hij kijkt me aan, nieuwsgierig of ik zal doen wat hij vraagt.

Ach, wat maakt het uit? Waarom zou ik hem niet wassen? Het zal me niets doen. En hoewel ik een hekel aan hem heb, ben ik nieuwsgierig naar zijn lichaam. Hem aanraken vind ik opwindend.

Ik verdeel de douchegel over mijn handen en laat ze vervolgens over zijn borst glijden, zeepresten over die gebronsde huid verspreidend. Als hij zijn armen optilt, was ik zijn zijden en oksels, voor ik doorga naar zijn rug.

Zijn huid voelt glad aan, behalve op die paar plaatsen waar zich donker haar bevindt. Sterke spieren spannen zich onder mijn vingers en ik geniet daadwerkelijk van wat ik doe. Ik kan even net doen of ik hier wil zijn, of deze mooie man mijn geliefde is in plaats van mijn ontvoerder.

Daarom was ik hem even grondig als hij mij, tot zijn voeten aan toe. Als ik bij zijn penis aankom, zie ik dat hij weer stijf is. Geschrokken houd ik mijn handen stil – ik had er niet aan gedacht dat mijn strelingen hem zouden opwinden.

Hij blijkt mijn reactie goed te kunnen peilen. 'Ontspan, poesje,' mompelt hij geamuseerd. 'Ik ben maar gewoon een man, hoor. Hoe lekker ik je ook vind, ook ik moet even bijkomen.'

Ik zeg niets maar draai me om zodat ik mijn handen kan afspoelen. Waar ben ik mee bezig? Hij had me niet eens gedwongen hem aan te raken. Ik deed het uit vrije wil. Ja, hij vroeg het, maar ik vermoed dat ik ditmaal hem niets had kunnen weigeren. Die duistere stemming die eerder deze avond om hem heen hing, is nu nergens meer te bekennen. Julian lijkt in een goed humeur en gedraagt zich bijna luchtig. Maar nu wil ik uit de douche, dus probeer ik langs hem te stappen.

Met een arm blokkeert hij mijn vlucht. 'Wacht even,' zegt hij zachtjes. Dan legt hij een hand onder mijn kin om hem te heffen. Hij buigt zijn hoofd en kust me zachtjes op mijn lippen.

Een bekende warmte stroomt door me heen. Ik wil mezelf tegen hem aanwrijven als een krolse poes.

Maar zo ver laat hij het niet komen. Na een minuut maakt hij zich met een glimlach van me los. Zijn blik is voldaan. 'Nu kun je gaan.'

Verward stap ik uit de douche. Ik droog me zo snel mogelijk af en vlucht naar mijn kamer.

HOOFDSTUK 13

Die nacht kom ik erachter dat Julian nachtmerries heeft.

Na de douche kruipt hij bij me in bed. Zijn sterke lichaam omringt me vanachter, hij slaat een zware arm over mijn borst.

Ik blijf stijfjes liggen omdat ik niet weet wat ik kan verwachten, maar hij valt gewoon in slaap tegen me aan. Het rustige ritme van zijn ademhaling is te horen in de donkere kamer, en langzaam sukkel ik ook in slaap.

Niet veel later wekt een vreemd geluid me. Ik was diep in slaap – mijn ogen vliegen open en mijn hart begint te bonzen. Wat was dat? Heel even durf ik zelfs geen adem te halen – tot ik besef dat de geluiden van de man naast me komen.

Ik ga zitten en kijk naar hem. Hij is van me weggerold in zijn slaap en heeft alle dekens naar zich toe getrokken. Ik ben naakt en heb het een beetje koud omdat de airco nog aanstaat.

Hij kreunt gesmoord, maar er zit een rauw randje aan het geluid, dat me kippenvel bezorgt. Hij klinkt als een gewond dier. Dan snakt hij naar adem.

'Julian?' vraag ik voorzichtig. Ik weet eigenlijk niet wat te doen. Moet ik hem wakker maken? Hij heeft duidelijk een nare droom. Ik herinner me dat hij me vertelde dat zijn familie vermoord was en een scheut van medelijden voor deze mooie, verwrongen man schiet door me heen.

Hij geeft een hese schreeuw en draait zich op zijn rug. Een arm slaat neer op het kussen naast hem, een paar centimeter van waar mijn hoofd net nog lag.

'Eh, Julian?' Voorzichtig raak ik zijn hand aan.

Hij mompelt wat en draait zijn hoofd weer, nog altijd diep in slaap.

Als we ergens anders waren dan op dit eiland, zou dit het perfecte moment zijn om te ontsnappen. Maar nu kan ik toch nergens heen. Daarom blijf ik naar Julian kijken, terwijl ik me afvraag of hij uit zichzelf wakker zal worden of dat ik echt moet proberen hem wakker te maken.

Heel even lijkt hij te kalmeren; zijn ademhaling wordt rustiger. Maar dan geeft hij weer zo'n schreeuw.

Ditmaal versta ik hem: het is een naam.

'Maria,' kreunt hij. 'Maria...'

Geschokt voel ik een vlaag van jaloezie opkomen. Maria... Hij droomt van een andere vrouw. Dan neemt mijn logische verstand het weer over. Maria kan ook zijn moeder of zijn zus zijn. En daarbij, zelfs als ze dat niet is, wat maakt het mij uit of hij van haar droomt? Het is niet alsof hij mijn vriendje is. Daarom verdruk ik de jaloezie en steek ik opnieuw mijn hand naar hem uit. 'Julian?'

Zodra ik hem aanraak, grijpt hij me vast. De beweging is zo onverwacht dat ik naar adem snak als hij me tegen zich aantrekt. Zijn greep is onbreekbaar en in de intensiteit van zijn omhelzing wurgt hij me bijna. Ik voel hem trillen als hij mijn gezicht tegen zijn schouder drukt. Zijn huid voelt koud en klam en ik hoor zijn hart bonzen.

'Maria,' mompelt hij in mijn haren.

Zijn vingers drukken zo stevig in mijn rug dat ik ervan overtuigd ben dat ik morgen blauwe plekken heb. Maar ik vind het niet erg, want hij doet het niet opzettelijk. Hij bevindt zich in de greep van zijn nachtmerrie en hij is duidelijk op zoek naar troost bij de enige die hem dat momenteel kan bieden: ik.

Na een tijdje wordt zijn ademhaling rustiger. Zijn armen ontspannen en de wanhoop verdwijnt uit zijn omhelzing. Ook zijn hartslag kalmeert. 'Maria.' Het klinkt minder gepijnigd nu, meer alsof hij goede tijden met haar herbeleeft.

Ik blijf stil zitten in zijn omhelzing zodat ik hem niet wek uit zijn slaap, die nu rustig lijkt. Hij is niet de enige die zich getroost voelt. Ondanks alles wat hij me heeft aangedaan, is er een deel van mij dat dit van hem wil: deze nabijheid, dit gevoel van veiligheid. Rationeel bekeken weet ik dat hij het enige is wat ik te vrezen heb. Maar dat doet er niet toe nu ik het gevoel heb dat hij de duisternis verjaagt, dat hij me beschermt tegen welke monsters er daarbuiten ook op me loeren. En ik bescherm hem in ruil daarvoor tegen zijn nachtmerries.

ALS IK DE VOLGENDE OCHTEND WAKKER WORD, IS JULIAN OPNIEUW VERDWENEN. 'WAAR IS HIJ?' vraag ik Beth als ze bezig is een mango te snijden voor het ontbijt. Als ik ga verzitten, voel ik het vanbinnen trekken – een herinnering aan de exotische uitspattingen van mijn ontvoerder.

'Een noodgeval op zijn werk,' zegt ze.

Haar handen bewegen zo gracieus dat ik niet anders kan dan er bewondering voor hebben.

'Over een paar dagen is hij wel terug.'

'Wat voor noodgeval?'

Beth haalt haar schouders op. 'Geen idee. Dat moet je Julian maar vragen als hij terug is.'

Ik bestudeer haar, in een poging te begrijpen wat haar beweegt – en Julian. 'Je zei dat ik het eerste meisje ben dat hij naar dit eiland heeft gebracht,' zeg ik zo nonchalant mogelijk. 'Wat heeft hij dan met de anderen gedaan?'

'Er waren geen anderen.' Ze legt de mango op een

bordje en zet het voor me neer. Dan gaat ze zitten om aan haar eigen ontbijt te beginnen.

'Waarom doet hij me dit dan aan? Ik weet dat hij bijzondere voorkeuren heeft, maar er zijn vast vrouwen die dat heel...'

Beths grijns toont me een rijtje rechte, witte tanden. 'Uiteraard. Maar hij wil jou.'

'Waarom? Wat is er zo bijzonder aan mij?'

'Dat moet je aan Julian vragen.'

Weer zo'n nietszeggend antwoord. Het is zo frustrerend dat ik het liefst wil gillen. Ik spies een stuk mango aan mijn vork en begin erop te kauwen terwijl ik Beths antwoorden overdenk. 'Komt het door Maria?' Ik weet niet precies waarom ik het vraag, maar ik krijg die naam niet uit mijn hoofd.

Maar blijkbaar was het de goede vraag, want Beth stopt met wat ze aan het doen is. 'Heeft Julian je over Maria verteld?' Ze klinkt geschokt.

'Hij heeft haar weleens genoemd.' Het is geen leugen. Niet echt. Hij noemde haar naam, ook al weet hij dat zelf niet meer. 'Waarom is dat zo'n verrassing voor je?'

Haar uitdrukking is weer normaal en ze haalt haar schouders op. 'Nu ik erover nadenk, is het dat ook niet. Als hij het toch aan iemand zou vertellen, zou het aan jou zijn.'

Aan mij? Waarom? Ik brand van nieuwsgierigheid maar ik dwing mezelf mijn uitdrukking neutraal te houden, alsof ik niets nieuws hoor. 'Juist,' antwoord ik kalm, en ik stort me weer op mijn mango.

'Je begrijpt het toch wel, Nora?' zegt ze terwijl ze me aankijkt. 'In elk geval een beetje. Je lijkt echt griezelig veel op haar. Ik heb de foto gezien en ze had je jongere zusje kunnen zijn.'

'Is de gelijkenis zo sterk?' Het kost me moeite om niet geschrokken te klinken. Mijn hart klopt in mijn keel. Beth heeft me zojuist meer informatie op een presenteerblaadje aangeboden dan ik had durven dromen.

Ze fronst. 'Heeft hij dat niet gezegd?'

'Nee. Hij zei niet veel over haar. Een klein beetje.' Haar naam, toen hij in de greep was van een nachtmerrie.

Beth kijkt me aan alsof ze beseft dat ze meer heeft verklapt dan ze had moeten doen. Heel even glijdt er een ongelukkige uitdrukking over haar gezicht, voor haar neutrale masker weer op zijn plaats schuift. 'Ach ja,' zegt ze. 'Nu weet je het dus. Je begrijpt dat ik het wel tegen Julian zal moeten zeggen, natuurlijk.'

Het stuk mango dat ik heb doorgeslikt, voelt plots aan als een steen in mijn keel. Ik wil dat ze Julian helemaal niets vertelt. Ik heb geen idee wat hij met me gaat doen als hij erachter komt dat ik van Maria weet, dat ik hem op zijn kwetsbaarst heb gezien. Mijn stomme nieuwsgierigheid ook. 'Waarom?' Ik probeer niet te nerveus te klinken. 'Hij wordt boos op jou, niet op mij.'

'Daar zou ik maar niet te zeker van zijn,' antwoordt Beth. De glimlach die ze me toewerpt, is bijna kwaadaardig. 'Trouwens, ik heb geen geheimen voor

Julian. Hij is er heel goed in om die uit iemand te krijgen als hij dat wil.' Dan staat ze op en begint ze aan de afwas.

De volgende twee dagen denk ik na over Maria en maak ik me zorgen om Julians terugkeer.

Wie is die Maria? Blijkbaar is ze iemand die sterk op me lijkt. Zo sterk dat ze mijn jongere zusje had kunnen zijn, volgens Beth. Hoe oud is dat meisje? Wat betekent ze voor Julian? De vragen blijven maar in mijn hoofd rondspoken. Ze houden me zelfs uit mijn slaap. Ik begrijp nu dat hij mij heeft ontvoerd omdat ik zo op haar lijk. Maar waarom? Wat is er met haar gebeurd? Waarom heeft hij nachtmerries over haar?

Ik wil het weten, begrijpen, maar tegelijkertijd ben ik doodsbang voor Julians reactie als hij erachter komt dat ik heb zitten vissen. Natuurlijk zou ik hem kunnen uitleggen dat ik het per ongeluk heb ontdekt, dat ik niet in zijn privéleven wilde rondspitten, maar tot dusver is mijn ontvoerder niet bepaald een begripvol type geweest.

Beth vertelt me verder niets meer over Maria. Feitelijk zegt ze sowieso heel weinig tegen me. Volgens mij is ze iemand die graag op zichzelf is. Als ik haar was, zou ik gek worden, zo vastzittend op dit eiland met niets anders te doen dan koken, schoonmaken en op Julians seksspeeltje passen. Zij lijkt er echter volkomen tevreden mee.

Ik niet. Totaal niet. Ik blijf maar aan mijn oude leven denken. Mijn familie, mijn vrienden – ik mis ze enorm. Waarschijnlijk zijn ze er inmiddels van overtuigd dat ik dood ben. Ze hebben vast een grote zoekactie voor me op touw gezet, maar ik denk niet dat iemand een aanwijzing heeft gevonden.

Daarnaast blijf ik maar aan Jake denken. Zou hij al hersteld zijn van die afranseling? Het zag er zo vreselijk uit. Weet Jake dat het mijn schuld was? Dat hij in zijn eigen huis werd aangevallen vanwege mij?

Als mijn gedachten die kant op gaan, dwing ik mezelf diep adem te halen. Het doet er niet toe of hij weet dat het mijn schuld was. Wat Jake en ik ook hadden, dat is voorbij. Ik hoor nu bij Julian, dus het heeft geen zin om aan een andere man te denken.

Op een vreemde manier heb ik geluk, eigenlijk. Daar ben ik me van bewust. Veel meisjes hebben het veel slechter dan ik. Ik heb ooit een documentaire gezien over seksslavernij. De beelden van die vrouwen met hun lege blikken spookten nog dagen door mijn hoofd. Ze waren gebroken, compleet verpletterd onder het gewicht van wat ze was aangedaan. Zelfs hun redding had het lijden dat op hun gezichten geëtst leek niet kunnen wegvagen.

Mijn gevangenschap is volkomen anders. Veel aangenamer, veel comfortabeler. Julian wil me niet breken en daar ben ik hem dankbaar voor. Ik ben wel zijn seksslavin, maar hij is de enige meester die ik heb. Het zou veel erger kunnen zijn.

Tenminste, dat houd ik mezelf voor terwijl ik wacht

tot hij terugkomt. Ik blijf maar hopen dat zijn reactie op mijn nieuwsgierige vragen niet zo erg is als ik vrees.

HOOFDSTUK 14

Julian komt midden in de nacht thuis. Ik moet in een lichte slaap zijn geweest, want ik word wakker zodra ik beneden stemmen hoor. De diepe stem van mijn ontvoerder wordt afgewisseld door Beths hogere tonen. Ik heb een vermoeden waar ze het over hebben.

Met bonzend hart ga ik rechtop zitten. Daarna spring ik uit bed, trek ik mijn kleren van gisteren aan en fris ik me even op in de badkamer. Ik heb geen idee waarom ik per se nu mijn tanden moet poetsen, maar ik doe het toch. Ik heb het gevoel dat ik zo wakker en voorbereid mogelijk moet zijn op wat Julian besluit me aan te doen. Als ik klaar ben, ga ik op het bed zitten wachten.

Eindelijk gaat de deur van de slaapkamer open en komt Julian binnen. Hij ziet er ongewoon moe uit, met donkere kringen onder zijn ogen en stoppels op zijn normaliter gladgeschoren kaak. Hoewel die dingen afbreuk zouden moeten doen aan zijn schoonheid, maken ze hem alleen menselijker – wat hem eigenlijk aantrekkelijker maakt.

'Je bent wakker.' Hij klinkt verrast.

'Ik hoorde stemmen,' leg ik uit. Achterdochtig neem ik hem op.

'En je besloot me te begroeten. Wat lief van je, poesje.'

Ik weet dat het spottend bedoeld is, dus ik houd mijn mond en kijk hem alleen maar aan. Hoewel mijn handpalmen zweterig aanvoelen, probeer ik zo kalm mogelijk over te komen.

Hij gaat naast me zitten en strijkt door mijn haren. 'Wat een lief poesje ben je toch,' mompelt hij terwijl hij me met een van mijn eigen lokken kietelt. 'Zo'n nieuwsgierige, kleine kitten...'

Mijn ademhaling versnelt en wordt oppervlakkiger. Wat gaat hij met me doen?

Hij staat op en begint zich uit te kleden.

Ik kijk toe, niet in staat me te bewegen vanwege een mengeling van angst en vreemde verwachting. Als ik zijn sterke, mannelijke lichaam ontkleed zie, rolt er een golf van verlangen door me heen. Ik wil hem. Ondanks alles wil ik hem en dat is nog het meest verknipte van alles. Hij gaat me waarschijnlijk weer iets vreselijks aandoen, en toch verlang ik meer naar hem dan ik me ooit had kunnen voorstellen. 'Heb je dit Maria ook aangedaan?' vraag ik zachtjes. 'Was zij ook je poesje?'

Hij kijkt me aan, zijn ogen even mysterieus blauw als de oceaan. 'Weet je zeker dat je het daarover wilt hebben, Nora?' Zijn stem is bedrieglijk zacht en rustig.

Maar ik voel me ongebruikelijk roekeloos en ik kijk hem strak aan. 'Nou, nu je het vraagt, Julian, ja.' Het klinkt bitter. Ik realiseer me dat een deel van mijn brutale gedrag voortkomt uit jaloezie. Ik vind het idee dat die Maria bijzonder was voor Julian afschuwelijk. Maar ook die realisatie houdt me niet tegen. 'Wie is ze? Een ander meisje dat je misbruikt hebt?'

Er glijdt een duistere uitdrukking over zijn gezicht. Ik houd mijn adem in, in afwachting van wat hij nu gaat doen. Ik probeer hem uit zijn tent te lokken. Ik wil dat hij me straft, me pijn doet. Dat heb ik nodig, want ik wil hem zien als een monster. Ik wil hem haten voor mijn eigen gemoedsrust.

Hij komt naast me op het bed zitten. Ik weiger ineen te krimpen als hij zijn handen om mijn hals legt. Hij leunt naar me toe en strijkt met zijn stoppelige kaken langs mijn wangen, steeds weer, alsof hij geniet van mijn zachte huid tegen die ruwe stoppels. Maar zijn handen liggen nog altijd om mijn nek. Hij oefent geen druk uit, maar het is een dreigement. Ik begin te trillen en mijn ademhaling versnelt als een angstige afwachting me in haar greep krijgt.

Als hij zacht grinnikt, voel ik zijn adem langs mijn oor strijken. Ondanks zijn vermoeide uiterlijk ruikt zijn adem fris, alsof hij op kauwgom heeft gekauwd. Ik sluit mijn ogen en probeer mezelf ervan te overtuigen dat Julian me niet echt wil doden, dat hij gewoon met me speelt.

Hij kust mijn oor en knabbelt zachtjes aan het lelletje. Dat plekje is gevoelig en mijn ademhaling wordt trager terwijl ik opgewonden raak. Ik ruik de warme, muskusachtige geur van zijn huid. Mijn tepels worden hard in reactie op zijn nabijheid. Het pulserende gevoel tussen mijn benen neemt toe en ik ga onrustig verzitten, op zoek naar een manier om de druk te verlichten.

'Je wilt me, hè?' fluistert hij terwijl hij een hand onder mijn rok laat glijden en zachtjes mijn vochtige schaamlippen beroert. Ik weet dat hij kan voelen hoe nat ik ben en ik kan nauwelijks een kreun onderdrukken als hij een vinger in me laat glijden en me daar plaagt. 'Ja, toch, Nora?'

'Ja.' Ik snak naar adem als hij een extra gevoelig plekje raakt.

'Wat ja?' Zijn stem is nu dwingend en ruw. Hij eist mijn volledige overgave.

'Ja, ik wil je,' fluister ik met een snik in mijn stem. Ik kan het niet ontkennen. Ik wil Julian. Ik wil de man die me ontvoerd heeft, die me pijnigt. Ik wil hem en ik walg van mezelf omdat ik hem wil.

Hij trekt zijn vinger terug en laat mijn hals los.

Verbijsterd open ik mijn ogen.

Hij legt zijn vinger tegen mijn lippen. Het is dezelfde vinger die hij zojuist in me heeft gestoken. 'Zuigen,' beveelt hij.

Gehoorzaam open ik mijn mond en zuig ik zijn vinger naar binnen. Ik proef mijn eigen verlangen en dat windt me alleen maar verder op.

Als hij tevreden is, trekt hij zijn vinger terug en

dwingt hij me met een hand onder mijn kin hem aan te kijken.

Ik staar terug, gehypnotiseerd door de donkerblauwe kleurschakeringen in zijn irissen. Mijn lichaam lijkt te branden van verlangen, te snakken naar zijn overheersing. Ik wil dat hij me neemt, dat hij die haast pijnlijke leegte in me opvult.

Maar hij kijkt me alleen maar aan. Een spottend lachje speelt om zijn lippen. 'Verwacht je dat ik je nu ga straffen, Nora?' vraagt hij op zachte toon. 'Is dat waar je op wacht?'

Ik knipper met mijn ogen bij het horen van die vraag. Natuurlijk is dat wat ik verwacht. Hij straft me ook als ik me goed gedraag en nu heb ik iets gedaan wat hem helemaal niet zint.

Blijkbaar is het antwoord op mijn gezicht af te lezen, want zijn glimlach wordt breder. 'Het spijt me dat ik je moet teleurstellen, poesje van me, maar ik ben veel te moe om je vanavond goed te kunnen straffen. Het enige wat ik nu van je wil, is je mond.' En met die woorden grijpt hij mijn haar en duwt me naar beneden zodat ik tussen zijn benen kniel, vlak voor zijn erectie. 'Zuigen,' mompelt hij terwijl hij op me neerkijkt. 'Net als mijn vinger.'

Ik heb ervaring met pijpbeurten – mijn ex-vriendje hield ervan – dus ik weet wat ik moet doen. Mijn lippen sluiten zich om zijn brede schacht, mijn tong liefkoost zijn eikel. Hij smaakt zoutig, muskusachtig, en ik kijk op naar zijn gezicht als ik zachtjes in zijn ballen knijp.

Hij kreunt. Zijn ogen vallen dicht en zijn greep op mijn haar verstevigt. Blijkbaar bevalt het hem, dus ga ik door en neem hem steeds een beetje dieper in mijn mond.

Op de een of andere manier vind ik het niet erg hem op deze manier genot te bezorgen. Eigenlijk geniet ik er zelfs van. Het is een illusie, maar ik heb het gevoel dat hij aan me overgeleverd is, dat ik degene ben die nu de touwtjes in handen heeft. Het is heerlijk om hem hulpeloos te horen kreunen terwijl ik mijn handen, lippen en tong gebruik om hem steeds weer tot het randje te brengen voordat ik weer stop. Het is heerlijk om de gepijnigde uitdrukking op zijn gezicht te zien als ik op zijn ballen zuig en ze hard voel worden in mijn mond. Het is heerlijk om hem te zien huiveren als ik met mijn nagels over zijn ballen strijk. Als hij eindelijk klaarkomt, is het zelfs heerlijk hoe hij mijn hoofd vastgrijpt om me op mijn plaats te houden terwijl zijn penis schokt in mijn mond.

Hij laat me los en ik kijk hem aan, zijn blik vasthoudend terwijl ik de laatste restjes sperma van mijn lippen lik.

Hijgend kijkt hij terug. 'Dat was lekker, Nora.' Het klinkt laag en hees. 'Heel lekker. Wie heeft je dat geleerd?'

Ik haal mijn schouders op. 'Ik was geen non voor ik jou kende,' flap ik eruit.

Zijn blik vernauwt zich en ik besef dat ik een vergissing heb begaan. Deze man geniet ervan dat hij mijn eerste was, dat ik hem toebehoor en niemand anders. Alle verwijzingen naar ex-vriendjes zijn uit den boze.

Maar tot mijn grote opluchting is hij niet van plan me ervoor te straffen. Hij trekt me omhoog, op het bed. Dan kleedt hij me uit, doet het licht uit en houdt me dicht tegen zich aan terwijl hij in slaap valt.

MIJN STRAF VINDT PAS DE VOLGENDE AVOND PLAATS. Julian is de hele dag aan het werk in zijn kantoor, dus ik zie hem pas bij het avondeten.

Op de een of andere manier ben ik niet zo bang meer voor hem als ik was. Dat korte intermezzo van gisteravond – en naderhand in Julians armen slapen – heeft mijn angst wat getemperd tot het punt waarop ik denk dat de straf niet zo erg wordt als ik vreesde. Hij leek niet bijzonder boos dat ik van Maria wist, wat een grote opluchting voor me is. Als ik me nou vandaag van mijn beste kant laat zien, straft hij me misschien helemaal niet.

Het avondeten is opnieuw gezamenlijk. Ik luister voornamelijk naar Julian en Beth, die de laatste ontwikkelingen in het Midden-Oosten bespreken. Het verrast me hoeveel ze van dat onderwerp weten. Voor mijn ontvoering zorgde ik altijd wel dat ik op de hoogte was van het nieuws, maar de namen van de meeste politici die ze noemen heb ik nog nooit gehoord. Aan de andere kant: als Julian een bedrijf heeft in internationale handel is het logisch dat hij vinger aan de pols houdt wat betreft de wereldpolitiek. Opnieuw krijgt mijn nieuwsgierigheid de overhand, en ik vraag Julian of hij vaak zakendoet met het Midden-Oosten.

Hij glimlacht naar me terwijl hij een garnaal aan zijn vork spiest. 'Ja, poesje, dat klopt.'

'Was je daarheen op zakenreis?'

'Nee,' zegt hij. Dan neemt hij een hap van zijn garnaal. 'Ditmaal was ik in Hongkong.'

Ik sla die informatie mentaal op. Blijkbaar is Hongkong dichtbij genoeg om naartoe te vliegen, zaken te doen en terug te vliegen in een tijdsbestek van twee dagen. Ik haal me een kaart van de Stille Oceaan voor de geest. Aardrijkskunde was nooit mijn sterkste vak, maar ik vermoed dat het eiland niet ver van de Filipijnen verwijderd is.

Beth reikt me een schaal gekruide aardappels aan voor bij de garnalen en ik bedank haar met een glimlach. Als Julian net terug is van een reis, hebben we een gevarieerder aanbod qua eten. Waarschijnlijk neemt hij voorraad mee.

Beth lacht terug; ze is in een goede stemming. In het algemeen is ze opgewekter en luchthartiger wanneer Julian in de buurt is. Het is vast niet leuk voor haar om de hele tijd met mijn humeur opgescheept te zitten. Je zou bijna medelijden met haar krijgen – bijna dan, hè.

'Ik ben nog nooit in Azië geweest,' zeg ik tegen Julian. 'Ziet Hongkong er net zo uit als in films?'

Julian grijnst naar me. 'Grotendeels wel. Het is

geweldig. Ik denk dat Hongkong een van mijn favoriete steden is. De architectuur is fascinerend en het eten...' Hij smakt met zijn lippen. 'Het eten is echt goddelijk.'

Hij wrijft over zijn buik en in weerwil van mezelf schiet ik in de lach.

De rest van het diner is al even gezellig. Julian vertelt grappige verhalen over de verschillende plaatsen in Azië die hij bezocht heeft. Ik luister geconcentreerd en slaak soms een kreet of schiet in de lach bij de wildere verhalen. Beth voegt soms iets toe, maar het is vooral Julian die aan het woord is. Het voelt alsof we een date hebben.

Net als de vorige keer dat we samen dineerden, val ik nu ook weer voor Julians charmes. Hij is niet zomaar charmant, hij is betoverend. Die charme bestaat uit meer dan alleen zijn uiterlijk, al is de fysieke aantrekkingskracht tussen ons niet te ontkennen. Wanneer hij lacht of me een oprechte glimlach toewerpt, krijg ik het helemaal warm. Het voelt alsof hij de zon is en ik me in zijn stralen mag warmen. Alles aan hem is aantrekkelijk: de manier waarop hij praat, zijn gebaren om zijn woorden kracht bij te zetten, de rimpeltjes in zijn ooghoeken als hij naar me lacht. Hij kan ook uitstekend verhalen vertellen.

We zitten drie uur lang aan tafel terwijl hij me vermaakt met zijn verhalen over Japan, waar hij een jaar lang woonde toen hij nog een tiener was. Ik wil niet dat het diner eindigt, en daarom rek ik het zo lang ik kan door wel viermaal van Beths fruitdessert op te scheppen. Julian weet ongetwijfeld dat ik tijdrek, maar hij lijkt het niet erg te vinden.

Maar uiteindelijk is al het eten op en begint Beth aan de afwas.

Als Julian naar me glimlacht, voel ik voor het eerst die avond een vlaag angst opkomen. Opnieuw bevat zijn glimlach die duistere ondertoon – en nu besef ik dat die er steeds al was, dat die er altijd is. De charmante man met wie ik net drie uur heb doorgebracht, bestaat alleen in mijn verbeelding.

Met diezelfde glimlach steekt hij zijn hand naar me uit. Het gebaar is hoffelijk, maar de rillingen lopen over mijn rug als ik de blik in zijn blauwe ogen herken. Opnieuw is hij die gevallen engel, een schoonheid aangetast door een vleugje kwaadaardigheid.

Ik moet slikken om de brok in mijn keel weg te krijgen, maar dan leg ik mijn hand in de zijne en laat ik me naar boven leiden. Dit voelt beter. Beschaafder. Ik kan de illusie van vrije wil nog een klein beetje langer vasthouden.

Als we in mijn kamer zijn, moet ik me uitkleden en op mijn buik op het bed gaan liggen. Opnieuw bindt hij mijn polsen op mijn rug en krijg ik een blinddoek voor en een stapel kussens onder mijn heupen. Hij nam me vorige keer ook in dit standje. Bij de herinnering aan die pijn – en zijn verrukking erover – verkrampt mijn hele lichaam.

Is dat wat hij nu ook gaat doen? Opnieuw anale seks? Dat is niet zo erg. Ik heb het vorige keer ook overleefd.

Wanneer ik de natte kou van het glijmiddel tussen mijn billen voel, probeer ik me dan ook te ontspannen zodat hij kan doen wat hij wil. Hij duwt een speeltje naar binnen. De invasie voelt vreemd, maar niet bijster pijnlijk. Dit kan ik wel hebben. Hij laat het speeltje zitten en begint me te masseren, net als de vorige keer. En net als de vorige keer raak ik opgewonden. Hij kust de achterkant van mijn nek, knabbelt op het gevoelige plekje bij mijn schouders en drukt kusjes op elke ruggenwervel die hij tegenkomt terwijl hij langzaam naar beneden afzakt. Tegelijkertijd laat hij een vinger in mijn vagina glijden, wat de spanning in mijn onderbuik alleen maar verhoogt.

Wanneer ik klaarkom, is mijn orgasme zo heftig dat mijn hele lichaam schokt en beeft. Terwijl ik lig bij te komen, voel ik een vlaag koude lucht tegen mijn rug: Julian is van me afgegaan.

De vurige klap op mijn achterste is even scherp als plots. Geschrokken geef ik een schreeuw. Ik probeer weg te rollen, maar ver kom ik niet. De tweede klap is nog pijnlijker dan de eerste wanneer die op mijn dijen belandt. Hij ranselt me ergens mee af. Ik weet niet wat het is, maar ik hoor het door de lucht suizen voor het mijn weerloze achterste raakt. Steeds weer word ik geslagen, terwijl ik snikkend probeer weg te komen.

Als hij het zat is me over het hele bed na te jagen, bindt hij mijn polsen boven mijn hoofd aan het houten hoofdbord van het bed vast.

'Julian, alsjeblieft. Het spijt me,' smeek ik. Ik wil niets liever dan dat hij ophoudt. 'Alsjeblieft. Het spijt me dat ik nieuwsgierig was. Ik zal het niet meer doen, echt. Alsjeblieft. Ik zal niet meer...'

'Uiteraard, poesje van me,' hijgt hij in mijn oor. Zijn adem verwarmt mijn nek. 'Maar je bent net zo nieuwsgierig als een jong katje. Soms moet je dingen gewoon laten rusten. Dat is voor je eigen bestwil, begrijp je?'

'Ja!' Ik begrijp het echt wel. 'Julian, alsjeblieft...'

'Sst,' sust hij me. Dan kust hij mijn hals weer. 'Accepteer je straf als een braaf meisje.' Opnieuw gaat hij van me af en zijn mijn rug en billen aan hem blootgesteld.

Ik probeer weg te kruipen, maar hij grijpt mijn enkels met één hand beet. Hij is veel sterker dan ik had durven vermoeden, want hij houdt zonder problemen mijn benen met één arm op hun plek terwijl hij me afranselt met de andere.

Ik hoor het suizen van het speeltje waarmee hij slaat en iedere keer als het me raakt, schreeuw ik het uit. Mijn achterste en mijn dijen lijken in brand te staan. De blinddoek is kletsnat van mijn tranen. Ik wil dat hij stopt, ik smeek het hem, maar Julian geeft geen gehoor aan mijn smeekbeden.

Het lijkt eeuwig te duren, tot ik te schor ben om te schreeuwen en te uitgeput om nog langer te vechten. Ik heb zelfs geen energie meer om mijn spieren aan te spannen... en gek genoeg lijkt dat de pijn te verzachten. Ik dwing mezelf te ontspannen, helemaal slap te worden. Dat maakt de pijn draaglijker. Iedere klap voelt minder als een beet, meer als een aai.

Terwijl de afranseling doorgaat, krimpt mijn wereld tot alleen dit moment overblijft. Ik kan niet meer denken; ik kan alleen nog maar voelen, alleen nog maar zijn. De ervaring is surrealistisch en vreemd genoeg verslavend tegelijk. Iedere zwiep brengt me een intense sensatie die me verder deze vreemde staat in zuigt tot ik het gevoel heb dat ik zweef. De pijn is niet langer ondraaglijk, maar juist geruststellend. Hij aardt me, geeft me wat ik op dit moment nodig heb. Een warme gloed verspreidt zich door me heen en al mijn zorgen en angsten verdwijnen. Ik heb nog nooit zo'n high als deze meegemaakt.

Als Julian stopt en me losmaakt, klamp ik me bevend aan hem vast. Zonder de blinddoek en de boeien voel ik me vreemd verloren en compleet overweldigd.

Het lijkt alsof hij weet wat ik nodig heb, want hij trekt me op zijn schoot en houdt me zachtjes vast terwijl ik tegen zijn schouder uithuil.

Wanneer ik langzaam uit mijn inzinking kom, word ik me bewust van zijn erectie. Die duwt tegen mijn pijnlijke, bonzende achterste. De dildo zit er ook nog steeds. Die warme gloed in me voelt anders nu, sensueler van aard.

Julian schijnt mijn veranderde stemming aan te voelen. Hij draait me zo dat ik recht op zijn schoot kom te zitten.

Mijn handen voelen zijn krachtige schouderspieren onder zijn huid bewegen. Mijn benen zijn gespreid, waardoor zijn eikel tegen mijn opening duwt. Hij glijdt heen en weer tussen mijn schaamlippen en mijn klit, wat me alleen maar verder opwindt. Ik kreun zacht en werp mijn hoofd in mijn nek wanneer hij langzaam bij me binnendringt. Dankzij het speeltje in mijn anus lijkt hij nog groter dan normaal. Zijn omvang vult me volledig. Maar het voelt goed, zo goed. Kreunend span ik mijn spieren rondom zijn penis aan. Hij hijgt en sluit zijn ogen. Ik doe het nog een keer, op zoek naar meer.

Als hij zijn ogen opent, boren ze zich met een intense blik in de mijne.

Zijn hele gezicht staat gespannen, zo opgewonden is hij. Ik kijk onbeschaamd terug, gefascineerd door het rauwe verlangen dat ik daar zie. Hij is nu evengoed mijn slaaf als ik de zijne ben. Die gedachte voel ik tot diep in mijn kern, die alleen maar heter lijkt te worden.

Hij legt een hand op mijn wang om de laatste tranen weg te vegen. Dan kust hij me, tederder dan ik ooit ben gekust. Ik verdrink in die kus. Zijn genegenheid is als een drug; ik smacht ernaar met een heftigheid die ik zelf niet begrijp.

Mijn ogen vallen dicht, mijn handen begraven zich in zijn haar. Dat is vol en zacht als satijn. Ik leun naar voren zodat mijn borsten contact maken met zijn gespierde borst. De ruwe huid voelt verrukkelijk tegen mijn gevoelige tepels. Zijn lippen voelen warm en stevig aan en zijn penis is zo groot dat het lijkt of hij me helemaal opvult.

Al kussend begint hij zachtjes te bewegen. Iedere stoot stuurt schokgolven van hitte door mijn lichaam. Maar iedere keer als mijn achterste over zijn benen schuurt, word ik herinnerd aan de afranseling van eerder. Nu zijn mijn kreuntjes niet van genot, maar van pijn. Zijn mond absorbeert het geluid, stort zich op de mijne met een onbeteugelde honger.

Zijn hand grijpt mijn haren vast wanneer zijn kus dwingender wordt, zijn stoten heftiger, tot de spanning in me zich tot een ondraaglijk punt opbouwt. Met zijn andere hand duwt hij de dildo dieper in mijn achterste.

Mijn orgasme is zo heftig dat ik geen geluid kan uitbrengen. Heel even word ik opgeslokt door zulk genot dat het haast pijnlijk is in al zijn extase. Mijn schokkende lichaam zendt Julian over de rand.

Naderhand houdt hij me tegen zich aan. Zijn hand streelt mijn zweterige haar. Ik voel hem kleiner worden in me, en dan haalt hij zachtjes het speeltje uit mijn anus.

Hij helpt me opstaan en brengt me naar de douche.

HOOFDSTUK 15

Opnieuw wast hij me met zorg, me strelend tot ik me ontspan. Hij is heel voorzichtig met de pijnlijke huid rond mijn billen en dijen. Tot mijn grote opluchting is mijn huid onbeschadigd. Mijn achterste is roze met hier en daar een rode zwelling, maar er zijn geen bloedsporen te zien. Het zal wel bij blauwe plekken blijven. Na me te hebben schoongepoetst en afgedroogd brengt hij me naar bed. Hij is stil.

Ik ook. Ik voel me nog steeds een beetje vreemd. Het voelt alsof mijn geest en lichaam gedeeltelijk van elkaar gescheiden zijn. Het enige dat me bijeenhoudt, is Julians zachte aanraking.

Eenmaal in bed doet Julian het licht uit, zodat we omringd worden door duisternis. Ik moet op mijn buik liggen, want de andere kant is te pijnlijk. Hij trekt me tegen zich aan zodat mijn hoofd op zijn borst rust en mijn arm over zijn ribben ligt.

Ik sluit mijn ogen en wil niets liever dan me overgeven aan de vergetelheid van de slaap.

'Mijn vader was een van de machtigste drugsbazen van Colombia.'

Julians adem kietelt de haartjes op mijn voorhoofd, al kan ik hem nauwelijks verstaan. Ik was al half in slaap, maar nu ben ik prompt wakker. Mijn hart bonkt in mijn borst.

'Toen ik vier jaar oud was, begon hij me op te leiden zodat ik het later van hem kon overnemen. Op zesjarige leeftijd hield ik voor het eerst een wapen vast.' Julian zwijgt even en strijkt met een hand door mijn haar. 'Ik doodde voor het eerst toen ik acht was.'

Vol afschuw blijf ik liggen waar ik lig, te geschokt om me te verroeren.

'Maria was de dochter van een van de mannen van mijn vader,' gaat Julian verder. Zijn stem is laag en emotieloos. 'Ik leerde haar kennen toen ik dertien was en zij twaalf. Zij was alles wat ik niet was: mooi, lief en onschuldig. In tegenstelling tot mijn vader hielden haar ouders haar weg van alles wat met hun echte levens te maken had. Ze wilden dat ze zo lang mogelijk kind bleef, dat ze niets wist van de gruwelen in deze wereld. Maar ze was slim, net als jij. Nieuwsgierig. Heel nieuwsgierig...'

Zijn stem sterft weg alsof hij een herinnering voor zich ziet. Dan gaat hij verder met zijn verhaal. 'Een zekere dag volgde ze haar vader om te zien waar hij naartoe ging. Ze verborg zich in de kofferbak van zijn auto. Ik vond haar daar omdat het mijn taak was om op de uitkijk te staan, om de ontmoetingsplek te bewaken.'

Ik durf nauwelijks adem te halen. Vertelt Julian me dit allemaal echt? Waarom nu? Waarom deze avond?

'Ik had het tegen haar vader kunnen zeggen en dan had ze flink in de problemen gezeten. Maar ze smeekte zo aandoenlijk, keek me zo lief aan met die grote bruine ogen van haar, dat ik het gewoon niet kon. In plaats daarvan droeg ik een van mijn vaders mannen op haar naar huis te brengen.

'Daarna kwam ze met opzet mee om mij te zien. Ze wilde me beter leren kennen, zei ze. Ze wilde vrienden worden.' Julians stem klinkt ongelovig, alsof hij zich niet kan voorstellen dat iemand dat zou willen.

Mijn hart zwelt van medelijden voor het jongetje dat hij eens geweest is. Had hij vrienden gehad, of had zijn vader hem die ook afgenomen, net als de rest van Julians jeugd?

'Ik probeerde haar te vertellen dat ze niets bij me te zoeken had, dat het een slecht idee was, maar ze wilde niet luisteren. Bijna elke week zocht ze me ergens op, tot ik mijn weerstand liet varen en tijd met haar begon door te brengen. We gingen samen vissen. Ze leerde me tekenen.' Weer zwijgt hij even, nog altijd mijn haren strelend. 'Ze kon heel goed tekenen.'

'Wat is er met haar gebeurd?' vraag ik als hij langere tijd stil is. Mijn stem klinkt schor. Ik schraap mijn keel en probeer het nogmaals. 'Wat is er met Maria gebeurd?'

'Een van de rivalen van mijn vader kwam erachter

dat ze met me omging. We hadden zijn opslag leeggehaald en hij was woedend. Daarom besloot hij mijn vader een lesje te leren... via mij.'

Al mijn haartjes gaan overeind staan. Ik heb een vermoeden waar dit heen gaat en ik wil Julian vragen te stoppen, niet verder te vertellen, maar ik kan geen woord uitbrengen.

'Haar lichaam werd gevonden in een steeg naast een van de gebouwen van mijn vader.' Zijn stem klinkt kalm, maar ik hoor de smart die erachter zit. 'Ze was verkracht en verminkt. Het was een boodschap aan mijn vader en mij: oprotten.'

Ik knijp mijn oogleden samen om de tranen binnen te houden, maar het lukt me niet. Ongetwijfeld voelt Julian mijn tranen op zijn borst. 'Een boodschap? Aan een dertienjarig jongetje?'

'Tegen die tijd was ik al veertien.' Een bittere glimlach klinkt door in zijn stem. 'Leeftijd deed er niet toe. Niet voor mijn vader en niet voor zijn rivaal.'

'Wat vind ik dat erg voor je.' Ik weet niet wat te zeggen. Ik zou graag om ze huilen: om hem, om Maria, om dat jongetje dat op zo'n gruwelijke wijze zijn vriendin verloor. En ook om mezelf, want nu begrijp ik mijn ontvoerder beter; nu begrijp ik dat die smet op zijn ziel zwarter is dan ik me ooit had kunnen voorstellen.

Als Julian beweegt, besef ik dat ik mijn nagels in zijn schouder heb geboord. Ik dwing mezelf los te laten en diep adem te halen. Ik moet me beheersen. Het is dat, of een potje ongecontroleerd janken.

'Ik heb ze gedood.'

Hij zegt het op nonchalante toon, maar ik voel de spanning in zijn lichaam.

'De mannen die haar verkrachtten. Ik heb ze opgespoord en gedood, een voor een. Ze waren met z'n zevenen. Daarna stuurde mijn vader me weg; eerst naar Amerika, toen naar Azië en Europa. Hij was bang dat al dat moorden slecht zou zijn voor de zaken. Ik kwam pas jaren later terug, toen mijn moeder en hij waren omgebracht door een andere concurrent.'

Ik moet diep adem blijven halen om niet over mijn nek te gaan. 'Is dat de reden dat je geen Spaans accent hebt?' Het is een absurde vraag en ik weet niet goed waarom ik die nu stel.

Maar blijkbaar is het een goede zet, want Julian ontspant een beetje. 'Ja. Gedeeltelijk in elk geval, poesje van me. Daarnaast was mijn moeder Amerikaans. Ze leerde me al op jonge leeftijd Engels.'

'Ze was Amerikaans?'

'Ja. Ze was lang, blond en mooi, een succesvol model toen ze jong was. Ze ontmoetten elkaar in New York tijdens een zakenreis van mijn vader. Hij charmeerde haar en pas nadat ze getrouwd waren vertelde hij haar wat hij daadwerkelijk voor werk deed.'

'Wat deed ze toen?' Waarschijnlijk richt ik me op de verkeerde dingen, maar ik wil niets liever dan mezelf afleiden van de gruwelijke beelden die door mijn hoofd spoken, beelden van een dood meisje dat een jongere versie van mezelf is...

'Ze kon niets doen,' antwoordt Julian. 'Ze was met hem getrouwd en woonde in Colombia.'

Meer zegt hij niet, maar dat hoeft ook niet. Ik begrijp zo ook wel dat zijn moeder net zo goed een gevangene was als ik. Maar zij had tenminste nog voor haar gevangenis gekozen.

Een paar minuten blijven we zwijgend liggen. Ik heb geen slaap meer. Ik weet niet of ik vannacht kan slapen. De pijn in mijn achterste is niet te vergelijken met de wanhoop in mijn hart.

'Is dat wat jij nu ook doet? Drugs verhandelen?' Uiteindelijk verbreek ik met die vraag de stilte. Blijkbaar zat ik er niet ver naast met mijn oorspronkelijke gedachte dat hij lid was van de maffia of een andere criminele organisatie.

'Nee,' zegt hij tot mijn verrassing. 'Dat werd beëindigd toen mijn ouders werden gedood. Ik ben een andere richting ingeslagen met het familiebedrijf.'

'Wat voor richting?' Ik weet nog dat hij iets over import en export heeft gezegd, maar ik kan me Julian niet als een simpele elektronicaverkoper zien. Niet na wat ik zojuist over zijn jeugd heb gehoord.

Hij grinnikt alsof mijn vasthoudendheid hem amuseert. 'Wapens,' zegt hij dan. 'Ik handel in wapens, Nora.'

Dat verrast me. Ik weet het een en ander over drugsdealers via een aantal populaire televisieprogramma's, maar van de wapenhandel weet ik helemaal niets. Ik vermoed dat Julian het niet over een paar geweertjes zo hier en daar heeft. Ik wil hem van alles vragen over zijn beroep, maar tegelijkertijd is er iets wat ik eerst wil weten nu Julian zo open is. 'Waarom heb je me ontvoerd? Omdat ik je aan Maria doe denken?'

'Ja,' zegt hij zacht, en het geluid van zijn stem omhult me als een warme sjaal. 'Toen ik je in die club zag, leek je zo erg op haar dat het griezelig was. Maar je was ouder en mooier dan zij. Ik wilde je. Ik had je nodig. Voor het eerst in jaren voelde ik iets. Maar de emoties die jij in me opriep leken in niets op wat ik ooit voor haar voelde. Zij was mijn vriendin, maar jij...' Zijn borst verschuift onder mijn hoofd als hij diep inademt. 'Jij moest de mijne zijn, Nora. Toen ik je die dag aanraakte, toen ik je zachte huid voelde, wilde ik je. Ik wilde die strakke kleren van je lijf rukken en je daar op de vloer van die club keihard neuken. En ik wilde je pijn doen op de manier waarop ik vrouwen soms pijnig, waar ze me om vragen... Ik wilde je horen schreeuwen, zowel van genot als van pijn.'

Zijn hand speelt nog altijd met mijn haar en het gebaar kalmeert me voldoende om verder te luisteren. Zo in het donker lijkt het allemaal niet echt. Alleen Julian en zijn stem zijn er nog. Hij vertelt me dingen die een normaal mens bang zouden maken, maar die mij opwinden.

'Ik heb je naar dit eiland gebracht omdat dit de veiligste plek is voor je. Mijn zakenpartners zijn altijd op zoek naar tekenen van zwakte en jij, poesje van me, bent mijn zwakke plek. Ik heb nog nooit zoiets voor iemand gevoeld. Ik ben nog nooit...' Hij zwijgt even alsof hij op zoek is naar het juiste woord. '...zo verdomd geobsedeerd geweest. De gedachte dat een andere man je aanraakte of kuste, maakte me gek. Ik probeerde weg te blijven, probeerde je te vergeten, maar ik moest je zien tijdens je diploma-uitreiking. En toen ik je zag, wist ik dat jij het ook voelde, die connectie tussen ons. Ik kon niet anders dan je meenemen zodat je voor altijd de mijne zou zijn.'

Zijn woorden overspoelen me als een warme golf en ik huiver als een haast ongezonde opwinding zich meester van me maakt. Een deel van mij – een verwrongen deel van mij – geniet ervan dat ik bijzonder voor hem ben, dat hij zich even onweerstaanbaar tot mij aangetrokken voelt als ik me tot hem. Het spoort me aan ook iets van mezelf bloot te geven. 'Ik was bang voor je,' zeg ik zacht. 'In de club en ook bij mijn diploma-uitreiking.'

'Alleen maar bang?' Hij klinkt geamuseerd en ongelovig tegelijk.

'Ik voelde me ook tot je aangetrokken,' geef ik toe. Blijkbaar is dit het moment voor dergelijke onthullingen. Trouwens, hij kent de waarheid al: ik verlang naar hem, ondanks mijn angst. Ik wilde hem al toe ik hem voor het eerst zag en niets van wat hij tot dusver heeft gedaan, heeft daar verandering in gebracht.

'Mooi.' Hij streelt zachtjes mijn rug. 'Dat is mooi, poesje van me. Dat maakt het makkelijker voor ons allebei.'

Makkelijker? Daar moet ik even over nadenken.

Het is makkelijker voor hem, dat zie ik zo ook wel in. Maar voor mij? Daar ben ik niet zo zeker van. 'Heb je ooit contact gehad met mijn familie?' Ik weet nog dat hij me dat toen beloofd had. 'Weten ze dat ik nog leef?'

'Ja.' Zijn hand glijdt verder naar mijn onderrug. 'Dat weten ze.'

Ik vraag me af wat hij ze verteld heeft. Hoe ze reageerden. Heeft dat het makkelijker voor ze gemaakt, of juist moeilijker? 'Laat je me ooit nog gaan?' Ik weet het antwoord al, maar ik wil het hem horen zeggen.

'Nee, Nora,' zegt hij. Ik hoor de glimlach in zijn stem. 'Nooit meer.'

Dan trekt hij me dichter tegen zich aan. Zo blijven we liggen tot we uiteindelijk allebei in slaap vallen.

HOOFDSTUK 16

In de maanden die volgen, ontwikkelt het leven op het eiland zich volgens een bepaalde routine. Als Julian er is, is hij het middelpunt van mijn wereld. Zijn stemmingen, behoeften en verlangens vormen mijn dagen.

Hij is een onvoorspelbare minnaar: nu eens mild, dan weer wreed.

Soms is hij allebei. Die combinatie vind ik bijzonder pijnlijk. Ik weet wat hij me aandoet, maar dat begrip maakt me er niet minder afhankelijk van. Hij leert me pijn met genot te associëren, te genieten van wat hij me aandoet, hoe schokkend of pervers ook. En naderhand biedt hij me altijd die bizarre tederheid. Hij keert me binnenstebuiten, scheurt me uiteen en maakt me weer heel, en dat allemaal in één nacht.

En ik moet toegeven dat het werkt. Ik geef me vrijwillig aan hem over, smacht zelfs naar de high die een brute sessie me geeft. Julian zegt dat ik van nature onderdanig ben en sluimerende masochistische neigingen bezit. Ik weet niet of ik hem geloof – of ik hem wel wil geloven – maar tegelijkertijd kan ik niet ontkennen dat iets aan zijn manier van de liefde bedrijven bij me lijkt te passen. Seksspeeltjes, zwepen, stokken... Hij heeft ze allemaal al eens op me gebruikt en ik heb op een zekere manier ervan genoten.

Maar hij is niet altijd sadistisch. Soms is hij zelfs lief voor me: hij masseert me, kust me en bedrijft dan de liefde met me wanneer ik gek word van verlangen. Op zulke dagen wil ik het eiland niet meer verlaten. Dan wil ik alleen dat Julian me vasthoudt, me koestert... van me houdt, op zijn eigen, verwrongen manier.

Wellicht is dat nog het meest bizarre van alles: ik snak naar de liefde van mijn ontvoerder. Ik weet niet eens of hij wel in staat is van iemand te houden, maar toch heb ik dat van hem nodig. Hij verlangt naar me, dat weet ik, maar dat is niet voldoende. Op de een of andere manier is mijn haat voor hem verdwenen en ik weet niet wanneer of hoe dat gebeurd is. Ik ben het niet eens met mijn gevangenschap, maar die gevoelens staan los van mijn gevoelens voor Julian.

Ik kijk uit naar zijn bezoeken aan het eiland in plaats van ze te vrezen. Zijn zaken houden ons vaker gescheiden dan ik zou willen en ik begin te begrijpen hoe een huisdier zich voelt terwijl het wacht tot zijn baasje thuiskomt.

'Kun je niet vaker hiervandaan werken?' vraag ik hem op een ochtend als we samen wakker worden.

Tegenwoordig slaapt hij altijd bij me. Hij houdt me graag vast 's nachts, dat helpt tegen zijn nachtmerries.

'Ik doe op afstand wat ik kan. Wil je graag dat ik hier blijf, poesje?'

De blik die hij me toewerpt is koel en spottend. Hij houdt er niet van als ik het over zijn werk heb. Dat deel van zijn leven lijkt hij voor me te willen afschermen, zoals hij in het algemeen Beth en mij afgeschermd houdt van de nare kanten van deze wereld. Beth weet waar Julians bedrijf in handelt, uiteraard, maar ik weet niet of zij iets weet van de wereld van wapenhandel.

'Ja,' zeg ik eerlijk. 'Ik wil graag dat je hier bent.' Wat kan ik anders zeggen? Julian weet precies wat ik voor hem voel. Hij kan me heel goed inschatten... en manipuleren. Ik weet gewoon dat hij geniet van mijn groeiende afhankelijkheid van hem en dat hij zijn best doet om die stimuleren.

Bij het horen van mijn woorden krullen zijn lippen dan ook om tot een sensuele glimlach. 'Goed, schatje,' zegt hij. 'Ik zal proberen vaker hier te zijn.' En dan leunt hij naar me toe voor een kus die me helemaal week maakt vanbinnen.

IEDERE DAG LIJKT MIJN OUDE LEVEN EEN STUKJE VERDER WEG, tot het langzaam verdwijnt in de mist die het verleden heet. Als Julian er niet is, houd ik mezelf bezig met zwemmen, lezen en rondtrekken over het eiland. Soms ga ik met Beth mee vissen. Julian heeft een grote tv met een dvd-speler meegebracht, evenals honderden films, dus ook bij slecht weer hebben Beth en ik iets te doen.

Hoewel Beth en ik nog altijd niet bepaald vriendinnen zijn, zijn we wel wat nader tot elkaar gekomen. Ik denk dat ze blij is dat ik niet langer probeer te ontsnappen. Sinds mijn mislukte poging haar de hersens in te slaan – en Julians afschuwelijke wraak op Jake – ben ik een modelgevangene.

Het zou dan ook waanzin zijn om iets anders te proberen. Zelfs tijdens Julians bezoeken staat het vliegtuig in een afgesloten hangar aan de andere kant van het eiland. De sleutel van de hangar bewaart hij waarschijnlijk in zijn kantoor, waar alleen hij erbij kan. Zelfs al zou ik bij die sleutel en die van het vliegtuig kunnen komen, er ligt waarschijnlijk geen instructieboek in het vliegtuig. Ik zou er dus nog niet mee kunnen vliegen.

Nee, mijn ontvoerder wist precies wat hij deed toen hij me hierheen bracht. Het is de perfecte gevangenis.

De dagen worden weken, de weken maanden. Ik ga op zoek naar nieuwe manieren om mijn tijd te vullen en niet aan Julian te hoeven denken als hij er niet is.

Eerst begin ik weer met hardlopen. Ik begin met korte afstanden om te zorgen dat ik mijn knie niet opnieuw blesseer. Als dat goed gaat, voer ik zowel het tempo als de afstand op. Ik ga 's ochtends vroeg of 's avonds laat hardlopen, wanneer het niet zo warm is, en het duurt niet lang voor ik weer in topvorm ben, net als toen ik nog atletiekwedstrijden liep. Ik doe de vijf kilometer in minder dan zeventien minuten en daar ben ik absurd blij mee.

Daarnaast begin ik met schilderen. Niet omdat Julian zei dat Maria goed was in tekenen, maar omdat ik het zowel leuk als ontspannend vind. Op school vond ik tekenen ook wel leuk, maar ik had het te druk met rondhangen met mijn vriendinnen om er buiten school iets mee te doen. Nu heb ik echter tijd zat, dus ik leer mezelf fatsoenlijk tekenen en schilderen. Julian brengt allerlei schildersspullen voor me mee, evenals lesmateriaal. Het duurt dan ook niet lang voor ik druk bezig ben het eiland op canvas vast te leggen.

'Weet je, je hebt talent,' zegt Beth op een dag peinzend. Ze is naast me komen staan op veranda terwijl ik bezig ben aan een schilderij dat de zonsondergang boven de oceaan afbeeldt. 'Je hebt die kleuren precies goed getroffen: stralend oranje en dan dat donkere roze.'

Ik glimlach naar haar. 'Vind je dat echt?'

'Ja, ik meen het,' zegt Beth ernstig. 'Het gaat je goed af, Nora.'

Volgens mij doelt ze op meer dan alleen het schilderij. 'Bedankt,' zeg ik droog. Dat is pas een vaardigheid om trots op te zijn: het goed doen in gevangenschap.

Ze grijnst terug en voor het eerst heb ik het gevoel dat we elkaar begrijpen. 'Graag gedaan.'

Dan loopt ze naar de bank en haalt een boek tevoorschijn.

Ik kijk haar even na en richt me dan weer op mijn

schilderij. Terwijl ik probeer de schitteringen op het water weer te geven, denk ik na over het raadsel dat Beth vormt.

Ze vertelt heel weinig over haar verleden, maar ik heb het idee dat het eiland een soort toevluchtsoord voor haar is, een asiel. Julian is de redder die haar uit een vijandige, nare buitenwereld heeft gehaald. 'Mis je het niet om eens lekker te gaan winkelen?' vroeg ik haar een keer. 'Uit eten gaan met vriendinnen? Gaan stappen? Jij bent geen gevangene; jij kunt hier weg wanneer je wilt. Waarom ga je niet met Julian mee op een van zijn reizen? Iets leuks doen voor je hier weer moet zitten?'

Ze lachte me uit. 'Stappen? Iets leuks? Mannen me laten betasten, is dat leuk?' Haar stem kreeg een spottende toon. 'Moet ik dan gaan winkelen om make-up en sexy kleding te kopen zodat ik er mooi uitzie voor ze? En vervuiling, schietpartijen, berovingen? Mis ik dat ook?' Lachend schudde ze haar hoofd. 'Nee, bedankt. Ik ben volkomen gelukkig waar ik ben.' Meer wilde ze er niet over kwijt.

Ik weet niet wat haar zo cynisch heeft gemaakt, maar volgens mij heeft Beth geen leuk leven gehad. We zaten *Pretty Woman* te kijken en ze bleef maar opmerkingen maken over hoe echte prostitutie totaal niet te vergelijken is met het sprookje dat ze daar lieten zien. Ik heb het niet gevraagd, maar ik ben wel nieuwsgierig. Was ze vroeger een prostituee?

Ik leg mijn kwast neer en kijk nog eens naar Beth. 'Mag ik jou schilderen?'

Verbaasd kijkt ze op. 'Je wilt mij schilderen?'

'Dat klopt.' Het is weer eens wat anders dan al die landschappen waar ik mee bezig ben geweest – en misschien krijg ik de kans haar wat beter te leren kennen.

Heel even kijkt ze me aan, dan haalt ze haar schouders op. 'Goed, wat jij wilt.'

Ze lijkt zowaar een beetje onzeker, dus ik werp haar een bemoedigende glimlach toe. 'Je hoeft niets te doen. Blijf maar gewoon zitten met je boek, het is een mooi plaatje zo.'

En dat klopt. De zonsondergang geeft haar rode haren een vlammende gloed. Met haar benen onder zich ziet ze er jong en kwetsbaar uit, veel toegankelijker dan normaal.

Ik zet mijn schilderij van de zonsondergang op de grond en plaats een nieuw doek op de ezel. Ik begin met een schets: de symmetrische trekken van haar gezicht, de slanke lijnen en rondingen van haar lichaam. Ik word zo in beslag genomen door wat ik aan het doen ben dat ik pas stop wanneer het te donker wordt om iets te zien.

'Ben je klaar voor vandaag?'

Ik besef ineens dat Beth al een uur in dezelfde houding zit. 'Ja, natuurlijk,' zeg ik snel. 'Bedankt dat je model wilde zitten.'

'Geen probleem.' Als ze opstaat, glimlacht ze oprecht naar me. 'Zin in het avondeten?'

Drie dagen lang werk ik aan Beths portret. Ze is een geduldig model, en ik heb het zo druk ermee dat ik nauwelijks aan Julian denk. Alleen 's nachts mis ik hem, als ik in mijn eentje in het grote, koude bed lig. Dan hunker ik naar zijn omhelzing.

Hij heeft me zo verslaafd aan hem gemaakt dat een week zonder hem als een straf voelt – een straf die veel erger is dan de seksuele martelingen die hij me tot dusver heeft aangedaan.

'Heeft Julian gezegd wanneer hij terugkomt?' vraag ik Beth als ik de laatste hand aan het schilderij leg. 'Hij is al zeven dagen weg.'

Ze schudt haar hoofd. 'Nee, maar hij komt terug zodra hij kan. Je weet dat hij niet weg kan blijven bij je, Nora.'

'Werkelijk? Heeft hij zoiets gezegd?' Ik hoor de gretigheid in mijn stem en geef mezelf mentaal een schop. Hoe zielig kun je zijn? Misschien moet ik 'dom meisje dat voor haar ontvoerder is gevallen' op mijn voorhoofd laten tatoeëren. Aan de andere kant hebben vast niet veel ontvoerders Julians dodelijke charme, dus misschien moet ik een beetje milder zijn voor mezelf.

Gelukkig zegt Beth niets van mijn overduidelijke bevlieging. 'Dat hoeft hij niet te zeggen,' zegt ze. 'Het is overduidelijk.'

Ik leg mijn kwast even neer. 'Vind je? Op welke manier?' Dit gesprek vervult een behoefte die ik me nog niets eens gerealiseerd had: kletsen met een andere vrouw over mannen en hun onbegrijpelijke emoties.

'Kom op, zeg.' Beth klinkt een beetje geërgerd nu.

'Jij weet ook dat Julian helemaal gek van je is. Als ik met hem praat, is het Nora dit en Nora dat... Heeft Nora iets nodig? Eet Nora wel goed?'

Ze weet Julians lage stem op een grappige manier na te doen en ik lach naar haar. 'Heus? Dat wist ik echt niet.' Werkelijk niet. Ik weet dat Julian me graag neemt en dat hij een zekere obsessie voor me heeft omdat ik zo sterk op Maria lijk, maar ik wist niet dat hij verder ook aan me dacht.

Beth rolt met haar ogen. 'Ja, vast. Je bent echt niet zo naïef als je je voordoet. Ik zag je wel tijdens het diner, knipperend met die lange wimpers om hem om je vingertje te winden.'

Ik kijk haar zo onschuldig mogelijk aan. 'Wat? Echt niet.'

'Ja, hoor.' Beth lijkt niet in het minst voor de gek gehouden.

Maar ze heeft gelijk, ik flirt inderdaad met Julian. Nu ik niet langer zo bang voor hem ben, probeer ik weer bij hem in een goed blaadje te komen. Ergens in mijn achterhoofd blijft de hoop bestaan dat hij me een keer meeneemt van het eiland af als hij me maar genoeg vertrouwt of genoeg om me geeft.

Toen ik dit voor het eerst bedacht, tijdens het begin van mijn gevangenschap, speelde ik toneel. Ik zou ontsnapt zijn zodra ik van het eiland af zou zijn gekomen, wat ik hem ook beloofd mocht hebben. Maar nu weet ik niet eens zeker wat ik zou doen als Julian me mee zou nemen op reis. Zou ik hem verlaten? Wil ik dat wel? Ik weet het echt niet. 'Ben jij ooit verliefd geweest?' vraag ik Beth. Ik pak mijn kwast weer op.

Heel even glijdt er een sombere uitdrukking over haar gezicht. 'Nee,' zegt ze kortaf. 'Nooit.'

'Maar je hebt wel van iemand gehouden, toch?' Ik weet niet waarom ik het vraag, maar blijkbaar raak ik een gevoelige snaar: Beth krimpt ineen alsof ik haar geslagen heb.

Maar in plaats van tegen me te snauwen, knikt ze alleen maar. 'Ja,' zegt ze dan zachtjes. 'Ja, Nora, ik heb van iemand gehouden.' Haar ogen lijken te glanzen door een waas van onvergoten tranen.

Ze lijdt. Wat er ook met haar gebeurd is, het heeft diepe, onherstelbare mentale wonden achtergelaten. Dat stekelige gedrag is niet meer dan een manier om zichzelf te beschermen. Nu is dat masker even afgegleden en zie ik de vrouw die eronder zit. 'Wat is er gebeurd?' Mijn stem is zacht en vriendelijk. 'Wat is er gebeurd met degene van wie je hield?'

'Ze stierf.' Beths toon is emotieloos, maar ik hoor de eindeloze pijn die erachter zit. 'Mijn dochter stierf toen ze twee was.'

Ik haal diep adem. 'Dat vind ik afschuwelijk, Beth. God, wat erg... Het spijt me.' Ik leg mijn kwast neer, loop naar Beth toe en omhels haar.

Even blijft ze stil zitten, alsof ze niet gewend is aan menselijk contact, maar ze duwt me niet weg.

Ze heeft dit nodig. Ik weet beter dan wie ook hoe fijn een knuffel is als je je geen raad weet met je emoties. Julian vindt het heerlijk om me wanhopig te maken en me dan te troosten. 'Het spijt me,' zeg ik nogmaals, zacht over haar rug wrijvend. 'Het spijt me zo.'

Langzaam neemt de spanning in Beths lichaam wat af. Ze laat zich door me troosten. Na een tijdje is ze weer zichzelf. Meteen laat ik haar los, zodat ze zich niet ongemakkelijk voelt.

Ze schuift wat op en werpt me een klein, beschaamd glimlachje toe. 'Sorry, Nora. Ik wilde niet...'

'Het geeft niet,' onderbreek ik haar snel. 'Het spijt mij dat ik nieuwsgierig was. Ik had geen idee...'

En dan kijken we elkaar aan in het besef dat we nog urenlang onze excuses zouden kunnen aanbieden maar dat het niets verandert aan de situatie.

Beth sluit even haar ogen. Als ze ze weer opent, zit het masker weer op zijn plek. Ze is weer mijn cipier, onafhankelijk en beheerst. 'Avondeten?' vraagt ze terwijl ze opstaat.

'Je vangst van vanochtend lijkt me lekker,' zeg ik luchtig. Ik sta op en loop terug naar mijn schilderspullen.

We gaan verder met onze bezigheden alsof er niets is gebeurd.

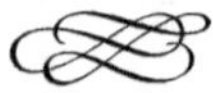

HOOFDSTUK 17

Na die dag merk ik een subtiel maar duidelijk verschil in mijn relatie met Beth. Ze sluit me niet meer zo bewust buiten, dus leer ik de persoon achter de muur kennen.

'Ik weet dat jij denkt dat je het zwaar hebt,' zegt ze op een dag tijdens het vissen, 'maar geloof me, Julian geeft echt om je. Je hebt geluk dat je iemand als hij in je leven hebt.'

'Geluk? Waarom?'

'Omdat Julian niet echt een monster is, wat hij ook gedaan moge hebben,' zegt ze ernstig. 'Hij gedraagt zich niet altijd op een sociaal aanvaardbare manier, maar hij is niet kwaadaardig.'

'O nee? Wat is dat dan?' Ik ben oprecht nieuwsgierig naar Beths definitie van dat woord. Julians acties zijn wat mij betreft typisch kwaadaardig – mijn stomme gevoelens voor hem daargelaten.

'Kwaadaardigheid is iemands kind vermoorden,'

zegt Beth met een blik op het helderblauwe water. 'Kwaadaardigheid is je dertienjarige dochter verkopen aan een Mexicaans bordeel...' Even zwijgt ze; dan vervolgt ze: 'Julian is niet kwaadaardig. Neem dat maar van me aan.'

Ik weet niet wat ik moet zeggen, dus kijk ik naar de golven die op de kust beuken. Ik kan nauwelijks ademhalen. 'Heeft Julian je van een kwaadaardige persoon gered?' Ik vraag het pas als ik mijn stem weer vertrouw.

Ze kijkt me aan. 'Ja,' zegt ze dan zachtjes. 'Dat klopt. Hij heeft het kwaad vernietigd. Hij gaf me een wapen en liet mij de mannen doden die mijn dochtertje vermoordden. Zie je, Nora, hij redde een afgedankte, gebroken straathoer en gaf haar haar leven terug.'

Ik wend mijn blik niet af, al heb ik het gevoel dat ik vanbinnen ineenstort. Kotsmisselijk voel ik me. Ze heeft gelijk: ik weet niets van echt lijden. Ik kan onmogelijk begrijpen wat zij heeft moeten doormaken.

Ze glimlacht naar me als ze mijn geschokte stilzwijgen opmerkt. 'Het leven is een verwrongen potje roulette,' zegt ze zacht, 'waarin het wiel maar draait en de verkeerde nummers steeds vallen. Je kunt erom huilen wat je wilt, maar je kunt niet winnen.'

Ik moet slikken om de brok in mijn keel weg te krijgen. 'Dat is niet waar,' zeg ik hees. 'Zo is het niet altijd. Er bestaat ook een andere wereld, die van normale mensen, waar niemand je pijn wil doen...'

'Echt niet,' zegt Beth bars. 'Dat is een illusie. Die wereld is even echt als een Disneysprookje. Misschien ben jij iemands prinsesje geweest, maar voor de meeste mensen gaat dat niet op. Normale mensen lijden. Ze lijden, ze gaan dood en ze verliezen degenen van wie ze houden. Ze doen elkaar pijn. Ze staan elkaar naar het leven als de brute roofdieren die ze eigenlijk zijn. Er is geen licht zonder duisternis, Nora, en uiteindelijk valt de nacht voor ons allemaal.'

'Nee.' Ik geloof haar niet. Ik weiger haar te geloven. Dit eiland, Beth, Julian: zij wijken af van de norm. 'Nee, dat is niet...'

'Zo gaat het,' zegt Beth. 'Je bent je er misschien nog niet van bewust, maar zo is het leven nu eenmaal. Jij hebt Julian net zo hard nodig als hij jou. Hij kan je beschermen, Nora. Hij zorgt dat je veilig bent.' Daar lijkt ze volkomen van overtuigd.

'Goedemorgen, poesje van me,' klinkt een bekende stem in mijn oor.

Als ik wakker ben, zie ik Julian naast me zitten. Hij komt zo te zien uit een vergadering, want hij draagt een overhemd in plaats van zijn gebruikelijke vrijetijdskleding. Ik voel een golf van vreugde opkomen. Met een glimlach sla ik mijn armen om zijn nek om hem tegen me aan te trekken.

Hij legt zijn hoofd tegen mijn hals en zijn gewicht duwt me in de matras, waarop ik me hongerig tegen hem aan duw.

Mijn tepels worden hard en ik voel een

vloeibare warmte tussen mijn benen. Mijn hele lichaam is klaar voor hem, alleen omdat hij in de buurt is.

'Ik heb je gemist,' fluistert hij in mijn oor.

Een rilling van genoegen gaat door me heen. Ik kan een kreun van genot nauwelijks onderdrukken als hij op een gevoelig plekje bij mijn sleutelbeen knabbelt. 'Ik vind het heerlijk als je zo warm bent. Zo zacht, zo slaperig, zo van mij.' Hij laat kussen op mijn borst en schouders neerdalen.

Als hij zijn mond om mijn rechtertepel sluit, kreun ik hardop. Hij weet precies wat ik lekker vind. Zijn hand glijdt onder de lakens en vindt het plekje tussen mijn dijen, waar hij zijn vinger tussen mijn schaamlippen door naar mijn klit laat glijden. 'Kom voor me, Nora,' beveelt hij zacht.

Als hij op mijn klit duwt, barst mijn lichaam uiteen alsof het zijn bevel gehoord heeft.

'Brave meid,' fluistert hij. Hij gaat door met wat hij aan het doen is, mijn orgasme zo lang mogelijk rekkend. 'Wat ben je toch een braaf, lief meisje...'

Als mijn lichaam tot bedaren is gekomen, begint hij zichzelf uit te kleden.

Ik neem hem hongerig in me op, volledig door hem in beslag genomen. Hij is zo waanzinnig knap. God, wat wil ik hem graag in me voelen. Hij trekt eerst zijn overhemd uit, waardoor zijn brede schouders en wasbordje zichtbaar worden. Ik kan me gewoon niet inhouden. Met trillende hand reik ik naar de rits van zijn nette broek.

Hij haalt diep adem als mijn hand lang zijn stijve penis strijkt.

Zodra ik hem uit zijn kleding bevrijd heb, laat ik mijn vingers langs zijn schacht glijden en neem ik zijn eikel in mijn mond.

'Verdomme, Nora,' kreunt hij. Zijn vingers boren zich in mijn achterhoofd en hij stoot naar voren. 'Jezus, schatje, dat is lekker...'

Hij strijkt door mijn haren, de klitten ontwarrend, en langzaam neem ik hem verder in mijn mond, verder en verder. Ik dwing mezelf om te slikken zodat hij zo ver mogelijk kan komen.

'O hemel...'

Zijn hese gekreun verrukt me. Zachtjes knijp ik in zijn ballen. Alleen hun gewicht in mijn handpalm voelen is al zalig. Zijn penis wordt nog stijver en ik weet dat hij op het punt staat om klaar te komen. Tot mijn verbazing trekt hij zich terug en zet een stap achteruit.

Hij hijgt, maar toch weet hij zich lang genoeg te beheersen om de rest van zijn kleren uit te trekken en om op me te komen liggen. Met een hand dwingt hij mijn polsen boven mijn hoofd, tegelijkertijd zijn stijve penis tegen mijn kwetsbare opening duwend.

Hij ziet er fantastisch uit: wild en ongetemd, zijn donkere haren in de war en zijn knappe gezicht strak van verlangen. Ik zie nu al dat hij niet erg voorzichtig met me zal zijn.

Dat klopt. Met een harde stoot neemt hij me. Hij dringt zo diep in me dat ik naar adem snak. Het voelt alsof hij me in tweeën wil scheuren. Desondanks reageert mijn lichaam vol enthousiasme op hem door meer vocht te produceren, zijn toegang makkelijker te maken. Hij neemt me hard en heftig, zonder enige terughoudendheid of voorzichtigheid. Ik schreeuw het uit, maar het zijn schreeuwen van genot, en ik kom nog een keer klaar voor hij me eindelijk volspuit.

TIJDENS HET ONTBIJT VOELT HET EEN BEETJE BEURS DAARBENEDEN, maar ik voel me uitstekend. Julian is er, dus ben ik volmaakt tevreden.

Hij lijkt ook in een goede stemming. Hij plaagt me met het feit dat ik een heel seizoen *Friends* in een week heb gekeken en vraagt me naar mijn laatste rondetijden met hardlopen. Al dat sporten bevalt hem wel – of beter gezegd, het resultaat ervan bevalt hem.

Ik ben fysiek gezien in de beste staat van mijn leven en dat is te zien. Mijn lichaam is slank en gespierd. Ik ben het levende voorbeeld dat een dieet van goed eten, veel frisse lucht en regelmatige inspanning goed voor je is. Mijn donkere haar bevat geen gespleten puntjes en mijn huid is glad en gebruind. Ik kan me niet herinneren wanneer ik voor het laatst een puistje had.

'Mijn laatste tijd op de vijf kilometer was 16:20,' vertel ik hem met trots. 'Dat redden zelfs veel jongens niet.'

'Dat klopt,' zegt hij. Zijn blauwe ogen stralen van plezier. 'Ik waarschijnlijk ook niet.'

'Echt?' Het idee Julian ergens in te kunnen verslaan is intrigerend. 'Wil je het proberen? Ik wil best een wedstrijdje met je doen.'

'Niet doen hoor, Julian,' zegt Beth met een lach. 'Ze is echt snel. Ze was al snel, maar nu is ze een soort raket.'

'O, ja?' Hij trekt een wenkbrauw op. 'Een soort raket, hè?'

'Klopt.' Ik werp hem een uitdagende blik toe. 'Wedstrijdje doen? Of ben je daar te laf voor?'

Beth kucht even, waarbij het woord 'watje' duidelijk hoorbaar is.

Julian gooit haar grijzend wat brood toe. 'Houd je mond, verrader.'

Ik lach om ze en gooi een stukje brood naar Julian, tot Beth op ons begint te mopperen.

'Zeg, ik moet het allemaal opruimen, hè,' bromt ze.

Julian belooft haar te helpen met de kruimels opvegen. Zijn charmantste glimlach verzacht haar humeur meteen.

Als hij in zo'n stemming is, is zijn charme haast tastbaar; zo overweldigend dat ik vergeet in wat voor situatie ik me bevind. Ergens in mijn achterhoofd weet ik wel dat het allemaal nep is. Ik weet dat dit gevoel van connectie, dat deze kameraadschap, een luchtspiegeling is, maar dat lijkt er elke dag minder toe te doen. Soms heb ik het gevoel dat ik uit twee mensen besta: het meisje dat verliefd is op de mooie, meedogenloze moordenaar die nu aan de ontbijttafel zit en de vrouw die vol afschuw de situatie bekijkt.

Na het ontbijt trek ik mijn sportkleding aan: een sportbeha en een sportbroekje. Dan ga ik een boek lezen op de veranda om mijn eten te laten zakken voor ik me ga inspannen. Julian gaat naar zijn kantoor. Zijn werk staat niet stil als hij hier is. Een imperium in illegale wapenhandel moet constant gemonitord worden.

Hoewel Julian het nauwelijks over zijn werk heeft, ben ik de afgelopen maanden toch het een en ander te weten gekomen. Voor zover ik het heb begrepen, staat mijn ontvoerder aan het hoofd van een internationale organisatie die zich gespecialiseerd heeft in de productie en distributie van hypermoderne wapens en bepaalde soorten elektronica. Zijn klanten zijn zowel privépersonen als organisaties die niet op een legale manier aan wapens kunnen of willen komen.

'Hij handelt met een aantal hele gevaarlijke klootzakken,' vertelde Beth me een keer. 'Voor het grootste deel psychopaten. Die zou ik voor geen goud vertrouwen.'

'Waarom doet hij dit dan?' vroeg ik. 'Hij is rijk zat. Het geld heeft hij toch niet nodig...'

'Het gaat hem ook niet om het geld,' legde Beth uit. 'Het gaat om hem om de spanning, de uitdaging. Mannen als Julian leven daarvoor.'

Soms vraag ik me af of dat is wat Julian van me wil: de uitdaging me te laten buigen voor zijn wil, me zo vormen dat ik word wat hij verlangt. Is het opwindend, de gedachte dat ik zijn gevangene ben en hij met me kan doen wat hij maar wil? Gaat het hem om het illegale aspect?

'Zullen we?' Julians stem onderbreekt mijn gedachtegang. Als ik opkijk, staat hij naast me, gekleed in niets meer dan een zwarte sportbroek en een paar sportschoenen. Perfect gevormde spieren tekenen zich af op zijn torso. Zijn goudkleurige huid glanst in de zon. Eigenlijk wil ik me opnieuw op hem storten.

'Eh, ja.' Ik sta op, leg mijn boek neer en begin me te rekken om op te warmen. Vanuit mijn ooghoeken zie ik Julian hetzelfde doen. Zijn lichaam is waanzinnig in vorm en ik vraag me af wat hij doet om zo fit te blijven. Hier heb ik hem nog nooit zien sporten.

'Sport je als je op reis bent?' vraag ik hem terwijl ik hem schaamteloos bekijk als hij zich verrassend lenig naar voren buigt om zijn tenen aan te raken. 'Hoe blijf je zo fit?'

Julian grijnst naar me als hij weer overeind komt. 'Ik train met mijn mannen mee wanneer ik maar kan. Dat zou je een vorm van sporten kunnen noemen.'

'Je mannen?' Ik moet meteen denken aan de rotzak die Jake in elkaar sloeg. Maar die herinnering maakt me misselijk, dus duw ik hem weg. Ik wil nu niet aan zulke dingen denken. Soms moet ik mijn nieuwe leven indelen in compartimenten, met het goede gescheiden van het slechte. Dat is mijn overlevingsmechanisme.

'Mijn bodyguards en andere werknemers,' wijdt Julian uit terwijl we naar het strand lopen. Ons tempo is stevig, want we moeten goed opwarmen voor de race. 'Sommigen zijn voormalig mariniers. Een training met die jongens is niet bepaald een eitje.'

'Je traint met mariniers?' Ik kijk hem verbluft aan. 'Je maakte dus een grapje daarstraks. Natuurlijk kun je me verslaan in een hardloopwedstrijd.'

Zijn mond krult zich in een ondeugende – en uiterst verleidelijke – glimlach. 'Geen idee, poesje van me,' zegt hij zacht. 'Maakte ik een grapje? Waarom probeer je het niet gewoon?'

'Goed dan,' zeg ik. Ik ben vastbesloten mijn uiterste best te doen. 'Laten we een wedstrijdje doen.'

WE BEGINNEN DE RACE BIJ EEN BOOM DIE IK SPECIAAL DAARVOOR GEKOZEN HEB. Aan de andere kant van het eiland staat een boom die de finish vormt. Als we op het strand lopen, langs de oceaan, is het precies vijf kilometer.

Ik stel mijn stopwatch in, Julian telt tot vijf en daar gaan we, beginnend met een redelijk tempo dat nog niet onze topsnelheid is. Mijn spieren passen zich snel aan de beweging aan en ik voer het tempo langzaam op, tot ik sneller loop dan ik meestal doe op dit punt. Julian blijft naast me lopen; zijn lange benen zorgen dat hij me met gemak bij kan houden.

We praten niet, al gluur ik vanuit mijn ooghoeken naar hem. Halverwege baad ik in het zweet en loop ik te hijgen, terwijl mijn knappe ontvoerder de indruk maakt nauwelijks enige inspanning te leveren. Hij is echt fantastisch in vorm. Druppeltjes zweet laten zijn spieren glinsteren bij iedere beweging. Hij loopt in een regelmatig ritme, met iedere stap netjes op de bal van zijn voet landend. Ik ben jaloers op zijn soepele passen en zou willen dat ik slechts een kwart van zijn kracht en uithoudingsvermogen bezat.

De laatste kilometer zet ik echt aan. Ik wil proberen hem te verslaan, hoewel ik weet dat het zinloos is. Hij is niet eens buiten adem, terwijl ik moeite moet doen om nog genoeg zuurstof binnen te krijgen. Hij voert het tempo ook op en hoe hard ik ook ren, ik kan hem niet afschudden. Hij lijkt aan me vastgeplakt te zitten.

Tegen de tijd dat we bijna bij de boom zijn, druip ik van het zweet. Iedere spier in mijn lichaam schreeuwt om zuurstof. Ik sta op het punt om in te storten, maar toch zet ik nog een sprint in richting de finish.

Net als ik de bast wil aanraken om mezelf tot winnaar uit te roepen, slaat Julians hand tegen de boom; hij is me letterlijk een seconde voor.

Geërgerd draai ik me om, maar dan word ik tegen de boom geduwd.

Julian torent boven me uit. 'Hebbes,' zegt hij. Zijn ogen stralen, zijn ademhaling is vrijwel normaal.

Hijgend probeer ik hem weg te duwen, maar hij gaat niet opzij.

In plaats daarvan duwt hij een knie tussen mijn benen en leunt hij naar me toe. Met zijn handen tilt hij mijn knieën op zodat ik tussen hem en de boom ingeklemd zit. Zijn erectie schuurt tegen mijn onderbuik in deze positie. Blijkbaar vond hij ons wedstrijdje opwindend.

Nog altijd naar adem snakkend, grijp ik me aan zijn schouders vast. Ik kan nauwelijks nog staan en hij wil seks?

Daar lijkt het wel op, want hij zet me neer en trekt mijn korte broek en slipje uit. Zijn eigen kleding volgt. Mijn benen trillen zo hevig dat ik nauwelijks kan blijven staan. Dit is onvoorstelbaar. Wie wil er nou seks meteen na een wedstrijd? Het enige wat ik wil, is gaan liggen en liters water drinken.

Maar Julian is duidelijk iets anders van plan. 'Op je knieën,' zegt hij hees.

Hij duwt me naar beneden voor ik iets heb kunnen doen. Ik plof op mijn knieën en moet mijn handen op de grond zetten om niet om te vallen. Maar ik lijk in deze houding iets gemakkelijker te kunnen ademen en ik zuig dankbaar zuurstof naar binnen. Mijn hoofd tolt vanwege de hitte en de inspanning. Ik hoop maar dat ik niet van mijn stokje ga.

Een sterke arm ondersteunt mijn heupen. Dan voel ik zijn penis tegen mijn achterste duwen. Duizelig en trillend wacht ik op zijn stoten. Mijn verraderlijke vagina is natuurlijk alweer nat en meer dan klaar voor hem. Het is belachelijk dat mijn lichaam zo op Julian reageert, zelfs wanneer ik zo uitgeput ben als nu.

Hij veegt mijn natte haren uit mijn hals om me daar te kunnen kussen. Zijn zware lichaam bedekt het mijne. 'Weet je,' fluistert hij, 'je bent prachtig als je hardloopt. Ik wilde dit al doen na de eerste kilometer.'

Met die woorden komt hij in me. Zijn brede schacht rekt me uit, vult me volledig. Ik geef een schreeuw en klauw in de aarde als hij heftig in me begint te stoten. Zijn handen omklemmen mijn heupen. Mijn hele wezen concentreert zich op het ritmische stoten van zijn heupen, het genot dat vermengd is met pijn vanwege de ruwheid ervan. Ik heb het gevoel dat ik vanbinnen in brand sta, een verzengende combinatie van warmte en lust. De druk in me bouwt zich op tot het ondraaglijk wordt en ik mijn hoofd in mijn nek gooi om mijn extase uit te schreeuwen... en dan wordt het zwart voor mijn ogen.

Als ik bijkom, lig ik op Julians schoot. Hij zit met zijn rug tegen de boom en geeft me kleine slokjes water om te zorgen dat ik me niet verslik. 'Gaat het, schatje?' Hij lijkt oprecht bezorgd.

'Eh, ja.' Mijn keel voelt droog aan, maar in het algemeen voel ik me beter, al schaam ik me dood dat ik daadwerkelijk ben flauwgevallen.

'Ik had niet door dat je zo uitgedroogd was,' zegt hij met een frons. 'Waarom ben je zo ver over je grenzen gegaan?'

'Omdat ik wilde winnen,' geef ik toe. Ik laat mijn ogen dichtvallen en snuif de geur van zijn huid op. Hij ruikt naar een vreemd genoeg behoorlijk aantrekkelijke combinatie van seks en zweet.

'Drink nog wat water,' zegt hij.

Ik open mijn ogen en neem nog wat slokjes wanneer hij een flesje aan mijn lippen zet. Het flesje komt uit de koelbox die ik aan deze kant van het eiland heb staan zodat ik water kan drinken na het hardlopen.

Na een paar minuten en een heel flesje water voel ik me goed genoeg om terug te lopen naar het huis, maar dat staat Julian niet toe.

Zodra ik opsta, bukt hij zich en tilt me moeiteloos op, alsof ik een pop ben. 'Armen om mijn nek,' beveelt hij.

Ik sla mijn armen om zijn nek en laat me naar huis dragen.

HOOFDSTUK 18

DE VOLGENDE OCHTEND WORD IK WAKKER VAN EEN ZALIGE VOETMASSAGE. Het voelt zo fantastisch dat ik heel even denk dat ik droom. Uit deze droom wil ik niet ontwaken. Maar de sterke vingers die mijn voetzool kneden zijn echt, en ik kreun van genoegen als elke teen met precies de juiste hoeveelheid kracht wordt bewerkt.

Als ik uiteindelijk mijn ogen open, zit Julian op het bed, verrukkelijk naakt en met een flesje massageolie in zijn ene hand. Hij giet wat in zijn andere hand en begint mijn enkels en kuiten te masseren. 'Goedemorgen,' bromt hij tevreden terwijl hij me aankijkt.

Ik kijk terug, al kan ik van verbazing geen geluid uitbrengen. Julian heeft me wel vaker gemasseerd, maar dat was altijd om me te laten ontspannen voor hij me iets vreselijks ging aandoen. Hij heeft me er nog nooit op zo'n fijne manier mee gewekt. Er ligt een halve glimlach rond zijn sensuele mond en ik word er een beetje nerveus van. 'Julian?' vraag ik voorzichtig. 'Wat ben je aan het doen?'

'Ik masseer je,' zegt hij geamuseerd. 'Ontspan je en geniet ervan.'

Ik kijk toe als hij zijn handen over mijn kuiten laat glijden. Hij heeft grote, sterke handen. Mannelijke handen. Mijn benen lijken heel slank en vrouwelijk in zijn handen, hoewel ik goedgevormde kuitspieren heb van het hardlopen. Het eelt op zijn palmen schraapt zacht over mijn huid en de gedachte dat dit de handen van een moordenaar zijn, dringt zich onverwacht aan me op.

'Draai je eens om,' zegt hij met een zacht rukje aan mijn benen.

Ik rol om, nog steeds een beetje zenuwachtig. Wat is hij van plan? Wat Julian betreft zit ik niet op verrassingen te wachten.

Hij begint de achterkant van mijn benen te kneden. Zonder aarzeling pikt hij de plekjes eruit die het meest geleden hebben onder onze wedstrijd van gisteren.

Ik kreun zachtjes als de gespannen spieren loskomen onder zijn vaardige vingers. Desondanks kan ik me niet helemaal ontspannen; daar is Julian veel te onvoorspelbaar voor.

Blijkbaar merkt hij mijn onrust op, want hij buigt zich naar me toe en zegt zachtjes: 'Het is maar een massage, poesje van me. Maak je niet zo druk.'

Dat stelt me wel een beetje gerust en daarom laat ik me wat meer ontspannen in de matras zakken. Julian heeft fantastische handen; ik heb professionele massages gehad die hierbij niet eens in de buurt kwamen. Hij is volledig op me ingespeeld, lijkt het, met aandacht voor iedere verandering in mijn ademhaling, iedere beweging van mijn spieren... Na enkele minuten maak ik me niet druk meer om zijn gedrag; ik geniet gewoon van de ervaring.

Als mijn hele lichaam gemasseerd is en ik als een ontspannen poeltje tevredenheid op het bed lig te soezen, helpt Julian me naar de douche. Daar gaat hij door zijn knieën om me een waanzinnig orgasme met zijn mond te bezorgen.

Tijdens het ontbijt zit ik zowat te zingen van genoegen. Dit is de beste ochtend in maanden, misschien zelfs jaren. Door een stom toeval heeft Beth ook nog mijn favoriete ontbijt gemaakt: eggs Benedict met krabkoekjes. Zoiets decadents heb ik in al mijn tijd op dit eiland nog niet gehad. Beth kookt goed, maar wel heel erg gezond. Fruit, groenten en vis vormen de voornaamste bestanddelen van het eten hier. Het is heel lang geleden dat ik zoiets romigs en rijks heb gegeten als hollandaisesaus. 'O, wat is dit lekker,' mompel ik met mijn mond vol. 'Beth, dit is verrukkelijk. Dit zijn de beste eggs Benedict die ik ooit heb gehad.'

Ze grijnst naar me. 'Goed gelukt, hè? Ik wist niet of ik het recept helemaal goed had gevolgd, maar zo te horen wel.'

'Echt wel,' verzeker ik haar voor ik nog een portie opschep. 'Dit is geweldig.'

Julian glimlacht. In zijn ogen ligt een warme, geamuseerde uitdrukking. 'Heb je trek, poesje?'

Hij heeft al flink gegeten, maar ik lijk hem in te gaan halen. 'Uitgehongerd,' mompel ik terwijl ik nog een hap neem. 'Volgens mij heb ik flink wat calorieën verbrand gisteren.'

'Dat denk ik ook wel,' antwoordt hij. Hij vertelt Beth dat ik bijna had gewonnen, maar verzwijgt de seks en dat ik daarna flauwviel.

Na het ontbijt zit ik echt propvol. Ik bedank Beth voor het eten en wil een boek pakken om lekker op de veranda te gaan lezen, maar dan pakt Julian me bij mijn pols.

'Wacht even. Nora,' zegt hij zacht terwijl hij me weer op mijn stoel trekt. 'Beth heeft nog iets voorbereid.' Hij werpt Beth een voor mij onbegrijpelijke blik toe, maar zij staat meteen op en gaat naar de keuken.

'Eh, goed.' Ik heb geen idee waar dit over gaat. Wat kan ze voorbereid hebben dat niet bij het eten hoorde?

Dan keert Beth terug met een dienblad. Erop staat een grote chocoladetaart met kaarsjes.

'Hartelijk gefeliciteerd, Nora,' zegt Julian met een glimlach als Beth de taart voor me neerzet. 'Je mag een wens doen en de kaarsjes uitblazen.'

Op de automatische piloot blaas ik de kaarsjes uit, me er nauwelijks van bewust dat ik daar drie pogingen voor moet doen. Beth juicht en klapt, al klinkt het geluid alsof het van heel ver komt. Mijn hoofd duizelt en ik voel me verdoofd, alsof ik er niet helemaal bij ben. Het enige wat ik me echt realiseer, is dat het mijn verjaardag is.

Mijn verjaardag. Vandaag ben ik jarig. Ik ben negentien geworden.

Als ik dat besef, kan ik het wel uitschreeuwen. Ik heb Julian kort voor mijn vorige verjaardag ontmoet en niet lang daarna bracht hij me naar dit eiland. Als ik vandaag jarig ben, is er bijna een jaar verstreken sinds mijn ontvoering, sinds ik hier ben, overgeleverd aan Julians genade en afgesloten van de buitenwereld. Een jaar van mijn leven is in deze gevangenschap verstreken.

Het voelt of ik stik. Ik krijg gewoon geen adem meer.

'Nora?' Beths stem dringt door het gesuis in mijn oren heen. 'Nora, gaat het wel?'

Eindelijk lukt het me om weer in te ademen, en ik kijk op. Beth kijkt me verward aan. Julian glimlacht niet langer. In plaats daarvan is hij weer die gevaarlijke vreemdeling met iets hards en duisters in zijn blik. Ik dwing mezelf normaal te doen, dus schenk ik hen een beverig glimlachje. 'Natuurlijk. Bedankt voor de taart, Beth.'

'We wilden je verrassen,' zegt ze. De bezorgde blik verdwijnt van haar gezicht. 'Ik hoop dat je nog plek hebt voor een toetje. Chocoladetaart is je favoriete taart, toch?'

Het suizen in mijn oren neemt toe. 'Ja, dat klopt.' Ik doe mijn best, maar toch klinkt mijn stem vreemd. 'Verrast ben ik zeker.'

'Laat ons alleen, Beth,' zegt Julian scherp terwijl hij haar aankijkt. 'Nora en ik moeten even alleen zijn.'

Beth knippert met haar ogen.

Julians toon heeft haar blijkbaar verrast, en mij ook, want zo heb ik hem nog nooit tegen haar horen praten.

Desondanks gehoorzaamt ze meteen. Ze rent bijna de kamer uit, naar boven, naar haar kamer.

Zo boos is Julian lange tijd niet geweest. Ik weet dat ik bang moet zijn, maar op dit moment geef ik gewoon geen zier om wat gaat komen. Ik voel een enorme woede in me opborrelen en het kost me al mijn kracht om die binnen te houden. Ergens is het wel fijn dat Beth nu weg is.

Een jaar. Gewoon een heel jaar, verdomme. Ik heb nog nooit zo'n woede gevoeld; het lijkt wel of er een dam is doorgebroken en ik kan het gewoon niet inhouden. Ik krijg een rode waas voor mijn ogen. Het suizen in mijn oren neemt nog verder toe als mijn emoties steeds hoger oplopen.

Zodra Beth weg is, ontplof ik. Er is niets rationeels of normaals meer aan me; ik ben één bonk furie. Ik grijp het eerste wat ik te pakken krijg – de taart – en smijt het door de kamer. Chocoladeglazuur spat alle kanten op. Mijn bord en kopje volgen. Ze barsten in duizenden stukjes uiteen tegen de muur terwijl ik ergens, heel ver weg, geschreeuw hoor. Ergens besef ik dat ik het ben – dat het mijn geschreeuw en gevloek is

– maar ik ben niet bij machte om dit nog tegen te houden. Alle angst, woede en frustratie van het afgelopen jaar borrelen naar boven in een vulkaanuitbarsting van vurige razernij.

Ik heb geen idee hoelang het doorgaat, maar plots omsluiten een paar onwrikbare armen me van achteren en word ik in een bekende omhelzing getrokken. Ik schreeuw en probeer hem te schoppen tot mijn stem hapert en mijn benen krachteloos zijn, maar het heeft geen zin. Julian is veel sterker dan ik en die kracht gebruikt hij nu om me te overmeesteren. Hij houdt me vast tot ik uitgeput tegen hem aanzak, verslagen tranen op mijn gezicht.

'Ben je uitgeraasd?' In zijn stem klinkt die duistere ondertoon weer door. Zoals altijd vind ik die toon zowel angstaanjagend als opwindend. Mijn lichaam is gewend aan de pijn die komt – en de vergetelheid die erna volgt.

Ik schud mijn hoofd, maar ik ben wel gekalmeerd. De storm die in me woedde is weg en ik voel me leeg en uitgeput.

Julian draait me om zodat ik hem kan aankijken. Mijn ogen, vol tranen, worden onvermijdelijk naar zijn perfect symmetrische trekken gezogen. Er is een vleugje kleur te zien op zijn jukbeenderen en de blik in zijn ogen is uitermate verontrustend: alsof hij me wil opeten, mijn ziel eruit wil zuigen. Als we elkaar aankijken, weet ik dat ik aan de rand van de afgrond sta.

En dan ben ik in staat de waarheid onder ogen te

zien. Ik ben niet boos omdat ik al een jaar op dit eiland ben. Mijn woede zit veel dieper. Wat zo aan me vreet is niet dat ik al zo lang een gevangene ben, maar dat ik geniet van mijn gevangenschap.

De laatste maanden heb ik mijn nieuwe leven geaccepteerd. Ik ben de rustige, ontspannen dagen op het eiland gaan waarderen. De oceaan, het zand en de zon zijn wat mij betreft net het paradijs. Vrijheid voelt als een vage, onmogelijke droom. Ik kan de gezichten van mijn vrienden en familie nauwelijks nog voor me halen. Ze zijn alleen nog maar vage schaduwen in mijn herinneringen.

Het enige wat er nog toe doet, is de man die me nu vasthoudt. Julian. Mijn ontvoerder. Mijn geliefde.

'Waarom, Nora?' Zijn stem is nauwelijks hoorbaar. Zijn vingers drukken in mijn rug als hij zijn spieren spant. Zijn blik wordt nog intenser als ik blijf zwijgen. 'Waarom?'

Ik zwijg omdat ik die laatste drempel niet over wil. Ik wil mezelf niet volledig blootgeven aan Julian. Dat kan ik niet. Hij heeft me al zoveel afgenomen dat ik hem dit niet ook mag gunnen.

'Zeg op,' beveelt hij. Een hand wikkelt zich in mijn haren en hij trekt mijn hoofd naar achteren. 'Nu zeggen.'

'Ik haat je.' Ik dwing de woorden naar buiten met mijn laatste restje opstandigheid. Mijn stem is hees van al het schreeuwen. 'Ik haat je.'

Een blauw vuur lijkt in zijn ogen te branden. 'Is dat zo?' Hij leunt over me heen, mijn hoofd nog steeds ongemakkelijk naar achteren gebogen. 'Haat je me, poesje van me?'

Ik kijk hem zonder te knipperen in de ogen. Wie A zegt, moet ook B zeggen. 'Ja,' snauw ik dan, 'ik haat je.' Ik moet hem daarvan overtuigen; het alternatief is ondenkbaar. Hij mag de waarheid niet te weten komen. Nooit.

Er trekt een kille, keiharde uitdrukking over Julians gezicht. In één snelle beweging veegt hij de rest van de borden van de keukentafel. Hij draait me om en duwt me op de keukentafel, zodat mijn gezicht over het gladde houten oppervlak glijdt.

Hoewel ik weet dat het geen zin heeft, probeer ik hem te schoppen. Hij houdt me met één hand in mijn nek op mijn plek, en dan hoor ik het geluid van een riem die wordt losgemaakt. Ik trap harder met mijn benen en weet hem zelfs te raken. Maar het haalt niets uit. Aan Julian kan ik niet ontsnappen.

Ik zal nooit aan Julian kunnen ontsnappen.

Hij leunt over me heen en zijn gewicht duwt me tegen de tafel. Zijn harde hand knijpt in mijn hals. 'Je bent van mij, Nora,' zegt hij bars. Zijn grote lichaam domineert me en dat windt me op. 'Je hoort bij mij, begrepen? Alles aan jou is van mij.' Zijn erectie duwt tegen mijn achterste, de onbuigzaamheid ervan tegelijkertijd een dreiging en een belofte.

Als hij zich opricht, hoor ik het geluid van een riem die uit de lusjes wordt getrokken. Hij blijft me met een hand in mijn nek vasthouden. Hij duwt mijn jurk omhoog zodat mijn onderlichaam bloot komt te liggen.

Ik knijp mijn ogen dicht en zet me schrap voor wat komt.

Pats. Pats. De riem komt steeds weer op mijn achterste en dijen terecht. Al snel lijkt mijn huid in brand te staan. Ik hoor mezelf schreeuwen, ik voel mijn eigen spanning bij iedere klap, maar dan trekt de pijn me in die vreemde staat waarin alles omgekeerd is: pijn en genot lopen in elkaar over, worden één, en mijn martelaar is mijn enige toevlucht. Mijn lichaam wordt slapper, smelt tot iedere slag als een liefkozing voelt. Ik weet gewoon dat ik dit nodig heb, dat Julian dat duistere, geheime deel van mij heeft gevonden dat een afspiegeling is van zijn eigen verwrongen verlangens. Het deel van mij dat graag de controle uit handen geeft, zichzelf verliest en alleen nog maar de zijne wil zijn.

Tegen de tijd dat Julian stopt en me omdraait, is er geen spoortje opstandigheid meer in mijn lichaam te bekennen. Het duizelt me. Ik zweef op een wolk van endorfine, heftiger dan ooit. Daarom klamp ik me aan hem vast, wanhopig op zoek naar troost, naar seks, naar iets dat voor liefde en genegenheid moet doorgaan. Ik sla mijn armen om Julians nek en trek hem mee op de tafel. Zijn smaak, zijn hongerige kussen zijn een vorm van puur genot. Mijn achterste brandt, maar dat doet niets af aan mijn verlangen voor hem, integendeel zelfs. Julian heeft me goed getraind. Mijn lichaam is zo geconditioneerd dat het wanhopig smacht naar het genot dat nu volgt.

Hij rommelt met zijn spijkerbroek, opent de rits en dan stoot hij in één keer naar binnen.

Ik kreun van opluchting en van een extase die gemengd lijkt met pijn. Dan sla ik mijn benen om zijn middel zodat hij dieper komt. Hij moet me nemen, me op de meest primitieve manier mogelijk bezitten.

'Zeg het, schatje,' hijgt hij in mijn oor. Zijn lippen strijken langs mijn slaap. Met zijn rechterhand in mijn haar houdt hij me op mijn plek. 'Zeg maar hoezeer je me haat.' Zijn andere hand vindt het plekje tussen mijn benen waar we bij elkaar komen, begint me te strelen maar schuift dan door naar mijn andere opening. 'Zeg het dan.'

Ik snak naar adem als hij een vinger in mijn anus steekt. Mijn hoofd kan al die sensaties gewoon niet meer aan. In een roes open ik mijn ogen en kijk Julian aan. Mijn eigen duistere verlangens zie ik weerspiegeld op zijn gezicht. Hij wil me bezitten, wil me uiteenscheuren zodat hij me weer kan helen, en ik kan hem het niet langer ontzeggen. 'Ik haat je niet.' De woorden klinken laag en hees. Ik moet slikken om mijn keel te bevochtigen. 'Ik haat je niet, Julian.'

Er verschijnt iets van triomf op zijn gezicht. Zijn heupen stoten naar voren en hij duwt zich nog dieper in me.

Ik blijf hem aankijken en kan een kreun nauwelijks onderdrukken.

'Zeg dat nog eens,' beveelt hij me. Zijn stem wordt zwaarder, heser.

Zijn blik boort zich in mijn ogen. Ik kan het bevel dat ik erin zie niet langer negeren. Hij wil me helemaal, en ik kan niet anders. Ik moet hem alles geven. 'Ik houd van je.' Mijn stem is nauwelijks hoorbaar. Ieder woord lijkt uit mijn ziel gewrongen te worden. 'Ik haat je niet, Julian. Dat kan ik niet... Dat kan ik niet, want ik houd van je.'

Zijn pupillen verwijden zich, zijn ogen worden donkerder. Zijn penis wordt nog stijver in me, nog harder dan eerst, en hij trekt zich terug om vervolgens op volle kracht in me te stoten. De pure kracht van zijn overname laat me naar adem snakken. 'Zeg het nog een keer,' gromt hij.

Ik herhaal mijn woorden en ditmaal is het makkelijker. Ik kan de waarheid niet langer verbergen. Er is geen enkele reden meer om te liegen. Ik ben smoorverliefd op mijn sadistische ontvoerder. Niets ter wereld kan dat feit nog veranderen. 'Ik houd van je,' fluister ik. Mijn ene hand leg ik op zijn wang. 'Ik houd van je, Julian.'

Zijn ogen worden nog donkerder, dan buigt hij zijn hoofd om mijn mond in een hete, allesverterende kus op te eisen.

Nu ben ik echt de zijne, en hij weet het.

HOOFDSTUK 19

De volgende drie maanden vliegen voorbij.

Na die dag – die ik in stilte het Verjaardagsincident noem – ondergaat mijn verhouding met Julian een subtiele verandering. Onze relatie wordt... romantischer. Een beter woord heb ik er niet voor. Het is een verknipt soort romantiek, daar ben ik me van bewust. Ik ben verslaafd aan Julian, maar zo ver heen ben ik ook nog niet. Natuurlijk weet ik hoe gestoord dit is. Ik ben verliefd op de man die me ontvoerd heeft, de man die me gevangen houdt.

De man die mijn liefde net zo hard nodig lijkt te hebben als mijn lichaam.

Ik weet niet of hij van mij houdt. Ik weet niet eens of hij wel in staat is van iemand te houden. Kun je van iemand houden wiens vrijheid je hebt afgenomen? En toch heb ik het gevoel dat hij om me geeft, dat zijn obsessie niet alleen seksueel is. Dat zie ik in de manier waarop hij soms naar me kijkt, de manier waarop hij in mijn behoeften probeert te voorzien.

Hij brengt altijd mijn lievelingseten, mijn favoriete boeken en muziek voor me mee van zijn reizen. Als ik handcrème nodig heb, regelt hij die voor me. Ik word enorm vertroeteld. Hij is trots op wat ik bereik. Hij prijst mijn kunst en heeft zelfs een aantal van mijn schilderijen opgehangen in zijn kantoor in Hongkong. En hij mist me als we niet samen zijn.

Dat weet ik omdat hij me dat vertelt – en omdat hij bij zijn terugkomst zich altijd op me stort als een dorstige die in de woestijn een oase heeft gevonden. Vooral dat laatste geeft me de hoop dat zijn gevoelens verder gaan dan die van een eigenaar voor zijn bezit.

'Ga je uit met andere vrouwen? In de echte wereld, bedoel ik?' Ik vraag het hem bij het ontbijt na een heftige nacht waarin hij drie keer seks met me heeft gehad. Eigenlijk knaagt dat al maanden aan me, en ik kan niet langer mijn mond houden. Hij is niet alleen knap, namelijk. Hij bezit een gevaarlijke, magnetische aantrekkingskracht die vrouwen ongetwijfeld bij bosjes naar hem toe lokt. Ik kan me zo voorstellen dat hij elke avond met een andere schoonheid in bed ligt, al krijg ik bij die gedachte zin iets te slopen. Zijn sadistische neigingen zullen daarbij geen belemmering vormen; er zijn voldoende vrouwen die, net als ik, genot beleven aan erotische martelingen.

Hij glimlacht duister naar me, niet in het minst aangedaan door mijn jaloerse gedrag. 'Nee, poesje van me,' zegt hij zacht. Hij pakt mijn hand en laat zijn duim over de binnenkant van mijn pols glijden. 'Waarom zou ik iemand anders willen als ik jou heb? Ik ben niet samen geweest met een andere vrouw sinds ik jou heb ontmoet.'

'Niet?' Ik kan mijn verbijstering niet onderdrukken. Is Julian me al deze tijd trouw geweest?

Hij glimlacht naar me. Het is die zalig zondige glimlach van hem. 'Nee, schatje, niet,' zegt hij.

Op dat moment voel ik me de gelukkigste vrouw op deze aardbol. Het is heerlijk als hij me 'schatje' noemt. Het is een gebruikelijk koosnaampje, dat weet ik wel, maar het klinkt anders als Julian het zegt. Het klinkt als een liefkozing. Ik hoor hem veel liever 'schatje' dan 'poesje van me' zeggen.

Ik weet heus wel dat ik dat laatste ben: zijn huisdier, zijn bezit. Hij wil dat ik de zijne ben, dat hij de enige is die me ziet en aanraakt. Hij wil dat ik me kleed in de kleren die hij voor me uitkiest, dat ik eet wat hij voor me meebrengt. Ik ben volkomen afhankelijk van hem, ik leef in zijn genade. Iets daaraan kalmeert hem, sust de demonen die zich schuilhouden onder de oppervlakte.

Als ik heel eerlijk ben, vind ik het niet erg om iemands bezit te zijn. Die realisatie was nogal verontrustend, maar een deel van mij vindt deze verstandhouding heel aangenaam. Ik voel me veilig en gekoesterd, hoewel mijn rationele kant me vertelt dat ik helemaal niet veilig kan zijn bij een man die in de illegale wapenhandel zit. Een man die heeft toegegeven mensen te hebben vermoord zonder spijt daarvan te hebben. De handen die mij 's nachts aanraken zijn dezelfde handen die anderen van het leven hebben beroofd, maar dat is ergens ook wel weer spannend. Op de een of andere manier lijkt alles daardoor intenser. Het geeft me het gevoel dat ik leef.

En ondanks zijn neiging om me te pijnigen, heeft Julian me nooit echt iets aangedaan, fysiek gezien. Zijn sadistische escapades bezorgen me weliswaar blauwe plekken, maar die trekken altijd snel weg. Zijn acties laten nooit littekens achter, maar ik weet dat bloed en tranen – mijn tranen – hem opwinden.

Uiteindelijk deel ik iets van mijn gevoelens met Beth.

Zij lijkt niet in het minst verrast. 'Ik wist al dat jullie voor elkaar geschapen waren toen ik jullie voor het eerst samen zag,' zegt ze met een spottende blik. 'Als Julian en jij in dezelfde ruimte zijn, knettert de lucht bijna van de onderhuidse spanning. Ik heb nog nooit zo'n chemie tussen twee mensen meegemaakt. Wat jullie hebben, is zeldzaam. Bijzonder. Verzet je er niet tegen, Nora. Hij is jouw lotsbestemming en jij bent de zijne.' Daar lijkt ze volkomen van overtuigd.

De nacht dat mijn leven onherroepelijk verandert, begint als iedere gewone nacht. Julian is op het eiland en we genieten van het heerlijke avondeten voor we naar boven gaan voor een lange vrijpartij. Hij is mild gestemd en liefkoost me alsof ik een godin ben. Ik val in zijn armen in slaap, ontspannen en bevredigd.

Als ik midden in de nacht wakker word omdat ik naar het toilet moet, voel ik een zeurende pijn ter hoogte van mijn navel. Ik doe wat ik moet doen, was mijn handen en kruip weer naast Julian in bed. Ik ben een beetje misselijk. Zit het avondeten me dwars? Heb ik een voedselvergiftiging opgelopen?

Ik wil weer gaan slapen, maar de pijn wordt steeds erger. Hij zakt af naar de rechterkant van mijn onderbuik en langzaam wordt hij scherp en gemeen. Ik wil Julian niet wakker maken, maar op een gegeven moment kan ik het niet meer aan. Ik heb iets van een pijnstiller nodig. 'Julian,' fluister ik. Ik raak hem zachtjes aan. 'Julian, volgens mij ben ik ziek.'

Hij is meteen wakker en gaat rechtop zitten. Dan doet hij het bedlampje aan. Hij ziet er bizar alert uit, alsof het midden op de dag is in plaats van midden in de nacht. 'Wat scheelt eraan?'

Ik krul me op tot een balletje als de pijn erger wordt. 'Weet ik niet.' Ik kan het nog net uitbrengen. 'Mijn buik doet pijn.'

Hij fronst. 'Waar doet het pijn, schatje?' Hij duwt me voorzichtig op mijn rug.

'De zijkant...' kreun ik. Tranen van pijn rollen nu over mijn gezicht.

'Hier?' Hij drukt op mijn linkerzijde en ik schud van nee.

'Hier?'

'Ja!' Hij heeft de juiste plek te pakken.

Ogenblikkelijk staat hij op en begint zich aan te kleden. 'Beth!' roept hij. 'Beth, ik heb je nu nodig!'

Binnen een minuut staat ze in de kamer, nog bezig een ochtendjas over haar pyjama aan te trekken. 'Wat is er gebeurd?'

Ze klinkt geschrokken en ik begin me echt zorgen te maken. Ik heb Julian nog nooit zo meegemaakt. Hij lijkt bijna... bang.

'Kleed je aan,' zegt hij kortaf. 'Ik ga haar naar de kliniek brengen en jij gaat mee. Ik denk dat het haar blindedarm is.'

Blindedarmontsteking? Nu hij het zegt, klinkt het heel aannemelijk – en heel eng. Ik ben geen arts, maar ik weet dat als hij knapt voor ze hem eruit hebben, ik er zo goed als zeker geweest ben. Het zou al eng zijn als ik me op een uur rijden van het dichtstbijzijnde ziekenhuis bevond, maar we zitten op een privé-eiland in de Stille Oceaan. Stel dat ik niet op tijd in het ziekenhuis ben?

Julian denkt waarschijnlijk hetzelfde, want hij kijkt heel ernstig als hij me in een badjas hult en me de kamer uit draagt.

'Ik kan wel lopen,' protesteer ik. Mijn maag draait zich om als hij snel de trap afloopt.

'Vergeet het maar.'

Het klinkt heel bars, maar dat vergeef ik hem. Ik weet dat hij zich zorgen maakt. Ondanks de pijn maakt die gedachte me blij.

Als we bij de hangar komen, heeft Beth de deuren al geopend en zit ze op ons te wachten achter in het vliegtuig.

Julian gespt me in de passagiersstoel. Ik besef ineens dat mijn grootste wens uitkomt: ik ga het eiland verlaten. Mijn maag draait zich nogmaals om en ik grijp het papieren zakje dat binnen handbereik hangt. Zwetend en trillend deponeer ik mijn maaginhoud in het zakje.

Julian vloekt, het vliegtuig stijgt op en ik schaam me zo dat ik het liefst ter plekke zou willen sterven. 'Sorry,' fluister ik met betraande ogen. Ik heb me nog nooit zo beroerd gevoeld.

'Het geeft niet.' Julians antwoord is kortaf. 'Maak je daar nou geen zorgen om.'

'Hier.' Beth geeft me een nat doekje aan. 'Dat helpt wel een beetje.'

Maar dat is niet het zo. Naarmate het vliegtuig verder stijgt, word ik alleen maar misselijker. Kreunend houd ik mijn buik vast, terwijl de pijn in mijn rechterzijde toeneemt.

'Verdomme,' mompelt Julian. 'Verdomme, verdomme.' Zijn knokkels zijn wit waar ze de stuurknuppel omklemmen.

Opnieuw ga ik over mijn nek.

'Hoelang voor we er zijn?' Beths stem klinkt ongewoon schril.

'Twee uur,' zegt Julian grimmig. 'Als de wind meewerkt.'

Die twee uur zijn de langste uren van mijn leven. Tegen de tijd dat het vliegtuig begint te dalen, heb ik vijf keer overgegeven en ben ik het punt van schaamte allang gepasseerd. De pijn in mijn buik is een bron van niet-aflatende kwelling en ik ben me alleen nog maar bewust van mijn eigen, allesverterende ellende.

Sterke handen trekken me uit mijn stoel en uit het vliegtuig. Ik ben me vaag bewust van Julians brede borst als hij me ergens heen draagt. Er klinkt wat gebabbel in het Engels en een vreemde taal. Dan word ik op een brancard gelegd en een lange gang doorgereden naar een witgeschilderde, steriel uitziende ruimte.

Verschillende mensen drommen om me heen. Een man blaft bevelen in diezelfde vreemde talencombinatie. Ik voel een prikje in mijn arm als iemand een infuus aansluit. Wazig kijk ik op en ik zie Julian in een hoek staan. Zijn gezicht is bleek en zijn ogen glinsteren... en dan verdwijn ik in de duisternis.

HOOFDSTUK 20

ALS IK BIJKOM, VOEL IK ME MAAR EEN HEEL KLEIN BEETJE beter. Mijn hoofd zit vol watten en mijn rechterzijde doet nog steeds pijn, ook al is de pijn nu minder scherp. Heel even denk ik dat ik in slaap ben gevallen en alles heb gedroomd, maar de geur van mijn omgeving vertelt me iets anders. Ik ruik die typische antiseptische lucht die je alleen bij tandartsen en in ziekenhuizen vindt. Die geur betekent dat ik nog leef... en van het eiland af ben.

Bij die gedachte begint mijn hart opgewonden te bonzen.

'Ze is wakker,' hoor ik een onbekende stem in Engels met een zwaar accent zeggen.

Dan hoor ik voetstappen en voel ik dat iemand op mijn bed is komen zitten. Warme vingers strijken langs mijn wang. 'Hoe voel je je, schatje?'

Het kost me moeite mijn ogen te openen, maar dan kijk ik in Julians knappe gezicht. 'Alsof ze me hebben opengesneden en weer dichtgenaaid.' Mijn keel is zo droog dat praten pijnlijk is en de bonzende pijn in mijn onderbuik en zij maakt het er niet beter op.

'Hier.' Julian houdt me een bekertje voor met een rietje erin. 'Je zult wel dorst hebben.'

Hij gebaart met het bekertje en ik neem gehoorzaam een slokje. Ik kan nog altijd niet helder denken en even valt de muur tussen de goede en slechte herinneringen weg. Ik herinner me mijn eerste dag op het eiland, toen Julian me dat flesje water gaf. Onwillekeurig huiver ik bij die gedachte. Op dit moment is Julian niet de man van wie ik houd, maar mijn vijand, degene die me ontvoerd heeft, degene die me de zijne maakte zonder dat ik dat wilde.

'Heb je het koud?' vraagt hij. Hij zet het bekertje weg en trekt de dekens op tot mijn kin.

'Eh, ja. Een beetje.' Ik ben van het eiland af. O god, ik ben van het eiland af. Mijn hoofd tolt ervan. Ik voel me verscheurd, in tweeën gesplitst: aan de ene kant is er het meisje dat inziet dat dit haar kans is om te ontsnappen, aan de andere kant is er de vrouw die naar Julians aanrakingen snakt.

'Ze hebben je blindedarm verwijderd,' zegt Julian terwijl hij een lok van mijn voorhoofd veegt. 'De operatie is goed verlopen en ze verwachten geen complicaties. Ja, toch, Angela?' Hij kijkt naar links.

'Ja, mijnheer Esguerra.'

Esguerra? Is dat Julians achternaam? Ik herken de stem en kijk ook naar links, waar een kleine jonge vrouw in witte kleding staat. Ze heeft een prachtige lichtbruine huid en hele donkere ogen. Ik zou denken dat ze Filipijns of Thais is, maar ik weet eigenlijk niets van beide nationaliteiten.

Ik weet wel dat zij de eerste persoon is buiten Julian en Beth die ik in vijftien maanden heb gezien. Ik ben van het eiland af. O god, ik ben van het eiland af. Voor het eerst sinds mijn ontvoering zou ik echt kunnen ontsnappen.

'Waar ben ik?' vraag ik de jonge verpleegster. Ik kan niet geloven dat Julian toestaat dat iemand me ziet. Mij, het meisje dat hij ontvoerd heeft.

'Je bent in een privékliniek in de Filipijnen,' antwoordt Julian als de vrouw alleen maar glimlacht. 'Angela is je vaste verpleegster. Zij zal voor je zorgen.'

Dan gaat de deur open en komt Beth binnen. 'Kijk nou eens wie er al wakker is,' roept ze terwijl ze zich naar me toe haast. 'Hoe voel je je?'

'Wel goed, denk ik,' antwoord ik voorzichtig. Verdomme, ik ben van het eiland af.

'Ze zeiden dat Julian je hier precies op tijd heeft gekregen,' vertelt Beth terwijl ze een stoel pakt en naast mijn bed komt zitten. 'Je blindedarm stond op knappen. Ze hebben hem eruit gesneden en je weer dichtgenaaid, dus het komt helemaal goed.'

Ik grinnik even, maar dat doet flink pijn aan de hechtingen, dus mijn lach wordt gevolgd door een kreun.

'Doet het pijn?' Julian kijkt me bezorgd aan. Dan wendt hij zich tot Angela. 'Meer pijnstillers.'

'Het gaat wel, het trekt alleen een beetje,' verzeker

ik hem. 'Ik heb echt niet meer medicatie nodig.' Ik wil nu niets hebben dat mijn denkvermogen beïnvloedt. Ik ben van het eiland af en ik moet nadenken over mijn volgende zet. Het kost me al mijn wilskracht om kalm te blijven en niets overhaasts te doen. Ik kan mijn vrijheid bijna ruiken.

'Natuurlijk, mijnheer Esguerra.' Angela negeert mijn bezwaren volledig en begint te rommelen aan het zakje dat naast mijn bed hangt en met een slangetje aan mijn arm zit.

Julian leunt naar me toe en kust me op de lippen. 'Je moet rusten,' zegt hij zacht. 'Ik wil graag dat je snel beter bent. Snap je?'

Ik knik, terwijl mijn oogleden dichtvallen als de pijnstillers beginnen te werken. Heel even lijk ik te zweven in een pijnloze wereld – dan ben ik me nergens meer van bewust.

WANNEER IK OPNIEUW WAKKER WORD, IS DE KAMER LEEG. Zonlicht valt binnen door de grote ramen. Op de vensterbank staan verschillende bloeiende planten. Eigenlijk ziet het er best gezellig uit. Als het niet zo naar ziekenhuis rook en ik niet allemaal machines zag en hoorde, zou ik gezegd hebben dat ik in iemands slaapkamer beland was. Wat voor privékliniek dit ook is, het is erg luxe allemaal, al voel ik me nu pas in staat dat enigszins te waarderen.

De deur gaat open en Angela komt binnen. Ze lacht

breed naar me en zegt dan opgewekt: 'Hoe voel je je, Nora?'

'Goed,' zeg ik voorzichtig. 'Waar is Julian?' Iets aan haar irriteert me, al kan ik niet zeggen wat. Zij zou mijn beste kans op ontsnapping kunnen vormen, maar ik weet niet of ik haar kan vertrouwen. Ze zou gemakkelijk door Julian ingehuurd kunnen zijn, net als Beth.

'Mijnheer Esguerra moest een paar uur weg,' zegt ze met diezelfde glimlach. 'Beth is er wel. Ze is even naar het toilet.'

'Mooi.' Ik kijk haar aan en schraap mijn moed bij elkaar. Ik moet haar vertellen dat ik ontvoerd ben. Ik moet het erop wagen. Dit is mijn enige kans om te ontsnappen. Ze kan wel loyaal zijn aan Julian, maar toch moet ik het proberen. Ik denk niet dat ik ooit nog een betere ontsnappingsmogelijkheid krijg.

Angela loopt naar het bed toe en geeft me het bekertje met het rietje. 'Alsjeblieft,' zegt ze op even luchtige toon als eerst. 'Ik zal je straks ook wat te eten brengen.'

Als ik het bekertje aanpak, trekken de hechtingen in mijn buik en ik krimp even ineen. 'Bedankt,' zeg ik voor ik een paar gulzige slokken van het water neem. Ik moet echt zeggen dat ze de politie moet inschakelen, of hoe de lokale wetshandhaving zich hier ook noemt, maar om de een of andere reden doe ik het niet. In plaats daarvan drink ik het water uit mijn bekertje en kijk haar vervolgens na als ze de kamer weer uit loopt.

Mentaal mopper ik op mezelf. Wat mankeert me?

Voor het eerst in meer dan een jaar is mijn vrijheid binnen handbereik, maar wat doe ik? Over koetjes en kalfjes praten en treuzelen. Ik houd mezelf voor dat ik gewoon voorzichtig ben, dat ik niet wil dat iemand iets overkomt – noch Angela, noch iemand thuis – maar vanbinnen weet ik dat het niet waar is.

De vrijheid lonkt, maar tegelijkertijd voelt ze heel beangstigend. Ik ben al zo lang een gevangene dat ik op het gemak van mijn gouden kooi ben gaan vertrouwen; ik word nerveus van deze onbekende kamer, gestrest. Een deel van mij wil niets liever dan terugkeren naar het eiland en mijn gebruikelijke routine. Daarbij houdt mijn vrijheid in dat ik Julian moet verlaten en daar kan ik mezelf niet toe brengen.

Ik wil niet weg bij de man die me ontvoerd heeft.

De gedachte dat hij opgepakt wordt zou me gelukkig moeten maken, maar dat is niet het geval. Ik vind het een afschuwelijk idee. Ik wil niet dat Julian de gevangenis in gaat. Ik wil niet bij hem weg, nog geen moment.

Met gesloten ogen houd ik mezelf voor dat ik een dwaas ben, een gehersenspoelde idioot, maar dat dringt niet echt door. Liggend in dat ziekenhuisbed moet ik erkennen dat ik niet langer een onwillige gevangene ben. Ik ben gewoon een vrouw die bij Julian hoort – en hij hoort bij mij.

Ik blijf nog een week in de kliniek om te

HERSTELLEN. Julian komt elke dag op bezoek en blijft dan een paar uur, net als Beth. Van het personeel zie ik voornamelijk Angela, hoewel er een paar dokters langskomen om mijn patiëntstatus door te nemen en mijn medicatie aan te passen.

Ik heb nog steeds aan niemand verteld dat ik ontvoerd ben en dat ben ik ook niet langer van plan. Allereerst heb ik sterk de indruk dat het personeel in deze kliniek dik betaald wordt om hun mond te houden. Niemand lijkt benieuwd naar wat een Amerikaans meisje op de Filipijnen doet. Niemand vraagt me wat. Het enige wat Angela van me wil weten is of ik honger, dorst of pijn heb, of dat ik naar het toilet moet. Ik denk dat als ik haar zou vragen de politie te bellen, ze zou glimlachen en me meer morfine zou geven.

Daarbij heb ik in de gang buiten de kamer een aantal bewakers gezien. Als de deur opengaat, vang ik een glimp van hen op. Ze zijn tot de tanden gewapend en vreselijk griezelig. Ze doen me denken aan de schoft die Jake in elkaar sloeg. Als ik het aan Julian vraag, bekent hij dat ze bij hem in dienst zijn.

'Ze zijn hier om jou te beschermen,' zegt hij terwijl hij op bed komt zitten. 'Ik heb je al eens gezegd dat ik vijanden heb, toch?'

Jawel, maar ik had er nooit bij stilgestaan dat die vijanden daadwerkelijk zo gevaarlijk konden zijn. Volgens Beth bevindt zich een klein leger aan bodyguards in en rond de kliniek om ons te beschermen tegen de dreiging die Julian vreest. 'Wat voor vijanden?' vraag ik nieuwsgierig. 'Wie zit er dan achter je aan?'

Hij glimlacht naar me. 'Daar hoef jij je geen zorgen om te maken, poesje,' zegt hij zacht. In de warme glimlach die hij me toewerpt, schuilt echter iets kils en dodelijks. 'Ik reken binnenkort met ze af.'

Ik hoop maar Julian mijn rilling van afgrijzen niet opmerkt. Soms kan mijn minnaar heel beangstigend zijn.

'Morgen gaan we naar huis,' zegt hij om van onderwerp te veranderen. 'De artsen zeggen dat je het nog een paar weken rustig aan moet doen, maar het heeft geen zin om hier te blijven. Je kunt thuis net zo goed herstellen.'

Ik knik terwijl mijn buik zich samentrekt van angst en verwachting. Thuis... Thuis is het eiland. Deze vreemde episode in de kliniek – zo dicht bij de vrijheid – is bijna voorbij. Morgen begint mijn echte leven weer.

HOOFDSTUK 21

Bam! Bam!

Het knallende geluid van een motorterugslag haalt me uit mijn slaap. Mijn hart bonst en ik schiet overeind, even mijn hechtingen vergetend. Meteen krimp ik sissend van pijn in elkaar.

Bam! Bam! Bam!

Het geluid gaat door en ik blijf doodstil zitten. Dat is niet de terugslag van een automotor. Dat zijn schoten. Schoten – en nu hoor ik ook geschreeuw.

Het is donker. Het enige licht dat ik zie, komt van de monitors in mijn kamer. Ik zit op het bed, midden in de kamer. Als iemand de deur opent, ziet hij me meteen. Ik zou net zo goed een roos op mijn voorhoofd hebben kunnen staan.

Meteen haal ik het infuus uit mijn arm en klim ik van het bed, wanhopig proberend rustig te blijven ademen. Lopen doet pijn, maar dat negeer ik. Een kogelwond doet ongetwijfeld nog veel meer pijn.

Blootsvoets schuifel ik naar de deur. Als ik die een heel klein stukje open, zie ik alleen de gang. Ik krijg een raar gevoel in mijn buik. Waar zijn de bodyguards? De gang is leeg. O shit. Dit is niet best.

Ik kijk haastig rond, op zoek naar een verstopplek, maar de enige kast in mijn kamer is te klein om me in te verstoppen. Andere verstopplaatsen zijn er niet. Maar hier blijven staan is ongetwijfeld gelijk aan zelfmoord. Ik moet hier weg. Meteen.

Ik trek mijn ziekenhuishemd dichter om me heen en stap de gang op. De vloer is koud en dat versterkt de ijzige angst die me in zijn greep houdt. Ik voel me nu nog veel kwetsbaarder, ik moet me ergens verstoppen. Aan de andere kant van de gang zijn meer deuren. Ik doe er eentje open en kijk naar binnen. Er is niemand te zien, dus glip ik naar binnen en doe hem zachtjes achter me dicht.

Ik hoor nog steeds af en toe schoten. Langzaam komt het geluid mijn kant op. Terwijl ik probeer niet in paniek te raken, kruip ik in de hoek achter de deur. Wie schieten er? Wat ik ook bedenk, het is niet erg bemoedigend.

Julian heeft vijanden. Stel dat zij het zijn? Stel dat hij nu tegen ze vecht, samen met zijn bodyguards? Ik zie hem voor me, gewond of dood, en de ijzige kou in me verhevigt. O, god. Nee, dat niet. Alles, maar dat niet. Ik zou zelf liever sterven dan dat ik hem moet verliezen.

Ik beef over mijn hele lichaam, dat bedekt lijkt met een laagje koud zweet. Dan stoppen de schoten. De stilte die volgt, is beangstigender dan wat ik tot dusver gehoord heb. Ik proef iets scherps en metaalachtigs op mijn tong: angst – en bloed omdat ik op mijn lip heb gebeten.

De tijd kruipt voorbij. Elke minuut lijkt een uur, elke seconde een eeuwigheid. Eindelijk hoor ik stemmen. Zware voetstappen komen mijn kant op. Volgens mij zijn het meerdere mannen. Ze spreken een taal die ik niet versta, hard en vol keelklanken.

Als ik deuren open en dicht hoor gaan, weet ik dat ze iets zoeken... of iemand. Ik probeer op te gaan in de muur, probeer zo klein te worden dat ik onzichtbaar word voor de gewapende mannen in de gang.

'Waar is ze?' hoor ik een stem met een sterk accent in het Engels vragen. 'Ze moet hier zijn, op deze verdieping.'

'Nee, hier is ze niet.'

De stem die antwoord geeft, is die van Beth. Ik sla mijn hand voor mijn mond zodat ze mijn geschokte zucht niet horen. Die mannen hebben haar te pakken gekregen! Ze klinkt opstandig, maar ik hoor aan haar stem dat ze bang is.

'Ik zei toch dat Julian haar heeft weggehaald...'

'Lieg niet tegen me,' brult de man. Zijn accent wordt nog sterker. Het geluid van een klap wordt gevolgd door een gesmoorde uitroep van Beth. 'Waar is ze, verdomme?'

'Geen idee!' Beth begint nu hysterisch te huilen. 'Ze is weg, zei ik, weg...'

De man blaft iets in zijn eigen taal en meer deuren worden opengegooid.

Ze komen steeds dichterbij. Het is een kwestie van tijd voor ze me vinden. Ik weet niet waarom ze me zoeken, maar ik ben degene die ze moeten hebben. Ze willen me vinden en zijn bereid Beth daarvoor pijn te doen.

Ik aarzel maar heel even voor ik de gang in stap. Aan de andere kant van de gang zit Beth op de vloer, bij haar arm vastgehouden door een in het zwart geklede man. Een dozijn mannen staat om hen heen, gewapend met geweren en machinegeweren die op me gericht worden zodra ze me zien bewegen. 'Zoeken jullie mij?' vraag ik rustig. Ik ben nog nooit zo bang geweest, maar mijn stem klinkt kalm, bijna geamuseerd. Ik wist niet dat het mogelijk was om gevoelloos te worden van angst, maar zo voel ik me toch echt: zo bang dat ik niet bang meer ben.

Mijn geest is ongewoon helder, dus ik merk verschillende dingen tegelijk op. De mannen lijken uit het Midden-Oosten te komen; ze hebben een olijfkleurige huid en donker haar. Een deel van hen heeft een volle zwarte baard. Twee van hen zijn gewond en bloeden. Ondanks al hun wapens lijken ze behoorlijk nerveus, alsof ze verwachten elk moment aangevallen te worden.

De man die Beth vasthoudt, blaft opnieuw een bevel in het Arabisch – dat denk ik tenminste – en ik herken zijn stemgeluid. Hij was ook degene die Engels sprak. Volgens mij is hij hun leider.

Twee van de mannen lopen naar me toe en grijpen mijn armen om me naar hem toe te slepen. Het lukt me om niet te struikelen, maar mijn hechtingen beginnen weer flink te branden.

'Is ze dit?' vraagt de man aan Beth, haar dooreenschuddend om zijn woorden kracht bij te zetten. 'Is dat Julians hoertje?'

'De enige echte,' zeg ik voor Beth antwoord kan geven. Mijn stem klinkt nog steeds absurd kalm. Volgens mij besef ik nog niet helemaal in welk gevaar ik me bevind. Maar ik wil gewoon dat hij stopt met Beth te mishandelen. Tegelijkertijd besef ik dat ze me zoeken omdat ik Julians geliefde ben. Dat kan maar één ding betekenen: Julian leeft nog en ze willen me tegen hem gebruiken. Ik kan een huivering van opluchting maar net onderdrukken.

De leider kijkt me aan. Hij lijkt net zo verbluft door mijn moed als ikzelf. Dan laat hij Beth los en stapt op me af om mijn kin te pakken. Zijn vingers zijn hard, zijn greep wreed. Met kille ogen neemt hij me op.

Hij is klein voor een man, maar zo'n 1.70 meter. Zijn adem ruikt naar knoflook en oude tabak. Ik doe mijn best om niet te kokhalzen en blijf hem opstandig aankijken.

Dan laat hij me los en zegt iets in het Arabisch tegen zijn mannen. Twee van de mannen grijpen Beth bij haar armen. Ze geeft een schreeuw en begint te worstelen. Een van de mannen geeft haar een harde klap, waarna ze geschrokken zwijgt.

De leider grijpt mijn bovenarm pijnlijk vast. 'We gaan,' zegt hij bars.

Ik word meegetrokken naar de deur aan het einde van de gang. De deur zwaait open en ik zie een trap – we moeten dus op de eerste verdieping zijn. De gewapende mannen vormen een kring om de leider, Beth en mij heen. Zo gaan we de trap af en een deur door, die naar een open plek buiten leidt.

We komen in het trappenhuis langs een dode man. Buiten liggen nog meer lichamen. Ik houd mijn ogen afgewend en vecht tegen de gal die in mijn keel oprijst. Hoewel de zon schijnt en de lucht warm en vochtig is, heb ik het ijskoud. Nu pas dringt de realiteit tot me door en ik kan niet ophouden met trillen.

Er staat een stoet zwarte SUV's op ons te wachten. Beth en ik worden naar een van de wagens gesleept, om hardhandig op de achterbank te worden geschoven. Twee van de mannen komen naast ons zitten, waardoor we bijna op elkaars schoot belanden.

Ik kan Beth voelen trillen. Zachtjes knijp ik in haar hand, in de hoop dat het menselijk contact een beetje troost biedt. Wanneer ze me aankijkt, zie ik de doodsangst in haar ogen. Het jaagt me de stuipen op het lijf. Onder haar sproeten is ze lijkbleek, behalve op haar rechterwang. Daar vormt zich een grote, felgekleurde blauwe plek. Haar onderlip is kapot, het bloed uitgesmeerd op haar kin. Ik weet niet wie deze mannen zijn, maar ze hebben duidelijk geen moeite met vrouwen mishandelen.

Hoewel ik dolgraag wil horen wat ze te weten is

gekomen, houd ik mijn mond. We moeten voorkomen dat we meer aandacht trekken dan strikt noodzakelijk is. Opnieuw zie ik de lichamen voor me waar we net langs zijn gekomen. Het kost me moeite om niet over mijn nek te gaan. Wat deze mensen ook van plan zijn met ons, de kans lijkt klein dat we het er levend vanaf gaan brengen. Iedere minuut dat we nog leven en met rust gelaten worden, is kostbaar. Die minuten moeten we rekken, zo lang als we maar kunnen.

De motor komt tot leven en de auto rijdt weg. Met Beths hand nog steeds in de mijne geklemd kijk ik naar buiten tot het witte gebouw van de kliniek in de verte verdwenen is.

De weg waar we overheen rijden is onverhard, dus de rit verloopt hobbelig. De spanning in de wagen is om te snijden. De mannen die achterin zitten houden hun wapens gereed, en opnieuw krijg ik het idee dat ze bang zijn voor iets... of voor iemand.

Julian? Weet hij al wat er gebeurd is? Is hij nu op weg naar de kliniek? Ik staar naar buiten met brandende maar droge ogen. Zo moest het niet gaan. Ik zou vandaag teruggaan naar het eiland, terug naar het rustige leventje dat ik het afgelopen jaar heb geleid. Inmiddels verlang ik wanhopig terug naar die tijd. Ik wil in Julians armen liggen, zijn handen op mijn lichaam voelen, zijn warme, schone geur inademen. Ik wil dat hij me bezit, dat hij me beschut, dat hij me beschermt tegen alles en iedereen behalve zichzelf.

Maar hij is er niet.

De auto hobbelt steeds verder over de weg,

verwijdert ons steeds verder van de veilige haven die de kliniek was. Het is warm en ik ruik ongewassen mannenlichamen en zweet. De geur wordt steeds doordringender, tot ik het gevoel heb dat ik stik.

Beth lijkt in shock. Haar uitdrukking is nietszeggend en ze lijkt niet helemaal aanwezig. Ik zou haar dolgraag willen omhelzen, maar we zitten zo dicht op elkaar dat ik haar alleen maar een kneepje in haar hand kan geven. Haar vingers liggen slapjes en zweterig in de mijne.

De rit lijkt eeuwig te duren. In werkelijkheid moet hij ongeveer een uur lang zijn geweest, want de zon staat nog niet hoog aan de hemel wanneer we eindelijk stoppen. Onze bestemming is een landingsbaan in een verlaten gebied. Er staat een vrij groot vliegtuig op de baan. Op de een of andere manier lijkt het me een militair toestel.

De mannen dwingen ons uit te stappen en slepen ons naar het vliegtuig. Ik probeer netjes mee te lopen, want het laatste wat ik wil, is dat mijn hechtingen scheuren. Beth werkt ze ook niet tegen, al lijkt ze te veel van haar stuk te zijn gebracht om fatsoenlijk te kunnen lopen. De mannen dragen haar bijna het vliegtuig in.

Het vliegtuig blijkt bijzonder spartaans te zijn ingericht. Zoals ik al verwachtte, is het een militair vliegtuig, met stoeltjes aan de wanden in plaats van in nette rijen in het midden. Dit type vliegtuig ken ik alleen uit films, waarin rijen mariniers er met parachutes uit springen.

Beth en ik worden geboeid en daarna op twee stoeltjes vastgegespt. Daarna gaan de mannen zelf zitten.

De motoren starten, het vliegtuig komt in beweging en dan zijn we in de lucht, waar de zon door de raampjes in mijn ogen schijnt en me verblindt.

HOOFDSTUK 22

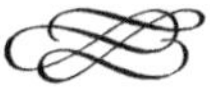

Tegen de tijd dat we landen — een paar uur later — verga ik van de dorst en moet ik heel nodig plassen.

Ik kijk af en toe naar Beth. Het gaat niet goed met haar; haar ogen staan glazig, koortsig bijna. De ene kant van haar gezicht vertoont een nare blauwe plek en er zit vastgekoekt bloed aan haar lippen. Met mijn geboeide handen kan ik haar niet eens een klopje op haar arm geven.

Zodra het vliegtuig geland is, worden we losgemaakt uit de gordels en naar buiten gesleept. De handboeien laten ze zitten.

De leider komt naar ons toe en neemt ons even in zich op voor hij naar een zwarte SUV wijst die een paar meter verderop staat. Hij blaft wat bevelen naar zijn mannen en ik neem aan dat we zo onze weg zullen vervolgen. Maar voor ze ons laten instappen, trek ik mijn mond open.

'Hoor eens,' zeg ik zacht, 'ik moet naar de wc.'

Beth kijkt me paniekerig aan, maar ik negeer haar en richt mijn aandacht op de leider. Ik ga nog liever dood dan dat ik in mijn broek plas – of mijn ziekenhuishemd.

Heel even aarzelt hij, dan wijst hij met een duim naar de bosjes. 'Schiet op, trut,' zegt hij bars. 'Je krijgt een minuut.'

Ik loop zo snel ik kan naar de bosjes zonder aandacht te besteden aan een man met een machinegeweer die me volgt. Gelukkig kijkt hij de andere kant op als ik mijn ziekenhuishemd optrek en hurk om te doen wat ik moet doen. Mijn gezicht brandt van schaamte.

Een paar meter verderop zie ik Beth hetzelfde doen.

Zodra we klaar zijn, worden we in de verstikkend hete auto gepropt. Deze rit duurt nog langer en voert ons door iets wat op een jungle lijkt. Tegen de tijd dat we bij een onopvallend pakhuis komen – onze eindbestemming? – ben ik drijfnat van het zweet en serieus uitgedroogd. Ik heb ook honger, maar dat is niets vergeleken bij de allesverterende dorst die bezit van me heeft genomen.

Binnen worden we op twee metalen stoelen in een hoek gezet. Mijn handboeien worden losgemaakt. Voor ik daar echter blij mee kan zijn, bindt dezelfde man die me bewaakte toen ik ging plassen mijn handen vast achter mijn rug. Dan bindt hij mijn enkels aan de stoel vast, voor hij ook mijn lichaam met touw omwikkelt en vastbindt. Zijn aanraking voelt onverschillig en onpersoonlijk, alsof ik niets meer dan een ding voor hem ben.

Als ik opzij kijk, zie ik dat bij Beth hetzelfde gebeurt, alleen lijkt haar bewaker er genoegen in te scheppen haar pijn te doen, want hij rukt haar benen hardhandig uit elkaar als hij ze tegen de stoel gaat binden.

Ze zegt niets, maar ik zie dat ze nog bleker wordt en dat haar met bloed bevlekte lippen beginnen te trillen. Ik kan niets anders dan vol hulpeloze woede toekijken. Als de man haar met rust laat, richt ik mijn aandacht op de omgeving.

Mijn eerste indruk lijkt correct. Het is een pakhuis, vol grote kisten en metalen schappen die een doolhof in het midden vormen. Nu we vastgebonden zijn, gaan de mannen aan een grote tafel in de andere hoek zitten.

Beth en ik kunnen eindelijk met elkaar praten. 'Gaat het?' vraag ik zo zacht als ik kan. 'Hebben ze je pijn gedaan? Voor ik de gang in stapte, bedoel ik...'

Ze schudt haar hoofd, haar mond een strakke streep. 'Gewoon een paar klappen,' zegt ze zacht. 'Dat is niet zo erg. Je had het niet moeten doen, Nora. Dat was dom.'

'Ze hadden me toch gevonden. Het was een kwestie van tijd.' Daar ben ik van overtuigd. 'Weet je wie ze zijn of wat ze van ons willen?'

'Ik weet het niet, maar ik heb een vermoeden,' zegt ze. 'Volgens mij zijn zij leden van de jihadistische terroristengroepering waar Julian me een paar maanden geleden over vertelde. Blijkbaar zijn ze boos dat hij weigerde hun een recent ontwikkeld wapen te verkopen.'

'Waarom?' vraag ik nieuwsgierig. 'Waarom wilde hij het niet aan ze verkopen?'

Ze haalt haar schouders op. 'Geen idee. Julian is erg kieskeurig als het op zakendoen aankomt. Misschien vertrouwde hij ze niet genoeg.'

'En nu willen ze ons als pressiemiddel gebruiken?'

'Dat denk ik wel,' zegt ze zacht. 'Jou in elk geval wel. Iemand in de kliniek moet omgekocht zijn, want ze wisten wie je was en wat je voor Julian betekende. Ik sliep in een van de kamers beneden toen ze me vonden, en ze gingen meteen door naar de eerste verdieping. Jouw verdieping. Volgens mij willen ze jou gebruiken als pressiemiddel tegen Julian, zodat hij ze dat wapen geeft.'

Ik haal beverig adem. 'Aha.' Ik wil me niet voorstellen hoe mensen die gestoord genoeg zijn om onschuldige mensen te willen doden een pressiemiddel gebruiken. Afschuwelijke beelden van afgehakte ledematen schieten door mijn hoofd. Ik duw ze met moeite weg. Ik kan nu niet toegeven aan de paniek die me op dreigt te slokken.

'Gelukkig was Julian niet in de kliniek toen ze de aanval openden,' zegt Beth. 'Ze hebben iedereen gedood, alle zestien mannen die Julian daar gestationeerd had.'

Ik slik moeizaam. 'Zestien mannen?'

Beth knikt. 'Ze waren met z'n dertigen of veertigen en hadden absurd veel wapens mee. Jij hebt het ergste niet eens gezien. Ze kwamen via de achteringang. In het andere trappenhuis lagen de lichamen opgestapeld. Veel van de doden waren van hun kant.'

Ik kijk haar aan en probeer rustig te blijven ademen. O nee. Verdomme. Als ze bereid zijn om zoveel van hun makkers op te offeren, moet dat wapen dat ze van Julian willen wel waanzinnig zijn. Zou hij het ze geven om ons te redden? Geeft hij daarvoor genoeg om Beth en mij? Ik weet dat hij me wil – en op een bepaalde manier om mijn welzijn geeft – maar ik weet niet of voor hem het meisje ook voor de zaken gaat.

En zelfs als hij ze geeft wat ze willen, is het nog niet gezegd dat ze ons in leven laten. Ik weet nog wat Julian vertelde over Maria's dood... dat ze vermoord was om hen te straffen voor een aanval op een pakhuis. In Julians wereld hebben acties consequenties. Brute consequenties.

'Denk je dat hij ons komt halen?' vraag ik zachtjes aan Beth. Eigenlijk is de situatie behoorlijk ironisch. Ik beschouw Julian nu als mijn redder, mijn prins op het witte paard. Ik hoef niet langer van hem gered te worden.

Wanneer Beth me aankijkt, steken haar ogen donker af tegen haar bleke gezicht. 'Jawel,' zegt ze zacht. 'Hij komt ons halen. Ik weet alleen niet of het tegen die tijd nog wat uitmaakt.'

~

DE UREN DIE VOLGEN, KRUIPEN VOORBIJ. DE MANNEN negeren ons voornamelijk, hoewel ik sommigen een paar keer naar mijn blote benen zie loeren als hun leider even niet oplet. Gelukkig is het ziekenhuishemd vormeloos en van een dikke stof gemaakt. Minder sexy dan dit wordt het niet. De gedachte dat een van hen aan me zit – of meerdere –, geeft me kippenvel.

We krijgen niets te eten of te drinken. Dat is geen goed teken; het maakt ze blijkbaar niets uit of we in leven blijven of niet. Na een tijdje krijg ik zo'n dorst dat ik alleen nog aan water kan denken en mijn maag rommelt omdat hij zo leeg is. Het ergste van alles zijn echter de vlagen angst die me van tijd tot tijd overspoelen en duistere beelden, als uit een slechte horrorfilm, voor mijn ogen laten afspelen.

Ik probeer een gesprekje aan te knopen met Beth om mezelf af te leiden, maar na ons eerste gesprek heeft ze zich teruggetrokken in zichzelf en geeft ze alleen nog korte antwoorden. Ze is er mentaal gewoon niet meer bij. Ik ben daar behoorlijk jaloers op. Ik wou dat ik op die manier aan de realiteit kon ontsnappen. Mijn geest laat de realiteit alleen los als Julian me op zijn specifieke manier martelt.

Net als ik in staat ben om te gaan gillen van frustratie, stappen twee mannen het pakhuis binnen. Tot mijn verrassing ziet een van hen eruit als een zakenman; zijn pak met krijtstreep is duidelijk op maat gemaakt en een modieuze leren tas hangt gekruist over zijn borst. Hij lijkt me vrij jong, ergens in de dertig, en fit. Met zijn gladgeschoren, olijfkleurige huid en glanzende donkere haar zou hij zo op de cover van een mannentijdschrift hebben kunnen staan – als hij geen terrorist was geweest.

Hij wisselt een paar woorden met de mannen aan de andere kant van het pakhuis en loopt dan naar ons toe. Terwijl hij dichterbij komt, zie ik dat hij een kille blik heeft en dat zijn neusvleugels zich licht opensperren. De manier waarop hij naar me kijkt zonder te knipperen, heeft iets reptielachtigs. Hij stopt vlak voor me. Als hij me aanstaart, met zijn hoofd iets gekanteld, kan ik een huivering niet onderdrukken.

Ik kijk terug. Mijn hart bonst in mijn keel. Objectief gezien is hij knap, maar ik voel me niet in het minst tot hem aangetrokken. Ik ben alleen maar bang voor hem. Feitelijk is dat een opluchting. Ergens heb ik me aldoor afgevraagd of er iets mis met me is; of ik automatisch val voor mannen die me bang maken. Maar nee, ik val op Julian omdat hij het is. De crimineel die nu voor me staat, beangstigt me en stoot me af. Het is een heel normale reactie, waar ik eigenlijk blij mee ben.

'Hoelang ken je Esguerra al?' vraagt hij. Zijn accent is Brits, al zit er vleugje van iets anders in. Beths hoofd schiet omhoog als ze zijn stem hoort. Ik zie dat ze weer terug is in de werkelijkheid.

Ik aarzel even voor ik antwoord geef. 'Zo'n vijftien maanden.' Ik zie niet in waarom ik dat zou verzwijgen.

Hij trekt beide wenkbrauwen op. 'En hij heeft je al die tijd verborgen gehouden? Indrukwekkend...'

Ik wil lachen, maar dat durf ik niet. Julian heeft me letterlijk verborgen gehouden op dat eiland, dus die gast heeft nog gelijk ook. Mijn lippen vertrekken onwillekeurig, wat een blik van verbazing uitlokt bij de man tegenover me.

'Jij bent wel een dapper klein hoertje, hè?' zegt hij langzaam. 'Of vind je dit grappig?'

Ik zwijg. Wat moet ik daar nou op zeggen? Nee, ik vind het niet grappig, want ik weet dat je me gaat martelen en waarschijnlijk vermoorden om wraak te nemen op Julian? Dat klinkt niet echt best.

Zijn blik vernauwt zich en ik besef dat ik hem kwaad heb gemaakt. Hij ziet eruit als een cobra die op het punt staat toe te slaan. Mijn hartslag schiet weer omhoog en ik zet me schrap voor de klap die ik verwacht, maar in plaats daarvan opent hij zijn tas en haalt er een iPad uit.

Hij kijkt erop, tikt iets en kijkt dan weer naar mij. 'Laten we eens zien of Esguerra dit ook grappig vindt,' zegt hij zacht, terwijl hij de tas weer dichtdoet. 'Ik hoop voor jou, meisje, dat hij er anders over denkt.' Dan draait hij zich om en loopt terug naar de andere mannen.

ONDANKS MIJN ANGST EN ONGEMAK VAL IK NA EEN TIJDJE IN SLAAP OP DE STOEL. Mijn lichaam is nog herstellende van de operatie, en daarnaast ben ik zowel fysiek als emotioneel uitgeput van de gebeurtenissen van die dag.

Ik word wakker van het geluid van stemmen. De man in het pak en de kleine man die ik in gedachten de leider had genoemd staan voor me. Ze zijn bezig met iets wat op een grote camera op een statief lijkt.

Ik heb moeite met slikken. Mijn mond voelt zo droog als de Sahara en hoewel ik al tijden hier zit, hoef ik niet te plassen. Ik neem dat ik inmiddels ernstig uitgedroogd begin te raken.

Als hij ziet dat ik wakker ben, schenkt het Pak – zo noem ik hem maar – me een dun glimlachje. 'Tijd voor een showtje. Laten we eens zien hoe graag Esguerra zijn hoertje terug wil.'

Een golf van misselijkheid stort zich in mijn lege maag. Ik draai mijn hoofd om Beth aan te kunnen kijken. Ze kijkt strak voor zich uit met een bleek gezicht. Haar blik is op oneindig gericht. Ik weet niet of ze geslapen heeft, maar ze lijkt nog onbereikbaarder dan eerst.

Ze richten de camera op ons en controleren de hoek een paar keer. Dan komt het Pak naast me staan. Zodra het lampje van de camera aangaat, begint hij me door mijn geklitte haren te strijken.

'Je weet wat ik wil, Esguerra,' zegt hij afgemeten. Zijn blik is op de camera gericht. 'Je hebt tot morgen middernacht om het me te bezorgen. Dan blijft je sletje ongedeerd. Je krijgt haar zelfs van me terug. Zo niet... Dan krijg je haar ook terug.' Hij wacht even en glimlacht wreed. 'In kleine stukjes.'

Ik staar naar de camera en proef gal in mijn keel. Ze hebben me nog niets gedaan, maar ik weet dat dit gewelddadige mannen zijn. Ze bezitten dezelfde duisternis die ik ook in Julian bespeur. Mannen als deze zijn gewoon anders. Zij houden zich niet aan sociale omgangsvormen. Zij houden zich niet aan de regels.

Het Pak laat mijn haar los en hij stapt op Beth af. 'Misschien trek je mijn woorden in twijfel, Esguerra,' zegt hij, nog altijd naar de camera kijkend. 'Misschien denk je dat ik niet standvastig genoeg ben. Laat ik je tonen wat er met je hoertje gaat gebeuren als je me niet geeft wat ik wil. We beginnen met de rooie en gaan verder met die daar...' – hij knikt in mijn richting – '... morgen om middernacht.'

'Nee!' schreeuw ik als tot me doordringt wat hij van plan is. 'Raak haar niet aan!' Ik worstel om los te komen, maar de touwen zijn goed geknoopt. Ik kan niets anders doen dan hulpeloos toekijken als hij een hand om Beths keel legt en begint te knijpen. 'Blijf van haar af, verdomme. Julian zal je vermoorden. Hij zal je verdomme vermoorden...'

Maar het Pak negeert mijn geschreeuw. In plaats daarvan snauwt hij een bevel in het Arabisch en er stapt een man naar voren. Met een scherp mes snijdt hij Beths touwen los.

Heel even kruisen onze blikken elkaar, de hare doodsbang, en dan smakt ze met haar gezicht naar voren op de grond.

Het Pak zet een knie in haar rug en trekt aan haar haren zodat haar hoofd omhoogkomt. Haar voeten trappelen weerloos tegen de grond.

Ik geef opnieuw een schreeuw als het Pak een mes uit zijn zak haalt en het in Beths wang zet.

Ze schreeuwt het uit en begint te worstelen. Bloed spuit alle kanten op als hij haar gezicht opensnijdt tot er een diepe, bloedige snee is ontstaan.

Ik kokhals als mijn maag zich omdraait, maar hij is nog niet klaar.

Beths andere wang volgt, waarna hij een stuk vlees uit haar bovenarm snijdt.

Haar schreeuwen van pijn galmen door het pakhuis en worden versterkt door mijn eigen hysterische gehuil. Ik voel haar pijn alsof ik het ben in wie gesneden wordt en ik kan het niet aan. 'Laat haar met rust!' gil ik. 'Verdomde klootzak! Laat haar met rust!'

Maar dat doet hij niet. Hij blijft haar maar snijden, met ogen die schitteren van opwinding.

Vol afschuw besef ik dat hij hiervan geniet; dit is niet alleen een show die hij opvoert. Beths geworstel wordt steeds zwakker, haar schreeuwen wordt een snikkend kreunen. Overal ligt bloed; ze verdrinkt er zowat in. Ik begrijp niet dat ze nog steeds bij kennis is. Zwarte vlekken dansen voor mijn ogen, de muren lijken op me af te komen en ik kan niet genoeg lucht krijgen.

Dan geeft Beths lichaam een vreemde schok, ze maakt een gorgelend geluid... en dan wordt het stil. Het enige dat ik nu nog hoor, is mijn eigen gierende, snikkende ademhaling. Beth ligt in een poel van bloed die rondom haar hals steeds groter wordt.

Het Pak staat op, veegt zijn mes aan zijn nette broek af en keert zich nogmaals naar de camera. 'Dat was een snelle show, speciaal voor jou, Esguerra,' zegt hij met een brede glimlach. 'Ik wilde er niet te lang over doen, want je hebt tijd nodig om te regelen wat ik van je wil. Mocht ik het niet krijgen, wees er dan van verzekerd dat de volgende show veel, veel langer zal duren.' Hij stapt op me af en laat een bebloede vinger langs mijn wang glijden. 'Je sletje is zo mooi dat ik mijn mannen misschien nog wel even van haar laat genieten voor ik begin...'

Ditmaal heb ik het niet meer onder controle. Ik slaag er nog net in om mijn hoofd opzij te draaien voor ik mijn maaginhoud in een reeks heftige oprispingen op de vloer stort.

HOOFDSTUK 23

ZODRA ZE DE CAMERA HEBBEN UITGEZET, LATEN ZE ME weer alleen. Beths lichaam wordt weggesleept en iemand veegt de vloer ongeïnteresseerd schoon, waardoor een aantal roodbruine vlekken achterblijft. Ik blijf er maar naar kijken. Mijn gedachten zijn sloom, alsof ik gedrogeerd ben. Hoewel ik niet meer tril, gaat er af en toe nog een rilling door me heen. Mijn hechtingen doen pijn en ik vraag me af of ik ze heb beschadigd tijdens mijn geworstel. Maar ik zie geen bloed op mijn ziekenhuishemd, dus ik denk dat ze nog intact zijn.

Wat later komen ze me water brengen. Gulzig drink ik het bekertje leeg. Een paar mannen lachen en zeggen iets in het Arabisch terwijl ze suggestieve gebaren met hun kruis maken. Volgens mij hopen ze dat Julian hun eisen niet inwilligt, zodat ze hun gang met me kunnen gaan voor het Pak zijn plan uitvoert.

Maar voorlopig laten ze me godzijdank met rust. Ik

mag zelfs even buiten plassen, begeleid door dezelfde ongeïnteresseerde bewaker als eerst. Volgens mij is hij nu mijn officiële toiletmaatje, dus ik doop hem Toiletjongen.

Ik geef een paar van de anderen ook bijnamen. Degene met de zwarte baard tot halverwege zijn borst is Zwartbaard. Die met de inhammen is Kale. De kleine die de aanval op de kliniek leidde noem ik Knoflookadem.

Ik moet iets doen om mijn gedachten van Beth af te leiden. Ik mag niet aan haar denken, niet als ik mijn gezonde verstand wil bewaren. Als ik hier levend uitkom, heb ik genoeg tijd om te rouwen om de vrouw die mijn vriendin geworden was. Als ik het overleef, zal ik mezelf toestaan te huilen, te rouwen en te schreeuwen vanwege de zinloosheid van haar gewelddadige dood. Maar nu besta ik alleen maar. Ik richt me op de kleinste, meest zinloze dingen, om maar te voorkomen dat de brute realiteit me verzwelgt.

De tijd gaat erg langzaam. Het wordt donker en ik kijk naar de vloer, de muren en het plafond. Volgens mij doezel ik zelfs een paar keer weg, maar bij elk geluidje schrik ik wakker. Ik heb nog altijd geen eten gehad en mijn maag doet pijn van de honger. Maar het geeft niet. Ik ben dankbaar dat ik nog leef. Ik weet dat dit niet lang zal duren… tenzij Julian ze het wapen levert.

Ik sluit mijn ogen en doe net of ik op het eiland ben en op het strand een boek zit te lezen. Ik probeer me voor te stellen dat ik op kan staan en dat Beth thuis het avondeten aan het bereiden is. Ik houd mezelf voor dat Julian op zakenreis is, maar dat ik hem snel weer zie. Ik haal me zijn glimlach voor de geest, de manier waarop zijn donkere haar om zijn gezicht valt, de harde, mannelijke perfectie van zijn trekken. Zijn warmte, zijn veiligheid, zijn omarming; ik verlang naar alles aan hem terwijl ik in een onrustige slaap sukkel.

IK SCHRIK WAKKER ALS EEN GROTE HAND ZICH OM MIJN MOND SLUIT. Mijn ogen schieten open en een golf adrenaline slaat door me heen. Doodsbang begin ik te worstelen, tot ik een bekende stem in mijn oor hoor. 'Sst, Nora. Ik ben het. Je moet heel stil zijn, goed?'

Mijn hele lichaam begint te trillen van opluchting. Ik knik kort en de hand wordt weggehaald. Ik draai mijn hoofd en kijk Julian vol ongeloof aan.

Hij hurkt naast me, van top tot teen in het zwart gehuld. Een kogelvrij vest bedekt zijn torso en schouders. Zijn gezicht is beschilderd met diagonale zwarte strepen. Een machinegeweer hangt over zijn ene schouder en aan zijn riem zie ik nog een heel scala aan wapens bevestigd. Dit is een dodelijke vreemdeling die ik hier naast me zie. Maar zijn ogen – verrassend helder dankzij die donkere verf – zijn bekend.

Heel even denk ik dat ik droom. Het is onmogelijk dat hij hier is, in dit verlaten pakhuis, en tegen me praat. Dat kan niet; zijn vijanden bevinden zich op nog geen dertig meter afstand. Haastig kijk ik rond.

De mannen in de andere hoek slapen op dekens op de vloer. Ik tel er acht. Dat betekent dat een aantal van hen buiten moet zijn, waarschijnlijk om het gebouw te bewaken. Het Pak zie ik nergens, is hij ook buiten?

Als ik mijn aandacht weer op Julian richt, is hij bezig om met een gemeen uitziend mes de touwen rond mijn enkels door te snijden. 'Hoe ben je binnengekomen?' fluister ik verbluft.

Hij houdt even stil en kijkt me aan. 'Stil,' zegt hij op nauwelijks hoorbare toon. 'Je moet hier weg voor ze wakker worden.'

Ik knik en houd mijn mond terwijl hij me losmaakt. Ondanks het gevaar voel ik me bijna duizelig van geluk. Julian is bij me. Hij is me komen halen. Ik voel zoveel liefde en dankbaarheid dat ik mijn emoties nauwelijks kan bedwingen; ik wil opspringen en hem omhelzen. Desondanks blijf ik stil zitten terwijl hij de laatste touwen weghaalt.

Zodra ik los ben, trekt hij me overeind. Hij slaat zijn armen om me heen en houdt me stevig tegen zich aan. Ik voel hem even trillen – dan laat hij me los en zet een stap achteruit. Hij legt twee handen om mijn gezicht en kijkt me fel aan. Zijn blauwe ogen staan bezitterig.

Hij hoeft het niet te zeggen. Ik weet het.

Ik weet dat hij me altijd en overal zou komen redden.

Ik weet dat hij voor me zou doden.

Ik weet dat hij voor me zou sterven.

Hij laat mijn gezicht los en pakt mijn hand. 'We gaan,' zegt hij zacht. 'We hebben niet veel tijd.'

Ik houd zijn hand stevig vast en laat me naar een donker gebied leiden, bij de muur tegenover de slapende mannen. Het doolhof aan kratten en stellingen geeft ons dekking als Julian stopt. Hij laat me los en knielt op de grond. Ik hoor zijn hand over de grond schuiven en dan klinkt er een zacht gekraak als hij een vloerplank loshaalt en opzijschuift.

In de vloer bevindt zich een grote opening. Ik ga op mijn knieën zitten en kijk de duisternis in.

'Klim naar beneden,' fluistert Julian. Hij legt een hand op mijn knie en knijpt zacht. Die vertrouwde aanraking werkt kalmerend. 'Er is een ladder.'

Ik moet even slikken. Dan steek ik mijn hand uit om die ladder te vinden. Hoe wist hij dat?

Wederom lijkt hij mijn gedachten te kunnen lezen. 'Ik heb hun computer gehackt, daar stonden blauwdrukken van het gebouw op,' legt hij zacht uit. 'Hieronder is een opslagruimte, vanwaaruit een rioolpijp naar buiten leidt. Daar moet je door ontsnappen.' Hij laat me los en ik voel me alleen, overweldigd door het gevaar van de situatie.

Mijn hand raakt de ladder. Ik grijp hem vast, klaar om erop te stappen. Julian houdt me vast als ik mijn evenwicht erop zoek en naar beneden begin te klimmen. Het is volkomen donker daarbeneden en normaal gesproken zou ik voor geen goud een onbekende kelder ingaan, maar ik ben op dit moment banger voor die mannen hier dan voor wat ook. Ik klim een paar sporten naar beneden en kijk dan op naar Julian, die daar nog steeds zit.

Zijn uitdrukking is gespannen en alert, alsof hij ingespannen zit te luisteren.

Dan hoor ik het: stemmen, gevolgd door een paar uitroepen. Mijn ontsnapping is ontdekt.

Julian gaat in een soepele beweging staan en grijpt zijn machinegeweer vast. Dan kijkt hij op me neer. 'Ga,' beveelt hij me. 'Nu, Nora. Zoek die rioolbuis en ga naar buiten. Ik houd ze op afstand.'

'Wat? Nee!' Vol afschuw staar ik hem aan. 'Kom mee!'

Hij werpt me een woeste blik toe. 'Schiet op,' sist hij. 'Nu, anders gaan we er allebei aan. Ik kan me niet druk maken om jou én ze op afstand houden.'

Ik aarzel, want ik weet het even niet meer. Voor geen goud wil hem achterlaten, maar ik wil hem ook niet hinderen. 'Ik houd van je,' zeg ik zacht. Als ik opkijk, zie ik een rij regelmatige witte tanden als antwoord.

'Ga, schatje,' zegt hij nu op veel mildere toon. 'Je ziet me zo weer.'

Hoewel het me pijn doet, doe ik wat hij vraagt en klim zo snel mogelijk langs de ladder naar beneden. Het geschreeuw wordt luider. Ik besef dat ze het warenhuis doorzoeken, beginnend bij het doolhof in het midden. Het is een kwestie van tijd voor ze in dit donkere gebied komen. Mijn lichaam trilt, een combinatie van zenuwen en adrenaline, en ik concentreer me erop niet te vallen terwijl ik verder in de duisternis afdaal.

Bam-bam-bam! Boven me barst een spervuur aan geweerschoten los. Ik schrik en klim nog sneller naar beneden, mijn ademhaling luid en onregelmatig. Zodra mijn voeten een ondergrond raken, laat ik de ladder los en begin ik langs de muur te tasten, op zoek naar de rioolpijp.

Nog meer schoten. Geschreeuw. Gegil.

Mijn hart bonkt nu zo luid dat ik ervan overtuigd ben dat iedereen het kan horen. Er piept iets en ik voel kleine pootjes over mijn blote voet rennen. Ik negeer ze en blijf zoeken. Momenteel geef ik niets om ratten. Ergens daarboven is Julian in levensgevaar. Ik weet niet of hij alleen is of dat hij versterking heeft meegebracht. De gedachte dat hij verwond of gedood zou kunnen worden, is zo afschuwelijk dat ik er niet eens over na wil denken. Niet als ik dit wil overleven.

Mijn handen glijden langs de muur, maar die buis kan ik niet vinden. Het is te donker. Hijgend blijf ik zoeken. Mijn handen gaan van boven naar beneden over het gladde oppervlak. Ik merk wel dat mijn hechtingen pijn doen, maar dat negeer ik. Ik moet koste wat het kost een uitgang vinden. Als ze me te pakken krijgen, leef ik niet lang meer.

Nog meer schoten, nog meer geschreeuw.

Ik blijf zoeken, maar mijn angst en frustratie worden alleen maar groter. Julian is daarboven. Ik probeer niet aan hem te denken, maar het lukt niet. Rationeel gezien weet ik dat ik niets kan doen om hem te helpen. Ik draag een ziekenhuishemd, ik ben blootsvoets en ik heb nog geen vork om mezelf mee te verdedigen. Hij is tot de tanden gewapend en draagt een kogelvrij vest. Maar goed, ratio heeft dan ook niets te maken met de gruwelijke angst die ik voel bij de gedachte dat ik hem zou kunnen verliezen.

Hij overleeft het wel, houd ik mezelf steeds voor. Julian weet wat hij doet. Dit is zijn wereld, zijn vak. Dit is het deel van zijn leven dat hij voor me afschermde.

Mijn handen raken iets hards ter hoogte van mijn knieën en dan verdwijnen ze in een gat. De rioolpijp! Ik heb hem gevonden.

Er klinkt nog meer gepiep en iets komt uit de pijp gewriemeld. Ik spring geschrokken achteruit, maar dan dwing ik mezelf op handen en knieën te gaan zitten en erin te kruipen. Waarschijnlijk kom ik nog wel meer ongedierte tegen.

De pijp is zo groot dat ik er op handen en knieën doorheen kan. Ik kruip zo snel ik kan, de geuren van riool en roest negerend. Gelukkig is het maar een klein beetje vochtig hier – al wil ik niet nadenken over wat dat vocht kan zijn.

Uiteindelijk kom ik bij het andere uiteinde. Ik krul me op tot een balletje, draai me om en laat me achterstevoren eruit zakken.

Ik zet een paar stappen en neem mijn omgeving in me op. De lucht boven me is bezaaid met sterren en verzadigd van de geuren van warme aarde en jungleplanten. Het pakhuis bevindt zich op een kleine heuvel boven me, zo'n vijftig meter verderop.

Misselijk van angst om Julian staar ik ernaar. Er klinkt nog meer geweervuur en nu zie ik ook de lichtflitsen erbij. Er wordt nog altijd gevochten, en ik houd mezelf voor dat dat een goed teken is. Als Julian dood was – als de terroristen gewonnen hadden – zou er niet meer geschoten worden. Blijkbaar heeft hij versterking meegebracht.

Ik sla mijn armen om mijn bovenlichaam en leun tegen een boom. Mijn benen beginnen te trillen in reactie op de angst en adrenaline.

Op dat moment licht de lucht op terwijl het gebouw ontploft... en een vlaag hete lucht slingert me in een groepje bosjes een paar meter verderop.

HOOFDSTUK 24

DE VIERENTWINTIG UUR DIE VOLGEN, ZIJN EEN groot waas.

Als ik weer opsta, voel ik me duizelig en gedesoriënteerd. Mijn hoofd bonst en mijn hele lichaam voelt bont en blauw. Mijn oren suizen; alles klinkt heel ver weg.

Volgens mij ben ik even buiten westen geweest door de klap. Tegen de tijd dat ik weer in staat ben te lopen, is het pakhuis bijna uitgebrand.

Verdwaasd strompel ik de heuvel op. Eenmaal boven begin ik de smeulende resten te doorzoeken. Soms kom ik iets tegen dat een verkoold lichaamsdeel lijkt, of een bijna compleet lichaam dat een hoofd of een been mist. Ik zie het wel, maar het dringt niet tot me door. Ik voel me vreemd, alsof ik niet echt aanwezig ben. Niets raakt me nog. Niets zit me nog dwars. Zelfs mijn fysieke gewaarwordingen zijn verdoofd door de schok.

Urenlang zoek ik naar hem. Als ik het opgeef, staat de zon al hoog aan de hemel en druip ik van het zweet.

Ik moet de waarheid onder ogen zien: er zijn geen overlevenden. Zo simpel is het.

Ik zou moeten huilen. Ik zou moeten schreeuwen. Ik zou íéts moeten voelen. Maar dat is niet zo. Ik voel me volkomen leeg.

Ik laat het pakhuis achter me als ik begin te lopen. Ik heb geen idee waar ik heen ga en eerlijk gezegd maakt het me ook niet uit. Ik ben alleen nog in staat de ene voet voor de andere te zetten.

Als het donker wordt, kom ik bij een groepje kleine huizen, gemaakt van hout en karton. Er loopt een beekje door het dorpje, en een groep vrouwen is de was aan het doen.

Hun geschokte gezichten zijn het laatste wat ik me herinner als ik voor hun voeten ineenzak.

'Mevrouw Leston, voelt u zich goed genoeg om een paar vragen te beantwoorden? Ik ben FBI-agent Wilson en dit is mijn collega Bosovsky.'

Ik kijk op naar de mollige man van middelbare leeftijd die aan mijn bed is komen staan. Hij ziet er niet uit als een FBI-agent. Zijn gezicht is rond en zijn vrolijke blauwe ogen en bolle wangen doen bijna babyachtig aan. Met een rode muts en witte baard zou agent Wilson een geweldige kerstman zijn. Zijn partner daarentegen, agent Bosovsky, is bijzonder dun en heeft diepe groeven in zijn magere gezicht.

De afgelopen twee dagen heb ik doorgebracht in een ziekenhuis in Bangkok. Een van de vrouwen bij de beek had de autoriteiten gewaarschuwd. Ik herinner me wel dat ze me ondervraagd hebben, maar ik betwijfel of mijn antwoorden ergens op sloegen. Maar goed, ze begrepen genoeg om de Amerikaanse ambassade in te lichten en mijn zaak over te dragen aan de Amerikanen.

'Uw ouders zijn op weg hierheen,' zegt Bosovsky als ik blijf zwijgen. 'Hun vlucht landt over een paar uur.'

Zijn woorden slagen erin door de dikke muur van ijs heen te dringen die me sinds de explosie lijkt te omringen, en ik knipper een paar keer. 'Mijn ouders?' Mijn keel lijkt ineens potdicht te zitten.

De dunne agent knikt. 'Ja, mevrouw Leston. Ze zijn gisteren ingelicht en het is ons gelukt meteen een vlucht naar Bangkok voor ze te boeken. Ze wilden u telefonisch spreken maar toen was u nog in slaap.'

Die informatie moet ik even verwerken. Ik heb van de artsen begrepen dat ik een lichte hersenschudding heb, evenals wat eerstegraads brandwonden en wat snijwonden op mijn voeten. Desondanks waren ze onder de indruk van mijn fysieke gesteldheid, zelfs na uitdroging, een recente operatie en de diverse blauwe plekken die ik had opgelopen. Maar blijkbaar heeft men me toch in slaap gehouden, zodat ik kon rusten.

'Wilt u wat vragen beantwoorden voor uw ouders

er zijn?' vraagt agent Wilson op vriendelijke toon als ik verder niets zeg.

Ik knik kort en hij trekt een stoel bij, net als zijn partner.

'Mevrouw Leston, u bent in juni vorig jaar ontvoerd,' zegt Wilson. De uitdrukking op zijn ronde gezicht is warm en begripvol. 'Wilt u ons iets vertellen over uw ontvoering?'

Ik aarzel even. Wil ik ze wel vertellen over Julian? En dan herinner ik me dat hij dood is. Het maakt allemaal niet meer uit. Heel even is de pijn van dat besef zo hevig dat ik geen adem meer krijg, maar dan schuift die ijzige muur weer om mijn hart. 'Prima,' antwoord ik vlak. 'Wat wilt u weten?'

'Weet u hoe hij heet?'

'Julian Esguerra. Hij is...' Ik slik even. 'Hij was een wapenhandelaar.'

De FBI-agent spert zijn ogen open. 'Een wapenhandelaar?'

Ik knik even en vertel ze wat ik van Julians organisatie weet. Agent Bosovsky schrijft alles zo snel mogelijk op, terwijl Wilson me vragen blijft stellen over Julians bezigheden en de terroristen die me gekaapt hadden. Ze lijken teleurgesteld dat hij omgekomen is – en dat ik er zo weinig van weet – en ik leg ze uit dat ik sinds mijn ontvoering niet van het eiland af geweest ben.

'Hij heeft u daar vijftien maanden lang vastgehouden?' De lijnen op agent Bosovsky's gezicht lijken nog dieper te worden als hij die vraagt stelt. 'Alleen u en die vrouw, Beth?'

'Ja.'

De agenten wisselen een blik uit. Ik weet wat ze denken: dat ik als een dier in een kooi opgesloten zat en gedwongen werd een crimineel te vermaken. Ooit voelde het inderdaad zo, maar dat is lang geleden. Nu zou ik alles doen om terug in de tijd te kunnen gaan en weer Julians gevangene te zijn.

Agent Wilson schraapt kort zijn keel als hij me weer aankijkt. 'Mevrouw Leston, vanmiddag komt een therapeut die gespecialiseerd is in seksueel misbruik bij u langs. Ze is heel goed–'

'Dat hoeft niet,' val ik hem in de rede. 'Het gaat prima met me.' Dat is ook zo. Ik voel me geen slachtoffer, ik voel me niet misbruikt. Ik voel helemaal niets meer.

Ze stellen nog een paar vragen en dan gaan ze weg.

De details van mijn relatie met Julian laat ik uit mijn relaas, maar ik vermoed dat ze het wel snappen.

Een compositietekenaar van de FBI komt daarna langs en ik beschrijf Julian voor hem. Hij blijft me maar raar aankijken als ik zijn interpretatie van mijn omschrijvingen corrigeer. 'Nee, zijn wenkbrauwen iets dikker, iets rechter. Zijn haar krult wat sterker, ja zo...'

Julians mond krijgt hij niet goed vastgelegd. Het is heel moeilijk om de schoonheid van die engelachtige, duistere glimlach te beschrijven. 'Maak zijn bovenlip iets voller... Nee, dat is te. Sensueler, mooi gewoon...'

Uiteindelijk zijn we klaar en staart Julians gezicht

me vanaf het witte vel papier aan. Ik voel weer zo'n stekende pijn, maar de leegte van eerder duwt die snel weg.

'Knappe vent,' is het commentaar van de kunstenaar. 'Mannen als hij kom je niet elke dag tegen.'

Mijn handen ballen zich tot vuisten, zo stevig dat mijn nagels in mijn palmen drukken. 'Nee, dat klopt.'

De volgende persoon die op bezoek komt, is de seksuoloog waar de FBI-agenten al over spraken. Ze is een mollige brunette die zo te zien ergens in de veertig is. Haar kordate houding doet me aan Beth denken.

'Ik ben Diane,' zegt ze ter introductie terwijl ze een stoel erbij trekt. 'Mag ik je Nora noemen?'

'Prima,' zeg ik vermoeid. Ik heb geen zin om met deze dame te praten, maar de vastberaden blik op haar gezicht laat me weten dat ze niet weggaat tot ik praat.

'Nora, wil je me vertellen over je tijd op het eiland?' vraagt ze. Ze kijkt me recht aan.

'Wat wilt u weten?'

'Wat jij prettig vindt om te vertellen.'

Daar moet ik even over nadenken. Ik vind niets prettig om aan haar te vertellen. Hoe moet ik haar uitleggen hoe Julian me liet voelen? Hoe kan ik de hoogte- en dieptepunten van onze ongewone relatie beschrijven? Ik weet al wat ze zal denken: dat ik niet goed bij mijn hoofd ben omdat ik van hem houd. Dat mijn gevoelens niet echt zijn, maar een gevolg van mijn gevangenschap.

En misschien heeft ze daar wel gelijk in, maar dat interesseert me niet meer. Er is goed en fout en wat

Julian en ik samen hadden. Niets of niemand zal ooit die leegte in mij kunnen vullen. Geen enkele therapie zal de pijn van hem verliezen kunnen verzachten. Ik glimlach beleefd naar Diane. 'Sorry,' zeg ik zacht. 'Maar ik wil nu liever niet met u praten.'

Ze lijkt niet in het minst verbaasd, maar knikt. 'Dat begrijp ik. Als slachtoffers voelen we ons vaak verantwoordelijk voor wat er gebeurd is. We denken dat we iets gedaan hebben waardoor dit ons is overkomen.'

'Dat denk ik helemaal niet,' zeg ik. Misschien heb ik dat even gedacht toen ik net ontvoerd was, maar toen ik Julian leerde kennen, was ik snel van die gedachte af. Hij was het soort man dat gewoon nam wat hij wilde, en hij wilde mij.

'Aha,' zegt ze met een licht verwarde uitdrukking. Maar die uitdrukking verdwijnt als ze denkt dat ze het raadsel heeft opgelost. 'Hij was heel knap, hè?' gokt ze met een blik op mij.

Ik beantwoord haar blik zwijgend. Ik wil het niet toegeven. Ik ben gewoon niet in staat om nu over mijn gevoelens te praten, niet als ik die ijzige afstand wil bewaren die me bij mijn volle verstand houdt.

Heel even kijkt ze me aan, dan staat ze op en geeft me haar kaartje. 'Mocht je ooit willen praten, bel me dan alsjeblieft, Nora,' zegt ze zacht. 'Je kunt het niet allemaal opkroppen. Dat verteert je uiteindelijk.'

'Goed, ik bel wel,' onderbreek ik haar. Ik pak haar kaartje aan en leg het op het nachtkastje. Ik lieg dat ik barst en dat weten we allebei.

Ze glimlacht even flauwtjes. Dan draait ze zich om en loopt de kamer uit.

Eindelijk ben ik weer alleen met mijn gedachten.

ALS MIJN OUDERS KOMEN, BESLUIT IK OP TE STAAN EN gewone kleren aan te doen. Ik wil niet dat ze me in een ziekenhuisbed zien liggen. Ze hebben zich al te lang te veel zorgen om me gemaakt, dus het laatste wat ik wil, is die zorgen nog vergroten.

Een van de zusters leent me gelukkig een goed passende spijkerbroek en een T-shirt. Ze is een kleine Thaise vrouw, wat betekent dat we bijna dezelfde lengte hebben. Het voelt gek om weer dit soort kleren te dragen. Ik ben zo gewend geraakt aan luchtige jurkjes dat de spijkerbroek hard en zwaar aanvoelt. Ik kan alleen nog geen schoenen aan, omdat mijn voeten nog herstellende zijn van de brandwonden die ik opliep tijdens mijn zoektocht in het uitgebrande pakhuis.

Als mijn ouders binnenkomen, zit ik in een stoel op ze te wachten. Mijn moeder stapt als eerste binnen. Ze barst in tranen uit zodra ze me ziet en meteen vliegt ze op me af. Mijn vader volgt haar en al snel omhelzen ze me allebei, in een kakafonie van praten en huilen.

Ik glimlach breed en knuffel ze allebei terug, waarna ik mijn best doe ze ervan te overtuigen dat het goed met me gaat, dat mijn verwondingen licht zijn en dat ze zich geen zorgen hoeven te maken. Maar ik huil niet. Dat kan ik niet. Alles voelt dof, alsof ik het van een afstandje bezie. Zelfs mijn ouders lijken meer op dierbare herinneringen dan echte mensen. Desondanks doe ik mijn best om normaal te doen – ik heb ze al te veel zorgen en stress gebracht.

Na een tijdje zijn ze genoeg gekalmeerd om te kunnen gaan zitten en een gesprek te voeren.

'Hij heeft contact met jullie opgenomen, toch?' vraag ik als ik me Julians belofte herinner. 'Hij heeft toch laten weten dat ik nog leefde?'

Mijn vader knikt, een gespannen uitdrukking op zijn gezicht. 'Een paar weken nadat je verdwenen was, ontvingen we een groot bedrag op onze bankrekening,' zegt hij zacht. 'Het was een storting van een miljoen dollar, vanaf een niet te herleiden buitenlandse rekening. We zouden een loterij gewonnen hebben.'

Mijn mond valt open. 'Wat?' Heeft Julian mijn ouders geld gegeven?

'Tegelijkertijd ontvingen we ook een e-mail,' gaat mijn vader met trillende stem verder. Het onderwerp was: 'Met alle liefs van jullie dochter'. Er zat een foto van je bij. Je lag op een strand een boek te lezen. Je zag er zo mooi, zo vredig uit...' Zijn stem breekt en hij slikt even. 'In de e-mail stond dat het goed met je ging en dat je bij iemand was die voor je zorgde. Het geld moesten we gebruiken om de hypotheek af te betalen. Er stond ook dat we je in gevaar zouden brengen als we met deze informatie naar de politie zouden stappen.'

Ik kijk hem verward aan. Wat zouden ze toen gedacht hebben? Een miljoen dollar...

'We wisten niet wat we moesten doen,' vertelt mijn moeder dan handenwringend. 'Het was een goede aanwijzing voor het onderzoek, maar we wilden je niet in gevaar brengen, waar je ook was...'

'Wat hebben jullie toen gedaan?' vraag ik gefascineerd. De FBI heeft niets gezegd over een miljoen dollar, dus dat moeten mijn ouders geheimgehouden hebben. Tegelijkertijd kan ik me niet voorstellen dat mijn ouders het geld zouden aannemen en verder niets zouden doen.

'We gebruikten het geld om een team privédetectives in te huren,' legt mijn vader uit. 'De besten in hun veld. Ze wisten het geld te herleiden naar een lege vennootschap op de Kaaimaneilanden, maar daar liep het spoor dood.' Hij zwijgt even en neemt me in zich op. 'Sindsdien hebben we dat geld gebruikt om je te zoeken.'

'Wat is er toch allemaal gebeurd, lieverd?' vraagt mijn moeder. Ze leunt naar me toe. 'Wie heeft je meegenomen? Waar kwam het geld vandaan? Waar ben je al die tijd geweest?'

Met een glimlach begin ik hun vragen te beantwoorden. Tegelijkertijd doe ik mijn best me hun trekken zo goed mogelijk in te prenten, ze in me op te nemen. Mijn ouders zijn knappe mensen, allebei gezond en in vorm. Ik werd geboren toen ze begin twintig waren, dus ze zijn nog relatief jong. Mijn vader heeft slechts een paar grijze plukken in zijn donkere haar, al zijn het er meer dan ik me herinner.

'Je hebt echt in de oceaan gezwommen en boeken gelezen op het strand?' Mijn moeder kijkt me ongelovig aan als ik over mijn gebruikelijke routine op het eiland vertel.

'Ja.' Ik lach breed naar haar. 'Op een bepaalde manier was het net een heel lange vakantie. Hij heeft inderdaad voor me gezorgd, net zoals hij schreef.'

'Maar waarom heeft hij je dan ontvoerd?' vraagt mijn vader vol frustratie. 'Waarom wilde hij je bij ons weghalen?'

Ik haal mijn schouders op omdat ik niets wil vertellen over Maria of Julians extreme bezitsdrang. 'Ik denk dat hij gewoon zo'n soort man was,' zeg ik zo nonchalant mogelijk. 'En hij kon niet gewoon met me uitgaan vanwege zijn werk.'

'Heeft hij je pijn gedaan, lieverd?' vraagt mijn moeder met een meelevende uitdrukking in haar ogen. 'Was hij wreed?'

'Nee,' zeg ik zacht. 'Hij was niet wreed.'

Ik krijg de ingewikkelde lagen van mijn relatie met Julian toch niet aan mijn ouders uitgelegd, dus ik probeer het niet eens. Veel details van mijn gevangenschap laat ik achterwege; ik richt me op de positieve punten. Ik vertel ze over de vistochtjes met Beth en mijn ontdekte liefde voor schilderen. Ik beschrijf de schoonheid van het eiland en dat ik weer ging hardlopen. Tegen de tijd dat ik even adem moet halen na mijn hele verhaal, zitten ze me vreemd aan te kijken.

'Nora, lieverd,' vraagt mijn moeder voorzichtig, 'ben je... verliefd op die Julian?'

Als ik lach, klinkt het hol. 'Verliefd? Nee, natuurlijk niet.' Ik heb geen idee hoe ze op dat idee gekomen is, want ik heb geprobeerd het onderwerp Julian zo veel mogelijk te vermijden. Hoe vaker ik aan hem denk, hoe sneller die ijzige muur die me tegen mijn pijn en emoties beschermt, afbrokkelt.

'Natuurlijk niet,' herhaalt mijn vader terwijl hij me met een scherpe blik opneemt. Ik zie dat hij me niet gelooft.

Blijkbaar voelen mijn ouders de waarheid haarfijn aan: mijn redding was veel traumatischer voor me dan mijn ontvoering.

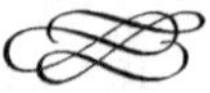

IN DE VIER MAANDEN DIE VOLGEN, PROBEER IK MIJN leven weer op te pakken.

Na nog een dag in het ziekenhuis in Bangkok word ik fit genoeg verklaard om te reizen, en stap ik met mijn ouders op het vliegtuig terug naar Illinois. De twee FBI-agenten, Wilson en Bosovsky, gaan met ons mee. Gedurende de vierentwintig uur durende vlucht stellen ze me nog veel meer vragen. Ze lijken behoorlijk gefrustreerd omdat Julian Esguerra in hun databases niet lijkt te bestaan.

'Je hebt hem geen andere namen horen gebruiken?' vraagt Bosovsky me voor de derde keer nadat een Interpol-zoektocht geen resultaten heeft opgeleverd.

'Nee,' antwoord ik geduldig. 'Ik kende hem alleen als Julian. Die terroristen noemden hem Esguerra.'

Beths vermoeden omtrent de identiteit van de mannen die ons uit de kliniek ontvoerden, bleek correct. Ze behoorden inderdaad tot een gevaarlijke jihadistische organisatie, Al-Quadar geheten, maar meer wist de FBI ook niet.

'Het is gewoon niet logisch,' zegt agent Wilson. Zijn bolle wangen trillen van ergernis. 'Iedereen met zulke middelen zou bij ons bekend moeten zijn. Als hij aan het hoofd stond van een illegale organisatie die hypermoderne wapens produceerde en verhandelde, hoe kan dan geen enkele overheidsinstantie daar iets van afweten?'

Ik heb geen idee wat ik daarop moet zeggen, dus haal ik mijn schouders maar op. Ook de privédetectives die mijn ouders hadden ingehuurd, hebben niets over hem kunnen vinden.

Mijn ouders en ik hebben overlegd of we de FBI over het geld zouden vertellen, maar uiteindelijk besloten we dat niet te doen. Die informatie nu pas onthullen zou mijn ouders in de problemen brengen. Misschien zou de FBI denken dat ze me aan Julian verkocht hadden. Welke ontvoerder stuurt de familie van zijn slachtoffer nou geld?

Ik ben uitgeput als we eindelijk thuis zijn. Ik ben het moe dat mijn ouders me constant in de gaten houden en ik ben de FBI met hun miljoenen vragen waar ik toch geen antwoord op heb ook beu. Maar bovenal ben ik moe van al die mensen om me heen. Na een jaar lang vrijwel volledig van menselijk contact verstoken te zijn geweest, zijn de controles op de luchthaven overweldigend.

Als ik mijn oude kamer in het huis van mijn ouders binnenstap, zie ik dat er nauwelijks iets veranderd is.

'We hoopten aldoor dat je terug zou komen,' verklaart mijn moeder. Ze straalt van geluk. Ik glimlach naar haar en omhels haar innig voor ik haar zachtjes de kamer uit werk. Ik moet echt even alleen zijn, want ik weet niet hoelang ik het normaal doen nog volhoud.

Pas die avond, nadat ik heb gedoucht in mijn oude badkamer, geef ik toe aan mijn verdriet.

Twee weken na mijn thuiskomst ga ik het huis uit. Mijn ouders proberen me tegen te houden, maar ik slaag erin ze ervan te overtuigen dat dit goed voor me is. Ik moet op eigen benen staan, onafhankelijk worden. In werkelijkheid trek ik het niet om vierentwintig uur per dag in de buurt van mijn ouders te zijn, hoeveel ik ook van ze houd. Ik ben niet langer het onbezorgde meisje van vroeger en het is te vermoeiend om net te doen alsof ik haar wel ben. In de kleine studio die ik huur, kan ik tenminste mezelf zijn.

Mijn ouders willen me wat er nog over is van Julians gift meegegeven – een half miljoen ongeveer – maar dat weiger ik. Dat geld was voor de aflossing van hun hypotheek; ik wil dat ze het daarvoor gebruiken. Na talloze discussies vinden we een compromis: ze lossen een groot deel van de hypotheek af en herfinancieren wat er overblijft. De rest van het geld wordt in mijn studiefonds gestort.

Hoewel ik in principe voorlopig niet hoef te werken, neem ik toch een baantje als serveerster in een restaurant aan. Het geeft me een reden om het huis uit te gaan zonder druk op me te leggen en dat is precies wat ik nu nodig heb. Er zijn nachten waarin ik niet slaap, dagen waarin ik mijn bed nauwelijks uitkom. De leegte die ik vanbinnen voel, is verpletterend. Het verdriet is verstikkend, zo verstikkend dat het me al mijn energie kost om nog enigszins normaal te functioneren.

Als ik wel slaap, heb ik nachtmerries. Steeds weer zie ik Beths dood en de explosie van het pakhuis voor me, tot ik nat van het koude zweet wakker schrik. Na zulke dromen lig ik nog tijdenlang wakker, snakkend naar Julian en de warmte en veiligheid van zijn armen. Ik voel me verloren zonder hem, stuurloos als een schip zonder roer midden op de oceaan. Zijn afwezigheid voelt als een etterende wond die maar niet wil genezen.

Beth mis ik ook. Ik mis haar nuchtere houding, haar praktische benadering van het leven. Als ze hier was, zou zij de eerste zijn die zou zeggen dat slechte dingen nu eenmaal gebeuren en dat ik er gewoon mee moet leren omgaan. Ze zou willen dat ik verder ging met mijn leven.

En dat probeer ik echt wel, maar de zinloze gewelddadigheid van haar dood vreet aan me. Julian had gelijk. Ik had geen idee hoe het was om echt te haten. Ik wist niet hoe het was om iemand pijn te willen doen, om iemand echt dood te wensen. Nu wel. Als ik terug in de tijd zou kunnen gaan om de terrorist te doden die Beth zo gruwelijk heeft vermoord, zou ik het zonder aarzelen doen. Dat hij omgekomen is bij die explosie, is niet genoeg. Ik wou dat ik degene was die zijn leven had beëindigd.

Mijn ouders staan erop dat ik naar een psycholoog ga. Om hen tevreden te houden, ga ik inderdaad een paar keer. Maar het helpt niet. Ik ben er niet klaar voor om mijn hart en ziel bloot te geven aan een vreemdeling en de sessies zijn dan ook een verspilling van tijd en geld. Ik ben nog niet in staat om hulp te accepteren bij de verwerking; daarvoor is het verlies nog te vers, zijn mijn emoties nog te heftig.

Het schilderen pak ik wel weer op, maar ik schilder niet langer zonovergoten landschappen. Mijn kunst is nu duisterder, chaotischer. Steeds weer schilder ik de explosie, in de hoop dat ik het zo van me af kan zetten. Elke afbeelding is weer iets anders, iets abstracter. Ik schilder ook Julians gezicht. Ik heb geen foto's dus ik moet het uit mijn hoofd doen. Het stoort me dat ik niet in staat ben de verbluffende perfectie van zijn trekken vast te leggen. Hoe hard ik het ook probeer, het lukt me niet.

Omdat al mijn vrienden zijn gaan studeren, spreek ik iedereen die eerste weken alleen via de telefoon of via Skype. Ze weten zich geen houding te geven en dat kan ik ze moeilijk kwalijk nemen. Ik houd de gesprekken luchtig, vraag vooral naar hun levens na ons afstuderen, maar ze vinden het gek om over vriendjes en examens te praten met iemand die in hun ogen het slachtoffer van een vreselijke misdaad is. In hun blikken zie ik nieuwsgierigheid en medelijden, wat ervoor zorgt dat ik mijn ervaringen op het eiland gewoon niet met ze kan bespreken.

Als de University of Michigan vakantie heeft, komt Leah tijdelijk terug naar huis. Natuurlijk zoeken we elkaar op. Een paar knuffels verhelpen de aanvankelijke terughoudendheid. Dit is nog altijd hetzelfde meisje dat al mijn beste vriendin was op de basisschool.

'Leuke plek heb je hier,' zegt ze terwijl ze rondsnuffelt in mijn studio en een paar van mijn schilderijen bekijkt. 'Toffe schilderijen ook. Waar komen ze vandaan?'

'Ik heb ze zelf geschilderd,' vertel ik terwijl ik mijn laarzen aantrek. We gaan naar een lokale Italiaan om een hapje te eten. Ik draag een nauwsluitende spijkerbroek en een zwart topje, en even lijkt het net of er geen anderhalf jaar is verstreken.

'Echt?' Leah kijkt me verbluft aan. 'Sinds wanneer kun jij schilderen?'

'Ik heb het nog niet zo lang geleden ontdekt,' antwoord ik terwijl ik mijn jas pak. Het is inmiddels herfst geworden en de lucht wordt steeds koeler. Na een jaar in de tropische temperaturen op het eiland vind ik zelfs vijftien graden koud aanvoelen.

'Wauw, Nora, die schilderijen zijn echt heel erg goed,' zegt ze als een van de explosie-schilderijen beter bekijkt. Die heb ik opgehangen; die van Julian zijn privé. 'Ik wist niet dat je het in je had.'

'Bedankt.' Ik lach naar haar. 'Zullen we?'

ONS ETENTJE IS HEEL GEZELLIG. LEAH VERTELT ME OVER de universiteit en haar nieuwe vriendje Jason. Ik luister aandachtig en we maken grappen over jongens en hun rare drinkgewoontes.

'Wanneer ga jij je inschrijven voor een studie?' vraagt ze halverwege het toetje. 'Je wilde eerst naar de plaatselijke hogeschool. Ben je dat nog steeds van plan?'

Ik knik. 'Ja, ik ga me aanmelden voor het lentesemester.' Hoewel ik nu genoeg geld heb om naar de universiteit te gaan, zie ik niet in waarom ik van mijn oorspronkelijke plan zou afwijken. Het geld dat op mijn rekening staat, laat ik liever met rust. Op de een of andere manier voelt het niet helemaal echt.

'Gaaf,' zegt Leah met een brede lach. Ze lijkt een beetje opgewonden, alsof ze ergens heel erg enthousiast over is.

Al snel kom ik erachter wat haar zo uitgelaten maakt.

'Hoi, Nora,' hoor ik een bekende stem achter me zeggen, net als we willen gaan betalen.

Geschrokken spring ik op. Achter me staat Jake, de jongen met wie ik een date had toen Julian me ontvoerde.

De jongen die Julian heeft mishandeld om mij te laten doen wat hij wilde.

Hij is nauwelijks veranderd: slordig door de zon gebleekt haar, warme bruine ogen, goedgebouwd.

Alleen zijn uitdrukking is anders. Hij kijkt gespannen, afwachtend, en die behoedzame blik voelt als een stomp in mijn maag.

'Jake.' Het voelt alsof ik een geest zie. 'Ik wist niet dat je hier was. Ik dacht dat je aan de uni–'

Maar dan besef ik wat er aan de hand is. Met een beschuldigende blik draai ik me om naar Leah, die me een grote grijns toewerpt als reactie. 'Hopelijk vind je het niet vervelend,' zegt ze vrolijk. 'Ik zei tegen Jake dat ik je dit weekend ging opzoeken en hij zei dat hij graag mee wilde. Ik wist niet zeker wat jij daarvan zou vinden, vanwege alles' – ze bloost een beetje – 'dus liet ik gewoon vallen dat we vanavond hier zouden zijn.'

Ik staar haar aan, knipperend als een uil, terwijl mijn handpalmen vochtig worden. Leah weet niets van Jakes mishandeling, die mijn schuld was. Dat heb ik alleen aan de FBI verteld. Ze is waarschijnlijk bang dat een weerzien met Jake slechte herinneringen aan mijn ontvoering in me oproept, maar ze heeft geen idee van het misselijkmakende schuldgevoel dat ik nu ervaar.

Maar Jake weet wel dat ik de verantwoordelijkheid draag voor die mishandeling. Dat zie ik in de manier waarop hij naar me kijkt.

Ik dwing mezelf te glimlachen. 'Natuurlijk vind ik het niet vervelend,' lieg ik vlot. 'Ga zitten. Laten we koffie bestellen.' Ik gebaar naar de stoel die aan de andere kant van ons zitje staat en ga zelf weer zitten. 'Hoe gaat het met je?'

Hij lacht naar me en ik zie lachrimpeltjes bij zijn bruine ogen. Ooit vond ik die schattig. Hij is nog steeds een van de knapste jongens die ik ooit heb gezien, maar ik voel me niet langer tot hem aangetrokken. Die kalverliefde valt volledig in het niet bij mijn allesverterende obsessie met Julian en de duistere verlangens die me 's-nachts wakker houden.

Als ik niet kan slapen, denk ik aan wat Julian en ik samen deden. Aan wat hij me liet doen... Aan waar hij me voor trainde. In het duister van de nacht masturbeer ik bij mijn duistere fantasieën. Fantasieën van verrukkelijke pijn en gedwongen genot, vol geweld en lust. Ik snak ernaar om genomen te worden, gebruikt, gepijnigd en bezeten. Ik snak naar Julian, de man die deze kant van mij gewekt heeft.

De man die nu dood is.

Maar die gruwelijke gedachte duw ik opzij. In plaats daarvan concentreer ik me op Jakes verhaal.

'... maandenlang niet in dat park kunnen komen,' zegt hij. Ik besef dat hij het over zijn ervaringen na mijn ontvoering heeft. 'Iedere keer dat ik er was, dacht ik aan jou en waar je kon zijn. De politie zei dat je van de aardbodem verdwenen leek...'

Terwijl ik naar hem luister, voel ik groeiende schaamte en zelfverachting. Hoe kan ik dit voelen voor een man die zoiets vreselijks heeft gedaan en daar zoveel mensen mee heeft gekwetst? Hoe gestoord ben ik, om van iemand te houden die zoveel kwaad heeft aangericht? Julian was geen gekwelde, onbegrepen held die genoodzaakt was slechte dingen te doen door omstandigheden waar hij geen controle over had. Hij was gewoon een monster.

Een monster dat ik met elke vezel van mijn lichaam mis.

'Het spijt me enorm, Nora,' zegt Jake, en dat wekt me uit mijn aanval van zelfmedelijden. 'Het spijt me dat ik je die avond niet kon beschermen.'

'Wacht... Wat?' Ik kijk hem vol ongeloof aan. 'Ben je gek? Heb je enig idee waar je het tegen op had moeten nemen? Je had op geen enkele manier iets kunnen doen.'

'Maar ik had het moeten proberen.' Jakes stem klinkt schuldig. 'Ik had iets moeten doen, wat dan ook...'

Ik leg impulsief een hand op de zijne. 'Nee,' zeg ik ferm. 'Jij hebt hier geen enkele schuld aan.' Vanuit mijn ooghoek zie ik Leah met haar telefoon spelen. Ze doet heel hard alsof ze er niet is. Ik negeer haar. Ik moet Jake duidelijk maken dat hij niets verkeerd heeft gedaan; ik moet hem helpen dit te verwerken.

Zijn huid voelt warm aan en ik kan zijn spanning voelen. 'Jake,' zeg ik zacht, terwijl ik hem in de ogen blijf kijken, 'niemand had dit kunnen voorkomen. Niemand. Julian heeft – had – mogelijkheden en vaardigheden die het leger nog jaloers zouden maken. Als het al iemands schuld is, is het de mijne. Jij raakte hierbij betrokken door mij en dat vind ik heel, heel erg. Het spijt me.' Ik bied mijn excuses aan voor meer dan alleen die avond in het park, en dat weet hij.

'Nee, Nora,' zegt hij zacht. Zijn bruine ogen staan somber. 'Je hebt gelijk. Het is zijn schuld, niet de onze.'

Ik realiseer me dat hij mij ook vergiffenis schenkt; hij wil ook mijn schuldgevoel wegnemen.

Met een glimlach geef ik een klein kneepje in zijn hand om hem stilletjes te laten weten dat ik zijn vergiffenis aanneem.

Kon ik mezelf maar net zo makkelijk vergeven. Want zelfs nu ik hier zit en Jakes hand vasthoud, blijft mijn liefde voor Julian bestaan, wat hij ook gedaan moge hebben.

HOOFDSTUK 26

'Volgens mij vindt hij je nog steeds leuk,' zegt Leah als ze me naar huis rijdt. 'Het verbaasde me dat hij je niet meteen mee uit vroeg.'

'Mij mee uitvragen? Jake?' Ik werp haar een ongelovige blik toe. 'Ik ben wel de laatste met wie hij uit wil gaan.'

'Daar zou ik niet te zeker van zijn,' zegt ze bedachtzaam. 'Jullie zijn maar een keer uitgegaan, maar hij was echt verdrietig toen je verdween. En gezien de manier waarop hij vanavond naar je zat te kijken...'

Ik lach schril. 'Leah, dat is waanzin. Jake en ik hebben een ingewikkelde geschiedenis. Hij zocht afsluiting, meer niet.' Het idee om met Jake – of wie dan ook – te gaan daten, voelt vreemd, buitenaards bijna. Voor mijn gevoel behoor ik Julian nog altijd toe. Alleen al het idee dat een andere man aan me zit, maakt me onbegrijpelijk genoeg nerveus.

'Ja, vast. Afsluiting.' Leahs stem druipt van het

sarcasme. 'De hele tijd zat hij naar je te kijken alsof hij nog nooit zo'n lekker ding heeft gezien. Wat hij van jou wil, is niet bepaald afsluiting. Neem dat maar van me aan.'

'Kom op, zeg...'

'Nee, echt,' gaat Leah met een lach verder als we voor een rood stoplicht staan. 'Je moet een keer met hem uitgaan. Hij is heel aardig en ik weet dat je hem vroeger leuk vond...'

Ik kijk naar haar. De behoefte het uit te leggen worstelt met mijn diepgewortelde neiging om mezelf te beschermen. 'Leah, dat was vroeger,' zeg ik uiteindelijk langzaam. Ik wil haar iets van de waarheid vertellen. 'Ik ben niet meer hetzelfde meisje dat ik was. Ik kan niet uitgaan met iemand als Jake... niet na Julian.'

Ze wordt stil. Als het licht op groen springt, richt ze haar aandacht weer op de weg.

Pas bij mijn appartementengebouw, als ze stilstaat, keert ze zich weer naar me toe. 'Het spijt me,' zegt ze zachtjes. 'Ik was dom en dacht niet na. Je leek zo in orde dat ik even vergat...' Ze slikt. Tranen glanzen in haar ogen. 'Als je er ooit over wilt praten, ben ik er voor je. Dat weet je toch?'

Ik knik en lach even naar haar. Ze is een geweldige vriendin. Misschien maak ik binnenkort wel van haar aanbod gebruik, maar nu nog niet. Nu is alles nog zo rauw en gebroken vanbinnen.

~

DE VOLGENDE PAAR WEKEN KRUIPEN VOORBIJ. IK BESTA alleen in het moment, leef van dag tot dag. Iedere ochtend maak ik een lijstje van wat ik die dag moet doen. Ik houd me er strikt aan, hoe graag ik ook in mijn bed wil kruipen en daar wil blijven.

Meestal bestaat de lijst uit simpele dingen: eten, hardlopen, werken, boodschappen doen en mijn ouders bellen. Soms zet ik er ook wat ambitieuzere projecten op, zoals me aanmelden op de hogeschool, precies zoals ik tegen Leah heb gezegd.

Ik neem ook schietlessen. Tot mijn verbazing blijk ik goed overweg te kunnen met vuurwapens. Mijn instructeur noemt me een natuurtalent, en ik besluit me te verdiepen in het behalen van een vergunning. Daarnaast geef ik me op voor een cursus zelfverdediging om een paar trucs te leren om mezelf te beschermen. Tegen iemand als Julian of de mannen die Beth en mij ontvoerden zal ik nooit op kunnen, maar ik voel me beter – alsof ik alles meer onder controle heb – nu ik weet hoe ik moet schieten en terugvechten.

Met al die cursussen, mijn werk en mijn schilderkunst heb ik het te druk voor sociale activiteiten, maar dat vind ik wel prima. Mijn oude vrienden zijn verhuisd en ik heb geen zin om nieuwe vrienden te maken.

Jake en Leah zijn terug naar Michigan. Hij en ik worden Facebookvrienden en chatten een paar keer. Maar hij vraagt me niet mee uit.

Daar ben ik blij om. Zelfs als hij niet op een

universiteit drieënhalf uur hiervandaan had gezeten, was het niets geworden. Jake is slim genoeg om te beseffen dat er niets goeds kan komen van een relatie met een meisje als ik: iemand die feitelijk nog steeds Julians gevangene is.

Vrijwel elke nacht droom ik van hem. Als een demon keert mijn ontvoerder iedere nacht bij me terug, als ik op mijn kwetsbaarst ben. Hij dringt mijn hoofd binnen, even meedogenloos als hij ooit mijn lichaam tot het zijne maakte. Wanneer ik niet over zijn dood droom, gaat het over seks. Ik droom van zijn mond, zijn handen, zijn penis. Ze zijn overal, op me, bij me, in me. Ik droom ook van zijn verbijsterende glimlach en van de manier waarop hij me vasthield en me streelde.

Ik droom van de manier waarop hij me martelde tot ik mezelf vergat en alleen nog maar van hem was.

Ik droom van hem en word zwetend wakker met een lichaam dat naar hem hunkert in zijn leegte. Als een verslaafde die moet afkicken snak ik naar een shot, naar iets om mijn behoefte te bevredigen.

Ik ben nog helemaal niet in staat om te daten, maar dat interesseert mijn lichaam niets... en uiteindelijk zwicht ik.

Ik kleed me mooi aan, neem mijn oude valse identiteitskaart mee en ga naar een lokale bar.

DE MANNEN ZWERMEN OM ME HEEN ALS VLIEGEN ROND

EEN HOOP STRONT. Het is zo verdomd simpel. Een meisje in haar eentje, meer aanmoediging hebben ze niet nodig. Als piranha's die een bloedende prooi ruiken komen ze op me af, aangetrokken door mijn wanhoop, mijn verlangen naar iets anders dan een koud, leeg bed als ik thuiskom.

Ik laat een van hen drankjes voor me kopen. Een shotje wodka, een shotje tequila... Tegen de tijd dat hij me vraagt mee te gaan, draait de wereld om me heen. Ik laat me door hem naar zijn auto leiden.

Hij is knap en in de dertig, met donkerblond haar en blauwgrijze ogen. Niet groot, wel goedgebouwd. Hij is advocaat, vertelt hij me terwijl we naar een nabijgelegen motel rijden.

Ik doe mijn ogen dicht terwijl hij maar blijft praten. Wat interesseert mij het nou wie hij is of wat hij doet? Ik wil gewoon dat hij me neemt, dat hij die brandende leegte vanbinnen vult. Dat hij de kou verdrijft die zich in mijn botten genesteld lijkt te hebben.

Hij huurt een kamer bij de receptie en we gaan naar boven. Als we op de kamer zijn, doet hij mijn jas uit. Dan kust hij me.

Ik proef een vleugje bier en de taco's die hij blijkbaar eerder heeft gegeten. Hij drukt me tegen zich aan en zijn handen glijden gretig over mijn lichaam. Ineens kan ik het niet meer aan. 'Stop.' Ik duw hem zo hard mogelijk van me af.

Verrast wankelt hij een paar passen achteruit. 'Wat nou...' Hij staart me vol onbegrip aan.

'Sorry,' zeg ik snel terwijl ik mijn jas aantrek. 'Het ligt niet aan jou. Echt niet.'

Voor hij iets kan zeggen, ben ik de kamer uit gevlucht.

Ik bel een taxi en ga naar huis. Ik ben kotsmisselijk van de drank en ik voel me ronduit afschuwelijk. Niets helpt tegen mijn verslaving; mijn dorst is niet te lessen.

Zelfs dronken kan ik een andere man aan mijn lijf niet verdragen.

HOOFDSTUK 27

Het begint als weer zo'n erotische droom.

Sterke, stevige handen glijden over mijn naakte lichaam omhoog. Eelt strijkt langs mijn gevoelige huid als hij in mijn borsten knijpt en met zijn duimen mijn stijve tepels beroert. Zijn warme lichaam duwt me in de matras en ik pers me hongerig tegen hem aan. Zijn sterke benen dwingen de mijne uiteen en zijn erectie duwt tegen mijn opening terwijl hij over mijn vochtige schaamlippen glijdt en mijn klit bespeelt.

Kreunend wrijf ik me tegen hem aan. Al mijn spieren zijn gericht op het brandende verlangen hem diep in me te voelen. Zwetend en hijgend knijp ik in zijn strakke, gespierde achterste om hem in me te duwen, om hem zover te krijgen dat hij me neemt.

Hij begint te lachen. Het is een zacht, verleidelijk gerommel in zijn borst. Sterke handen grijpen mijn polsen en duwen ze naast mijn hoofd. 'Heb je me gemist, poesje van me?' mompelt hij in mijn oor.

Een erotische rilling gaat door me heen bij het horen van dat geluid. Poesje van me? In mijn dromen praat Julian niet... Geschokt vliegen mijn ogen open en daar is hij, nauwelijks zichtbaar in het vroege ochtendlicht.

Julian. Naakt en opgewonden ligt hij boven op me. Zijn donkere haar is korter dan het was en zijn schitterende gezicht heeft een gespannen uitdrukking; van pure lust glinsteren zijn blauwe ogen als saffieren.

Ik kijk terug. Mijn hart bonst in mijn keel terwijl ik doodstil blijf liggen. Heel even denk ik dat ik nog steeds droom, dat mijn geest me voor de gek houdt. Als alles zwart wordt, besef ik dat ik van de schok letterlijk mijn adem in heb gehouden.

Meteen haal ik diep adem, en hij buigt zijn hoofd om zijn lippen op de mijne te drukken. Zijn tong glijdt mijn geopende mond in. Die invasie met zijn bekende smaak maakt me duizelig.

Maar alle twijfel is verdwenen. Het is echt Julian, nog altijd even levend.

Ineens word ik overspoeld door een golf van withete woede. Hij leeft nog – hij leefde al die tijd nog! De hele tijd heb ik om hem gerouwd, heb ik geprobeerd mijn verwoeste ziel bijeen te rapen, maar hij leefde gewoon nog, waarschijnlijk lachend om mijn sneue pogingen verder te gaan met mijn leven.

Daarom zet ik keihard mijn tanden in zijn onderlip, met de bedoeling hem pijn te doen, om zijn lichaam te breken zoals hij mijn hart brak. Ik proef de koperachtige smaak van zijn bloed en hij trekt vloekend zijn hoofd terug. Nu glinsteren zijn ogen van woede.

Maar ik ben niet bang voor hem. Niet meer. 'Laat me los,' zeg ik woedend, worstelend om los te komen. 'Verdomde klootzak! Schoft! Je was niet dood! Je was verdomme helemaal niet dood...' Mijn stem breekt en tot mijn schaamte klinkt die laatste zin meer als een snik.

De spanning straalt van hem af als hij me aankijkt. De perfectie van zijn sensuele mond wordt verstoord door de bloedige veeg die mijn tanden hebben achtergelaten. Het kost hem geen enkele moeite me op mijn plek te houden. Zijn harde erectie duwt nog altijd tegen de zachte opening van mijn lichaam. Woedend probeer ik me op mijn zij te draaien en hem opnieuw te bijten. Hij pakt allebei mijn polsen in zijn linkerhand en grijpt mijn haar met de rechter. Nu kan ik helemaal niet meer bewegen; ik kan hem alleen nog maar woest aankijken, terwijl tranen van woede en frustratie over mijn gezicht lopen.

En dan, totaal onverwacht, verzacht zijn uitdrukking. 'Mijn poesje heeft klauwen gekregen,' mompelt hij vol duistere humor. 'Dat bevalt me wel.'

Opnieuw krijg ik die rode waas voor mijn ogen. 'Krijg de kolere!' krijs ik en woedend gooi ik me tegen hem aan, tijdelijk ongevoelig voor het gevoel van zijn naakte lichaam tegen het mijne. 'Krijg de kolere met wat je wel of niet bevalt...'

Hij perst zijn mond opnieuw op de mijne, waardoor mijn woorden verloren gaan. Opnieuw probeer ik hem te bijten. Maar op het laatste moment trekt hij zijn mond weg. Hij begint zachtjes te lachen. Tegelijkertijd duwt hij zijn penis in me.

Woedend schreeuw ik het uit.

Meteen laat hij mijn haren los en sluit zijn hand zich over mijn mond. 'Stil,' sist hij, mijn gesmoorde geschreeuw verder negerend. 'We willen toch niet dat je buren je horen, hè?'

Maar op dit moment kan het me niet schelen of de hele wereld me hoort. Ik wil hem alleen nog maar raken, hem pijn doen zoals hij mij pijn heeft gedaan. Als ik nu een wapen had, had ik de trekker overgehaald. Ik wil dat hij lijdt voor wat hij me heeft aangedaan.

Maar ik heb geen wapen. Ik heb niets, en dus kan hij steeds verder in me dringen. Zijn grote penis rekt me op, penetreert me in al zijn hete hardheid. Mijn 'droom' van eerder heeft me nat gemaakt, maar ik ben boos en daarom protesteert mijn lichaam tegen de invasie. Al mijn spieren spannen zich om hem buiten te houden. Het is net onze eerste keer, alleen is de tornado aan gevoel die door me heen raast veel gecompliceerder dan de angst die ik toen voelde. Langzaam stop ik met vechten. Ik kijk hem alleen nog stilletjes aan, verbijsterd dat hij er echt is.

Als hij helemaal in me zit, stopt hij. Dan haalt hij zijn hand van mijn mond.

Ik zeg niets, al blijven de tranen maar komen.

Hij buigt zijn hoofd en kust me zachtjes op mijn lippen als in een excuus voor de brute invasie.

Even krijg ik geen adem meer; zoals altijd is die combinatie van wreedheid en tederheid uiterst verwarrend – zeker in mijn huidige emotioneel verscheurde staat.

'Het spijt me, schatje,' mompelt hij. Zijn lippen strijken langs mijn natte wang. 'Zo moest het niet gaan. Ik moest je beschermen en ik heb er een potje van gemaakt. God, wat heb ik er een potje van gemaakt...' Hij zucht even. 'Ik wilde je niet verlaten, wilde je niet laten gaan...'

'Maar dat deed je wel.' Mijn stem klinkt kleintjes, alsof ik een gekwetst kind ben. 'Je liet me denken dat je dood was...'

'Nee.' Hij laat mijn polsen los en leunt op zijn ellebogen om met beide handen mijn gezicht te omvatten. Zijn blik boort zich in de mijne, zo fel dat het voelt of hij me verteert. 'Zo was het niet. Zo was het helemaal niet.'

Mijn handen glijden langzaam naar zijn schouders. 'Hoe was het dan?' Mijn stem klinkt bitter. Hoe kon hij me dit aandoen? Hoe kon hij me ontvoeren, me alles afnemen en me dan zo wreed afdanken?

'Ik zal je alles uitleggen,' belooft hij. Maar zijn stem klinkt hees van verlangen. Zweetdruppeltjes parelen op zijn voorhoofd, zijn penis pulseert diep in me. Hij heeft zichzelf nauwelijks onder controle. 'Maar nu heb ik je nodig, Nora. Ik heb dit nodig...'

Hij stoot in me en ik kreun als hij precies de goede plek raakt en een stortvloed aan sensaties door mijn lichaam stuurt.

'Precies,' fluistert hij als hij nog een keer stoot. 'Ik heb dit nodig. Ik wil je natte, strakke poesje om me heen voelen. Ik wil je neuken. Ik wil je opvreten. Alles is aan jou is van mij, Nora, alleen van mij...' Hij claimt mijn mond met een diepe, doordringende kus terwijl hij in een traag, meedogenloos ritme blijft stoten.

Mijn ademhaling versnelt als een golf van hitte me overspoelt. Mijn nagels boren in zijn schouders en mijn benen klemmen om hem heen om hem nog dieper in me te krijgen. Na al die maanden zonder hem is het bijna te veel, te goed, maar ik verwelkom het brandende gevoel, de unieke combinatie van pijn en genot die zijn bezitsdrang me biedt. De spanning bouwt zich op in, het zalige kriebelen van een pre-orgastisch genot... en dan kom ik met een gesmoorde kreet klaar, terwijl mijn spieren zijn harde schacht vastklemmen.

'Ja, schatje, precies zo,' hijgt hij.

Hij versnelt het ritme en dan, met een laatste, harde stoot, stort hij zichzelf over de rand, zodat ik zijn penis diep in me voel schokken. Zijn warme zaad spuit in me en ik houd hem stevig vast als hij zich zwaar en bezweet op me laat zakken.

'Wil je koffie of thee?' vraag ik aan Julian terwijl ik in de kleine keuken van mijn studio heen en weer drentel. Hij zit aan de tafel, tegen de muur, gehuld in alleen de spijkerbroek die hij na het douchen heeft aangetrokken. Ik kan mijn ogen met moeite van zijn gespierde, bronskleurige borst afhouden en mijn hand trilt een beetje terwijl ik een mok pak. Door zijn korte haar worden zijn trekken nog scherper. Met een frons neem ik hem wat beter in me op. Eigenlijk lijkt hij slanker dan ik me hem herinner, alsof hij gewicht is kwijtgeraakt.

Julian negeert mijn blik en maakt het zich zo gemakkelijk mogelijk op mijn IKEA-stoel. Zelfs zijn blote voeten stralen mannelijkheid uit. 'Koffie zou lekker zijn,' zegt hij met een lome blik in mijn richting.

Hij doet me denken aan een panter die zijn prooi in het oog houdt.

Met een zucht zet ik de mok op het aanrecht en loop ik naar het koffiezetapparaat. In tegenstelling tot hem draag ik een spijkerbroek, een fleecetrui en dikke sokken. Ik voel me zo minder kwetsbaar.

De hele situatie is onwerkelijk. Als het tussen mijn benen niet lichtelijk rauw aanvoelde, zou ik gedacht hebben dat ik hallucineerde. Maar nee, mijn ontvoerder – de man die zo lang het middelpunt van mijn bestaan is geweest – bevindt zich nu in mijn kleine flatje, dat lijkt te krimpen onder zijn overheersende aanwezigheid.

Als de koffie klaar is, schenk ik voor ons allebei een mok vol. Dan ga ik tegenover hem aan de tafel zitten. Ik voel me uit mijn evenwicht gebracht. Het ene moment kan ik wel dansen omdat hij nog leeft en het volgende wil ik hem vermoorden omdat hij me dit heeft aangedaan. En aldoor zegt ergens in mijn achterhoofd een stemmetje dat geen van beide reacties erg zinnig is in deze situatie. Zou ik niet moeten ontsnappen of de politie bellen?

Maar daar lijkt Julian zich niet in het minst druk om te maken. Hij ziet er in mijn studio even op zijn gemak en zelfverzekerd uit als op het eiland. Hij pakt zijn mok, neemt een slok koffie en kijkt me aan. Een half lachje speelt om zijn lippen.

Mijn handen zijn om mijn mok geslagen om steun te vinden in de warmte ervan. 'Hoe heb je de explosie overleefd?' vraag ik terwijl ik hem aan blijf kijken.

Julians mond vertrekt een beetje. 'Nauwelijks. Toen ze doorkregen dat ze aan de verliezende hand waren, liet een van die suïcidale hufters een bom afgaan. Twee van mijn mannen en ik bevonden ons op dat moment vlak bij de ladder naar de kelder en we konden nog net naar beneden springen. Een deel van de vloer stortte in en kwam op ons terecht. Een van mannen stierf, ik raakte buiten westen. Gelukkig overleefde de ander, Lucas, het wel, en bleef hij bij kennis. Hij slaagde erin ons allebei die rioolbuis in te sleuren. Daar kwam genoeg frisse lucht doorheen om te voorkomen dat we stierven aan rookvergiftiging.'

Ik haal beverig adem. De rioolbuis... De enige plek waar ik niet had gekeken op die vreselijke dag dat ik uren had gezocht in de smeulende ruïnes van het pakhuis. Ik was zo versuft, zo geschokt, dat het niet eens in me opgekomen was om daar naar overlevenden te zoeken.

'Tegen de tijd dat Lucas een ziekenhuis bereikte,

was ik er behoorlijk slecht aan toe,' gaat Julian verder. Hij wendt zijn blik niet af. 'Ik had een schedelbreuk en meerdere gebroken botten. Meteen werd ik in een coma gebracht zodat de zwelling in mijn hersenen kon afnemen. Pas een paar weken geleden ben ik weer bijgekomen.' Hij strijkt met een hand over zijn haren en nu besef ik waarom het zo kort is. Ze moeten zijn hoofd kaalgeschoren hebben in het ziekenhuis.

Mijn hand trilt als ik de mok optil om een slok koffie te nemen. Hij was echt bijna dood. Maar dat is geen excuus voor zijn afwezigheid de afgelopen weken. 'Waarom heb je toen niets van je laten horen? Waarom liet je me niet weten dat je nog leefde?' Hoe kon hij die marteling een dag langer laten duren dan strikt noodzakelijk?

Hij houdt zijn hoofd een tikje scheef. 'En dan?' vraagt hij bedrieglijk kalm. 'Wat zou je gedaan hebben, poesje? Naar me toe zijn gestormd in Thailand? Of je vriendjes bij de FBI hebben verteld waar ze me konden vinden, zodat me konden inrekenen terwijl ik zwak en hulpeloos was?'

Ik haal diep adem. 'Ik zou nooit verteld hebben...'

'O nee?' Hij kijkt me spottend aan. 'Ik weet heus wel dat je met ze hebt gesproken. Dat ze nu mijn naam en een afbeelding van me hebben.'

'Ik heb alleen met ze gepraat omdat ik dacht dat je dood was!' Ik spring op en gooi bijna mijn koffie om. Al mijn woede steekt ineens de kop weer op. Met beide handen omklem ik de tafel en furieus kijk ik hem aan. 'Ik heb je nooit verraden, al had ik dat moeten doen...'

Hij gaat staan. Zijn lange, gespierde lichaam ontvouwt zich sierlijk. 'Misschien had je dat moeten doen,' zegt hij. Onze blikken kruisen elkaar boven de tafel en zijn pupillen verwijden zich. 'Je had me moeten aangeven in die kliniek in de Filipijnen en moeten maken dat je wegkwam, poesje van me.'

Ik laat mijn tong langs mijn droge lippen glijden. 'Zou dat me geholpen hebben?'

'Nee, ik had je toch wel gevonden.'

Een golf van opwinding en een vleugje angst kronkelen zich door mijn buik. Hij maakt geen grapje. Ik zie aan hem dat het de waarheid is. Niemand zou hem hebben tegenhouden – hij zou altijd achter me aan zijn gekomen. 'Wie ben je nou echt?' Ik kijk hem vol ongeloof aan. 'Waarom konden ze niets over je vinden binnen alle overheidsinstanties? Als je een grote wapenhandelaar bent, waarom heeft de FBI dan niet van je gehoord?'

Als hij me aankijkt, steken zijn ogen enorm blauw af ten opzichte van zijn gebronsde huid. 'Ik heb een groot netwerk, Nora,' zegt hij zacht. 'Als gevolg van de interactie met mijn cliënten hoor ik soms informatie die de overheid van de Verenigde Staten nogal waardevol vindt; informatie die betrekking heeft op de veiligheid en bescherming van het Amerikaanse volk.'

Mijn mond valt open. 'Ben je een spion?'

'Nee.' Hij begint te lachen. 'Niet in de traditionele zin van het woord, tenminste. Ik word door niemand betaald: we verlenen elkaar gunsten. Ik help jullie overheid en als dank daarvoor maken ze mij onzichtbaar. Slechts een paar van de hoogste bazen binnen de CIA weten dat ik besta.' Hij zwijgt even en voegt er dan aan toe: 'Tenminste, tot de FBI jou te pakken kreeg, poesje. Nu ligt het heel wat ingewikkelder. Ik zal behoorlijk wat gunsten moeten verlenen, wil ik die informatie weer verwijderd hebben.'

'Juist,' antwoord ik vlak. Mijn hoofd tolt. De man die me ontvoerd heeft, werkt voor de regering. Ik geloof niet dat ik deze informatie nu nog kan verwerken.

Als hij glimlacht, zie ik dat hij van mijn verwarring geniet. 'Denk er niet te lang over na, poesje van me,' zegt hij met een glinstering in zijn ogen. 'Het feit dat ik zo af en toe een terroristische aanval help voorkomen, maakt me nog geen goede man.'

Daar ben ik het mee eens. 'Dat klopt.' Ik draai me om en kijk door het kleine raam naar buiten. De zon is pas net op en ik zie dat er vannacht een laagje sneeuw gevallen is.

De eerste sneeuw van het seizoen.

Ik hoor hem niet, maar ineens staat Julian achter me en slaat hij twee armen om me heen om me tegen zich aan te drukken. Ik ruik de schone, mannelijke geur van zijn huid en een deel van mijn spanning sijpelt weg. Julian leeft nog.

'Hoe moet het nu verder?' vraag ik met een blik op de sneeuw. 'Neem je me mee terug naar het eiland?'

Hij is even stil. 'Nee,' zegt hij dan. 'Niet zonder dat

Beth er is.' Zijn stem klinkt afgemeten. Ik besef dat hij haar ook mist, dat hij net zo goed om haar rouwt.

Ik draai me om in zijn armen en leg mijn handen op zijn borst als ik hem aankijk. 'Ik ben zo blij dat die schoften dood zijn.' Het klinkt laag en fel. 'Ik ben blij dat je ze allemaal gedood hebt.'

'Ja,' zegt hij. Ik zie mijn woede en pijn weerspiegeld in de keiharde schittering in zijn ogen. 'De mannen die haar vermoord hebben zijn dood en ik ben bezig hun hele organisatie uit te roeien. Tegen de tijd dat ik met ze klaar ben, is Al-Quadar niets meer dan een bestandje in een overheidsarchief.'

Ik kijk hem zonder te knipperen in de ogen. 'Mooi.' Ik wil dat ze er allemaal aan gaan. Ik wil dat Julian ze vernielt, dat ze voelen wat Beth heeft geleden.

Op dit moment begrijpen we elkaar uitstekend. Hij is een moordenaar en dat is precies wat ik van hem wil. Ik zoek geen lieve, zachtaardige man met een geweten; ik wil een monster dat Beths dood zal wreken.

Er verschijnt een flauw glimlachje om zijn lippen. Hij kust me zacht op mijn voorhoofd en laat me dan los om de rest van zijn kleren van het bed op te rapen.

Met een frons kijk ik toe als hij een T-shirt met lange mouwen, sokken en een paar laarzen aantrekt. 'Ga je weg?' Een koude hand sluit zich om mijn hart bij die gedachte.

'Nee,' antwoordt hij terwijl hij een leren jack aantrekt. Dan loopt hij naar mijn kast. 'Wij gaan weg.' Hij haalt mijn winterjas en sneeuwlaarzen uit de kast en gooit ze me toe.

Automatisch vang ik ze. 'Ga je me weer ontvoeren?' vraag ik terwijl ik mijn laarzen aandoe.

'Geen idee.' Hij loopt naar me toe en legt een hand op mijn gezicht. Zijn duim strijkt over mijn onderlip. 'Ga ik dat?'

Ik weet het ook niet. Voor het eerst in maanden voel ik me weer springlevend. Ik voel weer emoties, helder en duidelijk. Angst, opwinding, vreugde.

Liefde.

Dit is niet de zoete, tedere liefde die ik me altijd voorstelde, maar het is wel liefde. Duister, verwrongen en obsessief; een verplichting en een verslaving. De wereld veroordeelt me wellicht om mijn keuzes, maar ik heb Julian even hard nodig als hij mij.

'En als ik niet met je mee wil?' Ik weet eigenlijk niet waarom ik het vraag. Ik weet namelijk het antwoord al.

Met een glimlach laat hij mijn gezicht los en hij haalt een kleine injectiespuit uit zijn binnenzak.

'Juist,' antwoord ik kalmpjes. Hij is overal op voorbereid.

Hij stopt de injectiespuit weg en steekt zijn hand uit. Heel even aarzel ik, dan leg ik mijn hand in de zijne. Zijn vingers sluiten zich om de mijne en zijn ogen glinsteren op dat moment met een bijna onmogelijk blauw.

We lopen samen naar buiten, hand in hand als een gewoon stelletje. Hij brengt me naar een auto die blijkbaar op ons wacht. Hij is zwart en het glas ziet er bijzonder stevig uit. Kogelvrij, neem ik aan.

Hij opent de deur en ik klim erin. Als de wagen

begint te rijden, trekt hij me dichter tegen zich aan. Ik leg mijn hoofd tegen zijn schouder en adem zijn bekende geur in.

Voor het eerst in maanden heb ik het gevoel dat ik thuis ben.

Bedankt voor het lezen! Ik waardeer het zeer als je een recensie wilt achterlaten.

Julian en Nora's verhaal gaat verder in *Verscheurd*. Ga naar www.annazaires.com/book-series/nederlands om jouw exemplaar te bestellen.

Als je genoten hebt van *Verwrongen*, is dit misschien ook iets voor je:

- *Aanraking (De Krinar-kronieken: deel 1)* – een science fiction-verhaal vol duistere romantiek

Als je wilt weten wanneer mijn volgende boek uitkomt, bezoek dan mijn website op www.annazaires.com/book-series/nederlands/ en meld je aan voor de nieuwsbrief.

Sla dan nu de pagina om voor een voorproefje van *Verscheurd.*

Ontvoerd op haar achttiende. Vijftien maanden gevangengehouden.

Zo zwart-op-wit ziet het eruit als een kop in een sensatiekrant. En ja, ik ben ervoor verantwoordelijk. Ik heb haar gestolen. Nora, met haar lange, donkere haar en haar zijdezachte huid. Ik heb een zwak voor haar, een obsessie.

Ik ben geen goed mens. Dat heb ik ook nooit beweerd. Ze kan van me houden, maar ze kan me niet veranderen.

Ik kan haar daarentegen wél veranderen.

Mijn naam is Julian Esguerra, en Nora is van mij.

Op sommige dagen is de behoefte om te pijnigen, te doden, te sterk om te negeren. Op die dagen lijkt het vernislaagje van beschaving zo dun dat de minste provocatie het kan breken om het monster dat eronder zit te onthullen.

Dit is niet een van die dagen. Vandaag heb ik haar bij me.

We zitten in de auto en zijn op weg naar het vliegveld. Ze leunt tegen me aan, met haar slanke armen om me heen en haar hoofd in mijn hals gedrukt.

Ik houd haar met één arm vast en speel met haar donkere, zijdezachte haren. Het is lang geworden; het valt nu tot haar slanke middel. Ze heeft al negentien maanden lang haar haren niet laten knippen. Niet sinds ik haar de eerste keer heb ontvoerd.

Als ik inadem, ruik ik haar geur: licht, bloemig en heerlijk vrouwelijk. Het is een combinatie van haar shampoo en haar huid. Verrukkelijk. Ik wil haar uitkleden en die geur helemaal volgen tot ik iedere ronding en holte van haar heb verkend.

Mijn penis springt op en ik houd mezelf voor dat ik haar net al gehad heb. Maar dat doet er niet toe: ik verlang altijd naar haar. Eerst zat deze obsessieve drang naar haar me dwars, maar inmiddels ben ik eraan gewend. Ik heb mijn eigen waanzin geaccepteerd.

Ze lijkt kalm, tevreden zelfs. Dat is fijn. Het is fijn als ze zo tegen me aan kruipt, zacht en vol vertrouwen. Ze kent mijn ware aard en toch voelt ze zich veilig bij me. Ik heb haar zo getraind.

Ik heb haar zo ver gekregen dat ze van me is gaan houden.

Na een tijdje tilt ze haar hoofd op om me aan te kijken. "Waar gaan we heen?" vraagt ze.

Als ze knippert, gaan haar lange wimpers als waaiers op en neer. Ze heeft ogen die elke man op zijn knieën zouden krijgen. Zachte, donkere ogen die me aan gekreukte lakens en naakte lichamen doen denken. Die ogen leiden me altijd af, maar ik moet me op haar vraag concentreren. "We gaan naar mijn ouderlijk huis in Colombia."

Ik ben er al jaren niet geweest. Niet sinds mijn ouders zijn vermoord. Maar mijn vaders landgoed is gebouwd als een fort en dat is precies wat we nu nodig hebben. De afgelopen weken heb ik er extra veiligheidsmaatregelen laten aanbrengen, waardoor het nu een ondoordringbaar kasteel is geworden. Niemand kan me Nora nog afnemen. Daar heb ik voor gezorgd.

"Blijf je daar bij me?"

Ik hoor de hoopvolle toon in haar stem en ik knik met een glimlach. "Ja, poesje, ik blijf bij je." Nu ik haar terug heb, kan ik geen afstand van haar nemen. Ooit was het eiland de veiligste plek voor haar, maar nu niet meer. Nu weten ze van haar bestaan – en ze weten dat ze mijn achilleshiel is. Ze moet bij me blijven, want dan kan ik haar beschermen.

Als ze met haar kleine roze tong over haar lippen glijdt, volg ik hem met mijn ogen. Ik wil een hand in haar haren steken en haar gezicht naar mijn kruis brengen, maar ik doe het niet. Daar hebben we later nog genoeg tijd voor, als we op een veiligere, minder openbare locatie zijn.

"Ga je mijn ouders weer een miljoen dollar sturen?"

Haar ogen zijn groot en eerlijk als ze me aankijkt, maar ik hoor de subtiele uitdaging in haar stem. Het is een test – een test van de grenzen in deze nieuwe fase van onze relatie. Ik glimlach breder en veeg een pluk haar achter haar oor. "Wil je dat ik ze geld stuur, poesje van me?"

Ze kijkt me aan zonder te knipperen. "Niet echt," zegt ze dan zacht. "Ik zou ze liever even bellen."

Ik beantwoord haar blik. "Oké. Je mag ze bellen wanneer we er zijn." Als ze haar ogen wijd openspert, zie ik dat ik haar verrast heb.

Ze verwacht dat ik haar wederom gevangenhoud, afgesneden van de buitenwereld. Maar ze weet nog niet dat dat niet langer nodig is.

Ik ben geslaagd in mijn opzet.

Ik heb haar volledig de mijne gemaakt.

Verscheurd is nu verkrijgbaar. Ga naar www.annazaires.com/book-series/nederlands om jouw exemplaar te bestellen.

Anna Zaires is verslaafd aan boeken sinds ze op vijfjarige leeftijd van haar grootmoeder leerde lezen. Haar eerste korte verhaal schreef ze niet lang daarna. Sindsdien leeft ze gedeeltelijk in een fantasiewereld waarin alleen haar eigen verbeelding de grenzen bepaalt. Momenteel woont Anna in Florida. Ze is gelukkig getrouwd met Dima Zales (een auteur van science fiction- en fantasyboeken). Al hun boeken komen door nauwe samenwerking tot stand.

Voor meer informatie, zie www.annazaires.com/book-series/nederlands/.

www.ingramcontent.com/pod-product-compliance
Lightning Source LLC
Chambersburg PA
CBHW061013120726

47910CB00006B/1909